IM PRESS

ЕЛЕНА ЛИТИНСКАЯ

ПОНЯТЬ НЕЛЬЗЯ ПРОСТИТЬ

Повести и рассказы

BOSTON • 2022 • CHICAGO

Елена Литинская
Понять нельзя простить
Повести и рассказы

Yelena Litinskaya
Understand Must Not Forgive
A Collection of Short Stories

ISBN 978–1–950319–80–0

Proofreading by Julia Grushko
Book design and layout by Yulia Tymoshenko
Cover design by Larisa Studinskaya

Published by M•Graphics | Boston, MA
⌨ www.mgraphics-books.com
✉ mgraphics.books@gmail.com

In cooperation with Bagriy & Company | Chicago, IL
⌨ www.bagriycompany.com
✉ printbookru@gmail.com

Printed in the United States of America

СОДЕРЖАНИЕ

О КНИГЕ ЕЛЕНЫ ЛИТИНСКОЙ «ПОНЯТЬ НЕЛЬЗЯ ПРОСТИТЬ»

Моё знакомство с творчеством Елены Литинской началось со стихов. Это было более двадцати лет назад. Потом я прочла её первые рассказы в легендарном двуязычном журнале «Слово/Word». С тех пор у неё вышло двенадцать книг стихов и прозы. И вот перед нами новый прозаический сборник, названный по одноимённой повести, финалисте ежегодного конкурса «Нового журнала».

Алексей Толстой сказал когда-то молодому поэту Валентину Берестову, что «поэзия начинается не с рифмы, не с ритма и не с образа, а с доброго чувства». И поэзия, и проза Елены Литинской всегда проникнуты добрым чувством. Это не отдаёт приторной слащавостью или излишней романтичностью. Её сюжеты отражают жизнь с её трагизмом и юношескими надеждами, разочарованиями и счастьем, ударами и подарками судьбы. Стиль Литинской отличают ирония, мудрость, проницательность, точные наблюдения, ёмкие, меткие характеристики.

Жизнь одарила Елену уникальными для писателя возможностями для развития языка. Она коренная москвичка, но в дошкольном возрасте некоторое время жила в деревне, где столкнулась с совершенно иным образом жизни, с её просто-

7

народным говором, близостью к земле, природе, живности. Мать Литинской подростком приехала в Советский Союз из Вильнюса, бывшего частью Польши, и детство и юность Елены прошли в тесной близости с польским языком и культурой, поездками к дедушке и бабушке, которые были актёрами еврейского театра в Варшаве. Благодаря этому она рано познакомилась с еврейскими культурными традициями. Окончив филологический факультет МГУ, Елена добавила в свой актив третий славянский язык — чешский, и до сих пор переводит чешскую поэзию. Это тоже бесценный для писателя опыт, потому что ремесло переводчика требует виртуозного владения родным языком. А после эмиграции в США в 1979 году она за 30 лет работы в Бруклинской библиотеке слышала всевозможные диалекты, акценты и сленг русскоязычных соотечественников. Здесь же столкнулась с людьми разных судеб.

Среди героев книги — россияне, прожившие всю жизнь в СССР и России, русскоязычные эмигранты, живущие в США, и коренные американцы. Героям книги приходится сталкиваться с драматическими событиями, определявшими эпоху на протяжении последнего столетия, включая события в послереволюционной России, в Польше Пилсудского, в послевоенные годы в Москве и российской глубинке, массовую эмиграцию, а также с ситуациями, не зависящими ни от эпохи, ни от страны проживания и национальной принадлежности — любовь, ревность, предательство, верность, ошибки молодости, счастливые и несчастливые случайности, переворачивающие жизнь.

Незаживающая рана — ранняя смерть матери после эмиграции Елены в Америку в те годы, когда прощались навсегда, и она не могла приехать в Москву даже на похороны. Елена писала об этом в стихах.

...Если можешь, прости мне мою жестокосердную юность
И никчемных стихов витиеватый пыл.
Если можешь, прости влюблённостей многострунность
И всех, кто дороже тебя мне когда-то был.

Если можешь, прости мой отъезд поспешный
Нечастых писем и подарков дешёвую дань.

Если можешь, прости, ведь и ты была не безгрешной,
Ведь и ты своей матери говорила «отстань!»

(«К портрету матери»)

Спрошу тебя, зачем ушла так рано...
Оставив мне за океаном
Свою могилу, как упрёк.

(«Разговор»)

И вот в повести «Исповедь матери» разговор состоялся. Образ матери стал являться ей во сне. «В ночь с субботы на воскресенье мама неслышно вошла в мой сон. Не только не старая, напротив, неожиданно ослепительно молодая, с распущенными длинными волосами цвета тёмной меди, высоким, мраморно-белым лбом и мягко-бархатными карими глазами. Такой я её помнила, когда была совсем маленькой девочкой, лет шести-восьми». И мать рассказывает ей о своей жизни, говорит о понимании и прощении в ответ на запоздалые слёзы дочери: «Я люблю тебя и нисколько на тебя не сержусь, ибо сама была такая в молодости, зацикленная на своём мироощущении. Только когда ты родилась, я частично переключила внимание от себя любимой на тебя, и то не сразу». Но повесть Литинской не просто семейная сага, а отражение бурной эпохи, в водовороте которой члены семьи теряли и вновь обретали друг друга, а некоторые исчезали бесследно. «Рано или поздно настанет и твой черёд, — говорит ей во сне мать. — Не надо спешить умереть, но и вовсе не надо этого страшиться. Жизнь — божий дар, но и смерть тоже».

Всё, что происходит с нами в жизни, не исчезает бесследно и иногда возвращается. Во сне Елена напоминает матери об их недолгой жизни в деревне: «Вам с папой было тяжело, а мне легко и вольготно. Шаховская оставила в моей памяти только светлые дни, несмотря на бедность нашего быта... Я даже написала воспоминания о нашей жизни в Шаховской, опубликовала их в американском журнале и нашла по Интернету своих сельских подружек. Представляешь, они вспомнили меня, и мы с ними переписываемся. А Шаховскую не узнать! Теперь это весьма современный районный центр с мощёными улицами и красивыми домами, в которых живут зажиточные люди».

Между нами, жителями Земли, столько общего! В «неполноценной, сугубо женской семье» растёт американская девочка, жизнь которой осложняется тем, что из-за своей бабушки-негритянки она, родившаяся белокожей, «не вписывалась ни в белую, ни в чёрную расовую группу» («Квартеронка»). А сибирячка, приехавшая в США на заработки, рассказывает, что благосостояние её неполноценной, исключительно женской семьи полностью зависело от её заработка («Из жизни хоуматенда»). Эта героиня «помешана на чистоте», как и директор филиала Бруклинской публичной библиотеки с незадавшейся женской судьбой («В тенётах страсти нежной»).

В жизни героев книги много узнаваемого, но некоторые из них попадают в необычные и даже чудесные обстоятельства, как пятидесятилетняя москвичка, после двух неудачных браков нашедшая своё, пусть недолгое, счастье («Осенние цветы»), или герои рассказа «Под созвездьем Ковида», прошедшие через череду встреч и невстреч. Заканчивая чтение очередного рассказа, я порой вспоминала концовки рассказов О'Генри или пушкинских повестей Белкина. Говоря на языке и с интонацией своих современников, Елена Литинская не порывает с классической традицией.

Татьяна Янковская,
Нью-Йорк

ПОНЯТЬ НЕЛЬЗЯ ПРОСТИТЬ

Всех, кто стар и кто молод, что ныне живут,
В темноту одного за другим уведут.
Жизнь дана не на век. Как до нас уходили,
Мы уйдём; и за нами — придут и уйдут.

Омар Хайям

Немного истории

Сейчас, когда бóльшая часть моего земного существования уже прожита и не приходится ждать значительных приятных поворотов-сюрпризов на дороге жизни, разве что остаётся надеяться на маленькие радости, за которые я благодарна судьбе, или Всевышнему (или ангелу-хранителю), моё сознание часто разворачивается вспять, и я погружаюсь в воспоминания, пытаясь оживить застывшие картины далёкого и не столь далёкого прошлого... Для чего? Наверное, чтобы повторно насладиться просмотром ярких картин, которые украсили мою книгу жизни, извлечь уроки из заблуждений и ошибок и доказать себе, что всё случилось не зря, что сослагательное наклонение и связанные с ним сожаление и раскаяние в моём случае неприменимы. Что все победы и поражения, радости и горести были мне предначертаны в связи с датой рождения, наследственностью и моим характером и имели свой скрытый смысл. Словом, что иначе и быть не могло.

Родилась я после войны, пополнив своим появлением на свет поколение бэби-бумеров, в городе Москве, в знаменитом Доме правительства на Берсеневской набережной, который вошёл в историю и литературу как Дом на набережной, а также был известен под другими названиями: Первый Дом Советов или Дом ЦИК и СНК СССР.

Наша огромная четырёхкомнатная стошестидесятиметровая квартира на десятом этаже с балконом и видом на Кремль была в 1931 году предоставлена (вместе с роскошной мебелью, выполненной на заказ специально для квартир этого дома) в пользование моему деду Ивану Павловичу Н-ову, который хоть и был дворянского происхождения (из мелкопоместных), но искренне вдохновился идеей революционной борьбы, участвовал в Октябрьской революции, а затем и в Гражданской войне (естественно, на стороне красных), решительно вступил в партию большевиков и дослужился до высокого поста в советском правительстве. В 1931 году молодому идеалисту и члену правительства было тридцать пять лет. В те времена у власти стояли молодые, они горели на работе и вне её и — увы! — рано сгорали.

Вселился мой дед в этот дом вместе с тридцатилетней женой Марией и четырёхлетней дочерью Наташей, которая и стала в 1948 году моей матерью. В отличие от мужа, Мария была купеческого рода. В Гражданскую войну она служила медсестрой в Красной армии и тем самым так же, как и мой дед, вроде бы «искупила» грех своего отнюдь не пролетарско-крестьянского происхождения.

Мария Петровна (моя бабушка Маша) дома не сидела и, выйдя замуж, продолжила медицинское образование, получив сначала профессию врача-терапевта, а впоследствии должность в Кремлёвской больнице. В общем, Кремль вошёл в нашу семью изнутри и плотно окружил снаружи. Не вырваться было из его цепких объятий...

Так как дед и бабушка много работали, домашнее хозяйство и уход за маленькой Наташенькой поручили няне, расторопной и добросердечной деревенской девушке Авдотье. Так случилось, что Авдотья (Дуня) потеряла в годы революции и войны семью и кров. Мужа убили бандиты (то ли белые, то ли зелёные, то ли ещё какие-то...), ребёнок умер в младенчестве от тифа, дом сожгли, скот растащили. Что было делать? Оставаться на пепелище означало нищенство или голодную смерть. Вот она и подалась из разорённой деревни в Москву за лучшей долей. Дуня хотела было устроиться работать швеёй на фабрику и найти себе подходящего мужа, если повезёт, ведь она была ещё молода (двадцати двух лет) и собою весьма недурна. Но снять комнату было дорого, а получить место в общежитии непросто и нескоро, поэтому первое время она пристраивалась на ночь на вокзале или на скамейке в сквере, где её и подобрала моя бабушка. (Хорошо, что дело было летом при тёплой погоде.) Добросердечная, жалостливая бабушка прониклась сочувствием, симпатией и доверием к одинокой, растерянной молодой крестьянке и сразу позвала её в наш дом переночевать, где Дуня и осталась до самой своей смерти в 1985 году. Замуж она так и не вышла и своей семьи не завела. Мы стали её семьёй.

Четырёхкомнатную квартиру дедушка с бабушкой распределили следующим образом: спальня — для них; гостиная (она же столовая) — для семейных обедов и приёмов гостей; кабинет, в котором стоял массивный письменный стол, заваленный бумагами, стенной шкаф и диванчик — исключительно для деда. На этом диванчике он частенько спал, когда возвращался домой не столько поздно, сколько уже рано. И детская, которую Наташа делила с няней Дуней.

В спальне на широченной кровати чаще всего спала в негордом одиночестве бабушка, так как дед вечно пропадал то на работе, то на даче, то на рыбалке или на охоте, то — неизвестно где. Злые языки говорили, что он был любителем женского пола и менял пассий: актрис, балерин и секретарш. Но бабушка не верила досужей болтовне о дедушкиных любовных похождениях, считая все эти разговоры пустыми сплетнями завистников и злопыхателей, и обожала мужа. Да и дед, несмотря на свои вечные похождения и увлечения, жену свою любил и даже постоянно ревновал, хотя и ревновать-то её было не к кому, разве что к пациентам.

Кухонька была махонькая, чисто символическая, так как архитектор и строители дома предусмотрели (в первом дворе в здании клуба) общую для всех жильцов огромную кухню-столовую. Зачем же готовить в семье, если можно, не выходя из дома, по специальным талонам приобрести вкусный и питательный обед и принести его в судках домой! Что почти все жильцы и делали. Кроме клуба ВЦИК имени Рыкова (ныне Московский театр эстрады), дом также включал кинотеатр на полторы тысячи мест, спортивный зал, универмаг, прачечную, амбулаторию, сберкассу, отделение связи, детский сад и ясли. Во внутренних дворах были разбиты газоны с фонтанами. Мебель в доме (столы, буфеты и прочее) была казённая, с бирками. Горячая вода подавалась от теплоцентрали. В общем, Дом на набережной представлял собой независимый объект, особый город в городе, этакую элитную версию коммуналки для удобства проживания крупных советских деятелей и их отпрысков: партаппаратчиков, работников НКВД, высоких военных чинов, членов правительства, выдающихся артистов, музыкантов, писателей и прочих знаменитостей, так или иначе причастных к Олимпу молодого советского государства.

Новые жильцы получали роскошные квартиры и, ощущая свою привилегированность, радостно вселялись в уникальный город-дом. Однако их радость была недолгой. Через какое-то время (месяц, полгода, год...) ночью за многими приезжал «чёрный воронок» и люди исчезали — по доносу и наводке часто своих же так называемых друзей или знакомых, жаждавших получить квартиру арестованных. (Не зря наш дом также негласно прозвали «Домом предварительного заключения».) Репрессированные исчезали на долгие годы или навсегда: кому какая судьба выпадала (расстрел, тюрьма, ссылка в лагерь или на отдалённое поселение).

Круг соседей и коллег деда сужался. Иван Павлович интуитивно чувствовал приближение рокового дня, когда и за ним придут, но в 1937 году, незадолго до «большой чистки», перенапрягся на работе и вовремя умер от сердечного приступа. Смерть избавила его от допросов и мучений, а также спасла нашу семью от выселения. Мы не стали семьёй репрессированного и поэтому остались жить в Доме правительства. Бабушку не тронули, так как её в Кремлёвке ценили и в начальники она не лезла.

Раннее детство

К концу сороковых годов мама выросла в красивую пышноволосую девушку, поступила (пойдя по стопам бабушки) в медицинский институт и вышла замуж за бывшего одноклассника Сергея, который к тому же проживал в нашем доме, так как его отец был крупным военачальником, героем Гражданской войны. Не знаю, чего тут было больше — любви или трезвого расчёта (смею ли я рассуждать на эту тему, а вот рассуждаю), но брак моих родителей длился долгие годы, пока не... Но не будем торопить события.

Вернёмся к началу их семейной жизни. Молодые поселились в гостиной, переоборудовав её под свою спальню. И гостиной для приёмов у нас больше не стало. Да и сами большие приёмы стали редкостью. Когда приходили гости (не так много, как прежде), родители раздвигали стол у себя в спальне. А то и выносили его в просторный коридор, в котором — хоть катайся на велосипеде. Что я и делала, когда мне в четыре года подарили трёхколёсный велосипед.

Сначала родилась я, Ирина, а через четыре года — моя сестра Марина. Вот так нас назвали (для благозвучия, что ли, в рифму: Ирина — Марина). Через несколько месяцев после рождения Мариночки няня Дуня переместилась вместе с новорождённой в бывший дедовский кабинет, который долгое время, в связи с благоговейным отношением бабушки к памяти деда, пустовал, служа своего рода семейным музеем с фотографиями в рамках, развешанными по стенам, и альбомами в ящиках дедовского письменного стола.

Меня, четырёхлетнюю, оставили в детской. То-то я радовалась! Помню себя именно с этого возраста. Никто по ночам теперь не орал, спать не мешал, замаранными пелёнками и молоком не пахло. Свобода и покой! Утром, если я вставала до прихода няни, то перелезала через перильца на стул, смело выбиралась из кроватки (диву даюсь, как это я ни разу не сверзилась!), садилась на коврик, доставала своих кукол, их одежду, миниатюрную мебель, детский сервизик и другую утварь и играла в дочки-матери. Я была матерью, переодевала, кормила, баюкала и укладывала спать своих «дочек». Неожиданно открывалась дверь, и раздавался нянин голос:

— Проснулась, Иринушка, любушка моя? Ранняя пташка. Опять на полу сидишь? Замёрзла, поди. Давай скорей одеваться, умываться и кушать.

— Не хочу умываться и кушать! Не кричи, моих деток разбудишь! (Я долго не выговаривала звук «р». Выходило: «Не кличи, моих деток лазбудишь!)

— Пускай твои детки поспят, а ты пока умоешься, оденешься и покушаешь, — продолжала меня уговаривать няня. Я, замёрзшая на полу, в конце концов соглашалась и милостиво предоставляла няне проводить со мной утренние процедуры.

Интересно, что ни мама, ни папа никогда утром не заглядывали в детскую, отдав меня в полное распоряжение няни. Сестричку мама всё же несколько месяцев кормила грудью, а потом бросила это тяжёлое занятие (по её словам, пора было на работу выходить, засиделась дома), перетянула грудь и перевела Мариночку на искусственное питание, которое можно было купить в специальном отделе гастронома в нашем доме.

Родителей мы с сестрёнкой видели только вечером, когда мама возвращалась с работы, а отец выползал из так называемого творческого укрытия, где целый день выстукивал на машинке свои романы и другие литературные труды. Не всегда и вечером мы с сестрёнкой виделись с родителями. Часто папа с мамой уезжали на вечеринки (молодые были, любили гульнуть) и возвращались домой, когда мы уже спали. Суббота в те годы была рабочим днём. Оставался один выходной — воскресенье. Только в этот день, когда няню Дуню отпускали в церковь и по другим её личным делам, родители были вынуждены нами заниматься. А мы с Мариночкой с нетерпением ждали этого дня.

Мама покупала (из спецраспределителя для избранных, доступ к которому всё ещё имела наша семья при живой бабушке) красивые детские вещи и любила нас наряжать. Да и мы с сестрёнкой обожали это занятие. Мама и сама была всегда красиво и модно одета, никогда не ходила распустёхой, даже домашний халатик у неё был какой-то особенный — под японское кимоно из шёлка. От мамы приятно пахло заграничной косметикой и тонкими духами. Точно не «Красной Москвой» и не «Белой сиренью». Думаю, что французские духи ей дарили её благодарные высокопоставленные пациенты и их жёны. Она к тому времени работала пластическим хирургом в Институте красоты на улице Горького (бывшей Тверской и вернувшей себе в 90-е годы своё прежнее название). Перевоплощала лица и тела. Мама читала нам сказки братьев Гримм и «Легенды и мифы Древней Греции». Я обожала маму и фантазировала, что моя необыкновенная мама сама была богиней красоты или музой и спустилась с Олимпа, чтобы потом когда-нибудь взять туда меня с собой.

В папины обязанности входило брать нас на воскресные прогулки. Мариночка — в коляске, я — ножками. Вдоль набережной был разбит сквер. Там среди деревьев и скамеек мы и прогуливались. Таким образом папа вносил свою посильную лепту в наше счастливое детство. С нами, малявками, он особо не разговаривал. Так и бродили мы туда-сюда по скверу около двух часов в молчании, пока Мариночка не начинала реветь, а я вслед за ней — проситься домой к маме. Папа трогал наши холодные носы, и прогулка завершалась. Впрочем, когда я пошла в школу, а сестрёнку отдали на полдня в наш местный (специальный) детский сад, папочка наконец обратил на нас внимание. Однажды я случайно услышала его реплику в разговоре с мамой:

— Наташ, какие у нас хорошенькие девчушки получились! А? Прямо загляденье!

— А ты как думал? Так и должно было быть при наших-то с тобой благородных дворянско-купеческих генах. Ха-ха-ха.

— Тсс! Тихо ты! Ты же знаешь, в нашем «Доме с призраками» у стен есть уши.

— И для этих ушей наше происхождение — отнюдь не тайна, — добавила мама.

— Для кого-то не тайна, а для кого-то тайна. Осторожность не помешает.

— Ты прав, любимый! Всё! Умолкаю.

Я тогда ещё не знала слово «гены» и подумала о нашем соседе по этажу, малолетнем Генке. Этот самый Генка был единственным ребёнком у своих родителей, смышлёным и миловидным. Всё это так. Но какое это имело отношение к нам, сёстрам? Странные люди эти взрослые! Непонятно, что говорят.

Я хотела спросить папу с мамой, но потом передумала, так как пришлось бы признаться, что подслушиваю разговоры взрослых. А подслушивать — это очень скверно. За такое и наказать могут. Последствия я интуитивно понимала с малых лет, но всё равно любила подслушивать. (Эта скверная черта моего характера открывала мне глаза на многое, что происходило в нашей семье. Вспоминаю и думаю, что лучше бы я не подслушивала! Может, моя жизнь сложилась бы по-другому.)

Генке было тоже пять лет. Он не был трусом, просто не любил мальчишечьи игры в войну. Домашний, обожаемый единственный ребёнок, зеница ока родителей. Ребята нашего двора его презирали и дразнили маменькиным и папенькиным сыночком, еврейчиком, жидёнком. (После войны во всём своём низменном откровении стал проявляться государственный и бытовой антисемитизм, за который прежде в послереволюционные годы могли и посадить.) Поэтому Генке ничего другого не оставалось, как дружить с девочками. Например, со мной. Зимой мы катались с горки на санках и играли в снежки, а весной и осенью — в классики и в мячик. (Летом наши семьи уезжали из душной Москвы на казённые дачи.) У Генки тоже была няня, которая дружила с моей. Когда мы с Генкой играли, няня Дуня качала коляску с шестимесячной Мариночкой и взахлёб болтала с Генкиной няней. Они обсуждали жизнь своих хозяев: то осуждая, то восхваляя их. Газет и журналов деревенские женщины не читали, и их болтовня была своего рода светской хроникой последних событий.

Когда была плохая погода, Генкина няня приводила мальчика к нам (само собой, с разрешения моей бабушки). Мы лепили из пластилина разные фигурки, рисовали волшебные картинки, приговаривая: «Гром, греми, огонь, сверкай! Наш рисунок, оживай!». Мы ждали, рисунок не оживал, но это нас не смущало, и мы, забросив рисование, переходили к более бурной игре — в прятки. Благо в нашей огромной квартире было где спрятаться. В это время наши няни сидели на кухне, листали популярную в то время поваренную книгу «О вкусной и здоровой пище» и обсуждали новые рецепты обеденных блюд.

Частенько, расшалившись от беготни, мы создавали много шума. Тогда решительно открывалась дверь бабушкиной комнаты, бабушка выходила в коридор и строгим голосом говорила:

— Ну, всё! На сегодня, пожалуй, хватит. Наигрались. Приходите завтра.

— Простите, Мария Петровна! Это больше не повторится, — извинялась няня Дуня, и Генкина няня забирала мальчика домой.

Потом Генка вдруг перестал появляться во дворе, и к нам его тоже больше не приводили. Я недоумевала и скучала. Где его черти носили, моего друга? Заболел, что ли? («Где тебя черти носили?» было любимым выражением моей няни и бабушки, хотя моя прогрессивная и образованная бабушка ни в чертей, ни в домовых, ни в привидения и прочую нечисть не верила.)

— Ты не знаешь, где Генка и его няня? — спросила я у своей няни Дуни.

— А кто ж их знает! Может, в каком другом месте теперь гуляют, а может, и вовсе съехали с квартиры, — не очень уверенно сказала няня Дуня, оглянулась по сторонам и добавила: — Времена нынче мутные! Ох и мутные времена настали!

— Генкина няня же твоя подруга. Ты должна знать, что с ними случилось, — настаивала я. Мы с Генкой были, что называется, не разлей вода, и я непременно хотела знать, что произошло. Без него и гулянье было мне не в радость.

— Ничего я не знаю и знать не хочу! Не спрашивай меня больше, девонька! И языком-то не болтай! Всё! Найди себе нового друга. Вон их сколько! Цельный двор!

— Не хочу нового друга! Хочу моего Генку! Генка хороший. — Я заревела и упёрлась лицом в нянин мягкий живот.

— Помолчи, девонька! — Дуня прикрыла мне рот рукой и снова огляделась по сторонам, как в кино про разведчиков. Она определённо знала что-то важное и упорно это важное от меня скрывала.

А через пару дней приехал грузовик. Генка топтался зарёванный на улице, а его мама стояла рядом, скрывая под вуалью покрасневшие глаза, пока какие-то люди грузили в кузов их узлы, коробки и чемоданы. Мебель не грузили, так как она была казённым приложением к квартире. Я подошла к Генке, спросила:

— Почему вы уезжаете?

— Потому! Уезжаем — и всё! — буркнул Генка и отвёл взгляд.

— А где твой папа? Почему вы без папы уезжаете? Что случилось? Папа вас бросил? — К тому времени я уже знала, что некоторые плохие папы, негодяи и прохвосты — по нянину определению, бросают своих жён и детей и уезжают в неизвестном направлении, чтобы алиментов не платить.

— Бросил — не бросил... Тебе-то какое дело? — огрызнулся Генка.

— Какой ты стал грубый! Фу! — обиделась я, манерно копируя интонации и выражения мамы и бабушки. — Больно надо мне знать! — И для пущего веса добавила где-то подхваченное выражение: — Скатертью дорога! — хотя не понимала, как это дорога может лечь скатертью. Дорога длинная, а скатерть слишком короткая. Не понимала, но любила украшать свою речь, вставляя в неё, к месту и не к месту, выражения взрослых. Вообще, любовь к русскому слову стала проявляться у меня в самом раннем детстве.

Генка мне ничего не сказал в ответ, только посмотрел на меня взглядом затравленного зверька, мол, и ты тоже такая, как все, — предательница. Знать тебя больше не хочу! Наплевать и растереть!

Так Генка на долгое время исчез из моей жизни.

А вечером я снова подслушала разговор моих родителей и узнала, что Генкин папа, врач Кремлёвки, оказался заговорщиком-сионистом и врагом народа. И его посадили в тюрьму. Это же надо! Генкин папа оказался врагом целого советского народа!

Кто такие сионисты, я не знала, но решила, что это очень плохие люди, вроде воров, бандитов и шпионов. Наверное, права была няня Дуня, когда сказала, что мне нужно искать новых друзей. Такие друзья, как Генка, мне не подходят. Но в глубине души мне было жаль Генку и его маму. В общем, моё детское сердечко раздирали противоречия.

После ареста Генкиного отца и отъезда матери с сыном в неизвестном направлении на нашей площадке воцарилась зловещая тишина. Какое-то время квартира «врага народа» была опечатана. Я старалась не смотреть на дверь и печать. Потом ещё долгие месяцы меня преследовал этот беспомощный взгляд моего маленького друга.

Я росла впечатлительной девочкой, и у меня появилось чувство необъяснимой вины перед Генкой, что я вот осталась с мамой и папой в нашем доме, а моего друга вырвали из детства и куда-то увезли.

* * *

В 1953 году умер Сталин. Мне было пять лет, и я отчётливо помню, как всколыхнулся и затрепетал наш огромный город-дом. Одни соседи откровенно напоказ рыдали. Мол, люди добрые, что теперь будет со всеми нами и с нашей осиротевшей огромной страной? Другие, наоборот, умолкли, спрятали свои тайные мысли и прикусили языки.

Мои родители вместе с бабушкой заперлись в спальне, как обычно, поручили заботы о нас с Маринкой няне, шептались и долго не выходили из комнаты. Может, даже и не шептались, а писали друг другу записки. Как ни старались мы с няней услышать, что происходило за дверью спальни, так ничего и не услышали. Из комнаты не доносилось ни звука. Потом дверь открылась, появились папа с мамой, опечаленные, в слезах, надели пальто и шапки и куда-то ушли. (Только позже я поняла, что они отправились попрощаться с «отцом народов».)

А бабушка никуда не пошла, осталась с нами. Она не выражала никаких эмоций. «Ушла в себя», как любила говорить сама бабушка. (Хотя я не могла взять в толк, как это можно уйти в себя и выйти из себя. Идиоматические выражения русского языка я тогда воспринимала весьма буквально.) Вспоминаю теперь и догадываюсь, что бабушка, наверное, в те минуты думала о дедушке, который не дожил до этого дня.

— Бабуля, почему ты не плачешь? Папа с мамой плакали, а ты нет. Тебе не жалко дедушку Сталина? — спросила я.

— Очень жалко, деточка! Но я уже своё отплакала, все слёзки вылились. Больше нет.

— Бабуля, а ты лук порежь, и слёзки сами польются. Няня вчера лук резала и плакала. Она мне сказала, что иногда поплакать полезно. Слёзы очищают душу. А что такое душа, и почему её надо чистить?

— Ой, трудные ты задаёшь вопросы, внучка! Не знаю, как и ответить. Душа, если она есть, — это, возможно, невидимая субстанция внутри нас. Когда люди совершают плохие поступки, она загрязняется. И её надо очистить, отмыть... слезами. А может, души-то и вовсе нет. Наукой существование души не доказано.

— А мне кажется, что душа есть, бабуля. И лучше, чтобы она была, а то как же плохие поступки чистить?

— Плохие поступки лучше совсем не совершать, тогда и чистить ничего не надо, — сказала назидательно, в воспитательных целях бабушка.

— А что такое субстанция? Это такая особенная станция внутри живота? — продолжала я атаковать бабушку вопросами.

— Да, нечто в этом роде. Какая же ты у меня умная, внученька! Поставила бабушку в тупик, — сказала бабушка и улыбнулась.

— А что такое «тупик»? — допытывалась неугомонная я.

— Думаю, на сегодня хватит. О тупике поговорим в следующий раз, хорошо? — усталая бабушка поставила точку, оборвав наш затянувшийся сеанс вопросов и ответов.

— Ладно! — согласилась я, понимая, что на сей раз задала слишком много вопросов и утомила бабушку.

* * *

Няня тоже отправилась попрощаться с любимым вождём. Однако через несколько часов все трое вернулись домой.

— Ну что? Попрощались? — осторожно спросила бабушка.

— Нет! Там огромная толпа и дикая давка. Людей затоптали... Мы еле ноги унесли, — пробормотала мама и тихо-тихо добавила: — Это будет вторая Ходынка. Страшно!

— Слава богу, что у вас ума хватило вернуться! И что вы вообще смогли вернуться, — выдохнула бабушка, и тут-то она заплакала.

— Бабуля, ты сказала, что все твои слёзки кончились, а сама плачешь. Даже без лука, — удивилась я.

— Это я от радости, деточка. Вот новые слёзки и появились. От горя они бывают горькие, а от радости — сладкие.

Я решила проверить и поцеловала бабушку в щёку.

— Неправда! Твои слёзки солёные.

— Но не горькие ведь! — сказала бабушка.

ПЕРВЫЙ РАЗ В ПЕРВЫЙ КЛАСС

Очень скоро бывшую Генкину квартиру отремонтировали, и туда въехала другая семья: известный беллетрист П-ов с женой и дочерью Лизой, моей ровесницей. Первое время мои родные не здоровались с новыми жильцами, при встрече демонстративно отворачивались, так сказать, игнорировали или даже бойкотировали их, подозревая в доносе на Генкиного отца с целью получить квартиру в нашем уникальном доме. Потом время как-то сгладило ситуацию. Бабушка решила, что Лизкины родители ни в чём не виноваты.

— Их вина ведь не доказана, так зачем же сразу выносить обвинительный приговор! Не может быть, чтобы все новые жильцы в нашем доме оказались мерзавцами, — изрекла бабушка. А именно она задавала тон в нашей семье.

Так мы по отношению к П-овым сменили гнев на милость, а я и Лиза даже подружились и вместе пошли в первый класс. Но всё равно, в бывшую Генкину квартиру я никогда больше не заходила. Мы с Лизой всегда играли у нас или во дворе.

Трудно с высоты прожитых лет анализировать чувства и страхи ребёнка. Наверное, я подсознательно боялась призраков бывших жильцов. Или не хотела чувствовать себя предательницей, играя с Лизой в Генкиной квартире без Генки.

Мама ради моего первого школьного дня не пошла с утра на работу. Отпросилась. А папа аж в полвосьмого утра даже поехал на рынок за букетом цветов для моей будущей учительницы, но с нами в школу не пошёл. А ведь мог бы, так как работал дома и ему не надо было, как маме, отпрашиваться у начальства. Папа был сам себе начальник. Он стал довольно известным литератором, драматургом и сценаристом. Папины критические статьи печатали в «Литературной газете», по его сценариям снимали фильмы. В московских театрах ставили спектакли по папиным пьесам. Мой папа целыми днями работал. Заходить к нему в комнату и прерывать его творческий процесс можно было только в случае крайней необходимости, например пожара, землетрясения или телефонного звонка из Союза советских писателей.

Помню, стоял тёплый осенний день первого сентября 1955 года. Наша школа № 19 имени Белинского располагалась на Софийской набережной. Школа имела богатую историю, была знаменита своими покровителями, учителями и учениками. До революции в этом здании располагалось Мариинское училище для девочек, в котором преподавал сам молодой Сергей Рахманинов. Но я тогда была слишком маленькой, чтобы понять и осознать, как мне повезло со школой.

Для меня эта школа была просто школой, общеобразовательной обязаловкой, правда, с возможностью увеличить круг друзей и расширить горизонты. Школьное светлое трёхэтажное здание по сравнению с нашим громадным серым домом показалось мне маленьким и незначительным.

Краткая послевоенная эпоха раздельного обучения мальчиков и девочек закончилась. Этот общеобразовательный эксперимент в советской школе — на манер царских гимназий — не удался. На школьном дворе мы стояли все вместе: девочки в коричневых форменных платьицах и белых фартучках и мальчики в сизо-серой военизированной форме (гимнастёрка с ремнём, увенчанным солидной пряжкой, и брюки). Все дети — с букетами цветов для первой учительницы. Цветов — море. Ни ваз, ни просто стеклянных банок в школе не хватало.

Куда потом эти букеты девались?! Неужели Нина Ивановна, наша молодая учительница, все цветы домой уволокла?

Бритые наголо головы мальчишек (а-ля солдаты-новобранцы) были покрыты фуражками, а девичьи головки сверкали белыми бантами в косичках. Мальчикам не разрешалось оставить даже чубчик, а волосы девочек были причёсаны на строгий прямой пробор, и никаких чёлок и других вольностей в причёсках не допускалось. (Помню, первую чёлку я позволила себе выстричь в четвёртом классе, за что была вызвана на ковёр к директору вместе с моей мамой. И мы обе получили нагоняй за недопустимо фривольный облик советской школьницы. Эту несчастную чёлку потом пришлось убирать набок заколкой, пока она не сравнялась длиной с остальными волосами.)

Я была довольно крупной девочкой, видела хорошо, очков не носила, поэтому Нина Ивановна посадила меня за парту ближе к концу крайнего левого ряда у окна. Моим соседом по парте оказался мальчик не из нашего дома. Он просто жил где-то поблизости. Лизу П-ову определили за парту впереди меня — тоже с каким-то пришлым мальчиком. В общем, даже при распределении кого с кем посадить соблюдался принцип совместного обучения полов, чтобы привыкали общаться. Но мальчишек в нашем классе оказалось больше. Так что на последних партах-«камчатках» сидели верзилы — мальчик с мальчиком. Вообще, после войны рождалось больше мальчиков, чем девочек. Видно, природа таким образом пыталась восполнить гибель мужчин, рождённых в начале двадцатых годов.

Нина Ивановна рассказала нам и показала, как полагается сидеть за партой (держать руки исключительно наверху, ничего не прятать). Когда учитель входит в класс, надо, не громыхая, откинуть крышку парты и встать. Когда тебя вызывают, тоже надо встать. Если хочешь что-то сказать учительнице, не кричи с места — подними руку... ну и всякие разные другие правила поведения в школе.

Больше ничего о первом школьном дне не помню. Наверное, навалилось слишком много впечатлений сразу. Только помню, что день был с непривычки жутко длинный (хотя всего-то четыре урока — с половины девятого до часу дня — вместе с большой переменой). И ещё: я огорчилась, когда из школы меня пришла забирать не мама, а няня. А я-то хотела моим новым знакомым похвастаться, какая красивая у меня мама, похожая на знаменитую и любимую всеми артистку Любовь Орлову.

В первый же день задали домашнее задание — писать крючочки и палочки с нажимом. Я старательно выводила их карандашом и так устала от этого занятия, что у меня заболел указательный палец правой руки. Я даже гулять не пошла, хотя за мной забежала Лиза и позвала во двор прыгать через верёвочку. Няня открыла Лизе дверь, строго посмотрела на неё сверху вниз и отчеканила:

— Не пойдёт она никуда. Отдыхает. Намаялась бедняжка. Цельный час крючки писала и палочки, аж два карандаша сломала. Завтра будете прыгать. Лети домой, стрекоза!

Мама пришла вечером с работы и хотела расспросить меня, как прошёл первый день занятий, но я уже крепко спала. А папа так меня ни о чём и не спросил, даже из кабинета не вышел к обеду. Няня принесла ему обед прямо в кабинет — аж на подносе. «Папочка находился на пике вдохновения и не мог прервать свой важный творческий процесс», — как потом с улыбкой объяснила мама.

Больше мама меня в школу не водила. Хорошенького понемножку. Правда, она исправно посещала родительские собрания. Будила и собирала меня в школу няня. Вернее, она собирала утром меня вместе с трёхлетней Маринкой, и в школу мы шли втроём. Потому что куда ж Маринку девать с самого утра? Сначала — меня в школу к полдевятого, потом Маринку на полдня (к девяти) в садик, который помещался на последнем этаже нашего дома.

Забросив нас с сестрёнкой куда полагалось, няня переводила дух и принималась за свои обязанности по хозяйству. На ней висел весь дом вместе с уборкой и готовкой обеда, так как наше семейство в середине пятидесятых годов уже не так часто отоваривалось в продуктовом распределителе. Дедушка давно умер, бабушка вышла на пенсию, а мои родители были птицами уже не столь высокого полёта. Да и распределитель после войны значительно оскудел. Но всё же, по сравнению с московскими продовольственными магазинами, это был кладезь продуктов.

Через две недели Нина Ивановна объявила ученикам, что надо выбрать старосту класса и, поскольку никто не знал, кого и как выбирать и для чего нужен староста, сперва объяснила, что староста нужен для порядка в классе, а потом сама же старосту и назначила — Лену В. Как потом выяснилось, Леночка была внучкой кандидата в члены ЦК КПСС. Она была организованной девочкой, послушной, способной и, видимо, метила в круглые отличницы. Никто не спорил. А я даже с облегчением подумала: «Хорошо, что не меня!»

Мне совсем не хотелось быть на виду, кем-то руководить и за кого-то и за что-то отвечать, кроме, разумеется, себя самой и своих поступков. Я с детства росла индивидуалисткой. Как говорила мама, вещью в себе.

Очень скоро нам сказали, что каждый ученик в классе должен будет «отдежурить» после уроков. Очередь дошла и до меня. Нина Ивановна, толком не объяснив, что входит в обязанности дежурного и как долго нужно будет дежурить после занятий, ушла в учительскую. Все дети отправились по домам в полвторого, а я осталась в классе со школьной нянечкой (так мы называли уборщиц) тётей Надей и сразу ударилась в отчаянный рёв. Я решила, что буду на дежурстве до позднего вечера (а может, и до ночи!) в одиночестве, без оружия охранять класс от набегов воров и хулиганов. И как же я потом одна пойду домой в темноте?! Мне стало страшно.

— Не хочу дежурить! Домой хочу! Няня Дуня ждёт меня! Не буду дежурить! — всхлипывала я.

— Не плачь, Ирочка, не плачь, девонька! Дежурить совсем не страшно. Мы с тобой только польём цветочки, вытрем доску, соберём с пола бумажки, и ты сразу пойдёшь домой, — утешала меня тётя Надя, которая оказалась женщиной доброй, любящей детей и понимающей детские страхи.

Я успокоилась, перестала рыдать и благополучно справилась с дежурством. Я больше не боялась дополнительных обязанностей трудового воспитания советской школьницы, и мне было жутко стыдно за глупые слёзы и «детский сад», который я устроила. А тётя Надя умела хранить секреты, и мы стали друзьями. Каждый раз, когда мы пересекались в школе, она встречала меня успокаивающим взглядом, который заверял: «Не бойся! Я никому не расскажу о твоём первом дежурстве».

О ВОЖДЯХ, ОКТЯБРЯТАХ И ПИОНЕРАХ

Что ещё я помню о начальной школе? Помню, как после февраля 1956 года разом исчезли со стен все портреты Сталина. Магически исчезли — и всё. Ленин и Карл Маркс с Фридрихом Энгельсом остались, а Сталин испарился. Нам, первоклашкам, никто ничего не объяснил. Видимо, мы были слишком малы, чтобы понять и переварить информацию о XX съезде КПСС и развенчании Хрущёвым культа личности

Сталина. Моя соседка и закадычная подружка Лиза отозвала меня в сторону в коридоре и заговорщически прошептала:

— Смотри! Портреты Сталина убрали. Ни одного не оставили! Мой папа сказал, что он нехороший человек. А мой папа всё знает. Он — знаменитый писатель.

— Вижу, не слепая! Подумаешь, мой папа — тоже знаменитый писатель! — буркнула я и решила не продолжать с Лизой этот «взрослый» разговор.

Несмотря на малолетство, я интуитивно чувствовала, что такие разговоры не для школьных стен. Сегодня портрет Сталина убрали, а завтра возьмут и опять повесят... Всё может быть. Вот приду домой и спрошу у родителей или у бабушки. Они уж точно знают, что произошло и чем Сталин провинился.

Папа с мамой, как всегда, пришли домой поздно. Няня кормила нас с Маринкой, а заодно и бабушку, обедом. При трёхлетней Маринке я решила не начинать разговора о Сталине и его портретах. Она маленькая и ещё совсем глупая, может всё не так понять и в детском саду проболтаться. Няня тоже не вызывала у меня доверия для такой важной политинформации. После обеда я пошла за бабушкой в её комнату и спросила:

— Бабуля, а вождь Сталин хороший?

— А почему ты вдруг спрашиваешь? — опешила бабушка.

— У нас в школе убрали все его портреты и нам, детям, ничего не объяснили. Может, ты объяснишь? Лизин папа сказал, что Сталин плохой. Как это так? Был великий вождь, все его любили, и вдруг он стал плохой? Разве такое бывает?

— Ну что же, придётся, видимо, тебе объяснить. Ты ведь уже девочка большая, разумная. Недавно прошёл XX съезд КПСС. Ты ведь знаешь, что это такое.

— Знаю. КПСС — это кому слава! На плакатах у нас в школе и по всему городу. Куда ни посмотришь — всюду этой КПСС слава!

— Ну да! КПСС — это Коммунистическая партия Советского Союза, самая важная организация в нашей стране. Твой дедушка был коммунистом, членом партии, и твой папа — молодой коммунист. Так вот, на XX съезде партии Никита Сергеевич Хрущёв объявил, что Сталин причинил много зла людям. Помнишь твоего друга Генку? Его отца несправедливо посадили в тюрьму, обвинив в том, что он — враг народа. По приказу Сталина и его помощников невинных людей сажали, некоторых даже расстреливали. В нашем доме многих посадили. Пока не знаю, сколько человек, но мы потом обязательно всё узнаем. И всех их непременно оправдают, реабилитируют. Так что Сталин — самый настоящий злодей. И правильно сделали в вашей школе, что его портреты убрали.

— Какой ужас, бабуля! Великий вождь Сталин, оказывается, злодей. Никому нельзя верить, даже великим вождям! А дедушку нашего тоже расстреляли?

— Нет, дедушка умер молодым. У него было больное сердце. Если б сам не умер, его бы точно посадили или расстреляли. Кстати, о вере. Людям надо верить. Не всем, конечно! Но без веры в справедливость жить нельзя. Такая жизнь теряет всякий смысл. Ты вырастешь и поймёшь.

— Конечно, пойму. И я уже почти выросла. Ой, бабуля! Генкиного папу жалко и дедушку тоже! А ты плакала, когда дедушка умер?

— Плакала, Ирочка, плакала. И до сих пор плачу.

— Не плачь, бабуля, я тебя очень люблю.

— И я тебя люблю, моё солнышко. — Бабушка обняла меня и поцеловала. На этом наш разговор о сталинских репрессиях закончился. А ночью мне приснился Генка. Как будто он стоит на сцене в актовом зале нашей школы, размахивает красным флагом и кричит:

— Слышите? Мой папа ни в чём не виноват! Не виноват! Не виноват! Его оклеветали. Он честный человек и хороший доктор.

А Лизкин отец усмехается и отвечает ему:

— Ну, это ещё надо доказать, товарищи!

* * *

В конце первого класса по случаю дня рождения Ленина 22 апреля нас принимали в октябрята. Чести быть ленинским октябрёнком удостоились все ребята, кроме двух второгодников. На торжественной линейке в актовом зале вызвали каждого из нас и прикололи к школьной форме октябрятский значок — пятиконечную звёздочку с портретом маленького кудрявого Ленина. Гордости моей не было границ. Весь класс поделили на «звёздочки» по пять человек. Внутри моей звёздочки мне досталась «должность» санитара. А я хотела быть библиотекарем. Но библиотекарем назначили Лизу, так как она была почти отличницей, а я перебивалась с троек на четвёрки, хотя бабушка меня научила читать в пять лет. На родительских собраниях Нина Ивановна говорила маме:

— Ирочка способная и вроде неленивая, но какая-то несобранная. Она у вас мечтательница. Часто сидит на уроках и в окно смотрит, ворон ловит. Вызовешь её — отвечает невпопад. О чём она мечтает? А могла бы стать отличницей. Уже свободно читает, и её словарный запас значительно выше уровня второклассницы. Да, я знаю, это вы её научили читать. Но нельзя же жить одними книгами! Кроме чтения и письма есть ещё другие предметы, например арифметика. У вашей девочки прекрасные данные, но, к сожалению, отсутствует интерес к точным наукам. Обидно!

— Понятно. Вы абсолютно правы, Нина Ивановна. Спасибо! Я поговорю с Ирочкой, — пообещала мама. Дома она рассказала о разговоре с учительницей и устроила мне воспитательный час с головомойкой. Что, мол, кроме чтения есть ещё и арифметика и будут другие, не менее увлекательные науки, например биология, физика, химия, и надо отлично учиться, иначе не поступишь в институт, не получишь хорошую профессию и так далее и тому подобное. Я слушала, кивала, опустив глаза, и клятвенно обещала исправиться. Даже поклялась своей октябрятской звёздочкой. По маминым глазам я видела, что моя торжественная клятва её вовсе не убедила.

* * *

Следующим важным этапом моей школьной жизни было вступление в пионеры. Мы с Лизкой не могли дождаться этого дня. Наглаживали пионерские галстуки, тренировались, как правильно их завязывать, часами торчали перед зеркалом у нас в прихожей.

И вот этот желанный день настал. Будущих пионеров повезли сначала в Исторический музей на торжественную линейку и церемонию, потом, уже в красных галстуках, мы отстояли длинную очередь в Мавзолей Ленина. (Сталина уже оттуда убрали.) В мавзолее было темно и холодно, как в могиле. Мы шли по цепочке вдоль стен. Нам строжайшим образом запретили разговаривать, велели вынуть руки из карманов. (А вдруг в кармане пистолет или граната!) Мне, честно говоря, было неприятно и даже жутко смотреть на мёртвого, словно из воска, Ленина. Мороз по коже.

Такой может присниться только в кошмарном сне. Казалось, что мёртвый вождь вот-вот воскреснет, встанет и грозно, во весь голос, скажет: «Чего уставились? Покойников не видали? А ну, пошли отсюда, мелюзга!» У меня аж засосало от страха под ложечкой и голова закружилась. Я держалась за Лизку, она — за меня. Лизкина рука была холодная, как лёд, а глаза круглые-круглые и светились в полумраке, словно светлячки.

Когда мы вышли на воздух, Лизка прошептала мне на ухо:

— Какой ужас! Лучше бы они его, как всех, в могилку закопали на кладбище и красивый памятник поставили. Мы бы приходили на могилку, приносили ему цветочки и плакали.

— Что ты такое говоришь? Великого вождя нельзя закапывать в обычную могилу. Он должен быть постоянно на виду у народных масс. — Это была фраза, которую я от кого-то из взрослых услышала и с умным видом произнесла, а потом всё же с опаской добавила: — Хорошо, что нас с тобой никто не подслушивает.

— А что такого я сказала? Моя няня говорит, что всех мёртвых христиан надо в гроб класть и в землю закапывать. Если тело в землю не закопать, душа покойника будет мучиться. Выходит, душа великого вождя Ленина мучается.

— Так то ж мёртвых христиан в землю закапывают, а Ленин был большевиком, вождём советского народа. Большевики в Бога не верят, и коммунисты тоже. И вообще, пора бы тебе знать, что Бога нет!

— А няня сказала, что Бог есть. А кто в него не верит, будет гореть в аду. Или черти будут его жарить на сковородке. Вот так!

— Ой, Лизка! Ты совсем обалдела. Мы же пионеры-ленинцы. Мы в Бога не верим. Какой ад, какие черти, какие сковородки!

— Верим или не верим, а он всё равно есть, — упрямилась Лизка.

— Так! Я ничего такого не хочу слышать! Твоя нянька — тёмная деревенщина, — парировала я.

— А твоя нянька городская, что ли? Они все из деревни, и все по воскресеньям в церковь ходят на службу. Скажешь, нет? Один раз на Пасху няня взяла меня с собой в церковь молиться и куличи святить. Было так красиво! И куличи с ванилью очень вкусные.

— Отсталая ты, Лизка! А ещё дочка советского писателя называется!

— Если я отсталая, то ты просто дура примитивная! У тебя нет никакого воображения!

Мы бы ещё долго так пикировались, если бы не любопытный взгляд, который вечная (не сменяемая с этого поста уже три года) староста класса Лена бросила в нашу сторону.

— Всё! Замолчи, если не хочешь неприятностей. Видишь, Ленка на нас уставилась. Она всё слышит. Ещё наябедничает Нине Ивановне, что мы с тобой не достойны звания советского пионера-ленинца. Вызовут родителей, будут нас перевоспитывать. Может, даже из пионерской организации исключат! Тебе это надо?

— Не надо! Ты права! Я больше ни слова. И вообще, если что... я тебе ничего не говорила. Ни-че-го! Понятно?

— Конечно, понятно! Что я — маленькая, что ли?

Мой одноклассник Женя

Интерес к мальчикам проявился у меня где-то в пятом классе. Вернее, сначала у них возник интерес ко мне. Я росла крупной, физически развитой девочкой, в одиннадцать лет у меня уже начались месячные, а к тринадцати годам сквозь школьное платье отчётливо начали проступать мягкие женские формы. Первое время я их стеснялась, но потом перестала, осознав, что неотвратимо быстро превращаюсь в девушку, и этого превращения не только не надо стесняться, но и, напротив, можно им гордиться. Моя хорошенькая мордашка (по словам родни, копия мамы) вкупе с другими женским и прелестями привлекала мальчиков, и я часто ловила на себе их заворожённые взгляды.

К началу седьмого класса я влюбилась в новенького одноклассника Женю М-ского.

Он был, что называется, пришлый: хотя из нашего дома, но не москвич. Как я потом узнала, его отец, получивший звание и должность полковника Генштаба, был переведён в столицу откуда-то из Сибири. (За какие заслуги — неизвестно.)

Просто освободилась очередная квартира в нашем доме, и Женину семью туда поселили, — благожелательно по отношению к Жениным родителям решила я.

Мальчик выгодно отличался от других ребят-одноклассников — не слащавой красотой, нет (хотя он, безусловно, был привлекателен лицом). Его выделял высокий рост, по-военному прямая спина, жгуче-чёрные, цыганистые глаза, мужественный облик, аккуратность и поистине строевая подтянутость. Форменные брюки всегда наглажены, гимнастёрка будто свежевыстирана (или только что из химчистки), ботинки до блеска начищены, пряжка на поясе надраена, словно самовар моей няни перед праздником. Учился он на четвёрки и пятёрки, хотя вон из кожи не лез, руки не тянул, как выскочки и подлизы — мол, вызовите меня, я знаю материал лучше всех. Но если его вызывали, никогда не нервничал, не смущался, всегда отвечал правильно, рассудительно и спокойно. В носу не ковырял и ногти не грыз, как некоторые. И ногти у него были красивые, овальные, аккуратно подстриженные, как у музыканта.

Целый год я скрывала свои чувства прежде всего от самого Жени, а также от Лизки, с которой мы делились нашими девчачьими тайнами.

И я бы никогда первая не призналась мальчику в любви. А вдруг он меня отвергнет! Что мне тогда останется делать? Сгореть со стыда или утопиться в Москве-реке, прыгнуть в стылую тёмную воду с Берсеневской набережной?

Иногда наши взгляды пересекались, и мне казалось, что его глаза радуются встрече с моими глазами, светятся симпатией или... чем-то большим, чем простая симпатия. Я скромно отводила взгляд и улыбалась — про себя. Эта молчаливая игра взглядов продолжалась до весны, пока однажды на большой перемене, когда мы играли в традиционные «ручейки», он не выбрал меня, и не просто выбрал, а вложил мне в руку записку и крепко сжал мою ладонь, сомкнув мои пальцы, наверное, чтобы записка не выпала на пол. Я быстро положила листочек в карман фартука, вынырнула из «ручейка» и спряталась в дальний угол коридора, чтобы никто не видел, как я читаю записку. А там аккуратным, чётким почерком было написано следующее:

«Ира! Приходи после уроков на школьный двор в 3 часа. Мне нужно с тобой поговорить! Очень нужно!!! Пожалуйста, приходи! Буду ждать. Женя».

Вот оно! Женина записка обжигала мне руки. В моей влюблённой голове крутились самые разные мысли: он влюбился в мою умную и красивую подругу Лизку, не решается ей признаться и хочет это сделать через меня, чтобы я послужила передаточным звеном. Или: он хочет меня куда-то пригласить, позвать в кино или в театр, у него есть лишний билетик. А может, просто он совсем не знает Москвы и истории нашего дома и попросит меня обо всём ему рассказать, то есть просветить? Оставался последний вариант, на мой взгляд, самый невероятный и самый желанный: он вовсе не в Лизку влюбился, а в меня. Чем я хуже Лизки? Я, пожалуй, даже красивее, и ноги у меня стройнее и длиннее, хотя, если смотреть правде в глаза, она способнее меня и учится на «отлично».

Но няня как-то сказала мне:

— Ты, девонька, особо не умничай! Мужчины влюбляются не в женский ум, а в красоту и доброту. И вообще, мужчины не больно-то любят умных женщин. Твоя умная мама... Ой, что-то я заболталась!

— Да, моя мама очень умная и красивая! А что ты хотела сказать? С моей мамой что-то не так? — спросила я удивлённо и встала руки в боки.

— Твоя мама — исключение из правил, она редкая женщина. И умная, и красивая, и добрая! — тут же поспешила исправить оплошность няня.

— Вот именно! — подвела я итог.

Я сбегала домой, сбросила потную школьную форму, распустила косы, завязала волосы в конский хвостик, надела новое красивое платье и туфельки на крошечном каблучке-шпильке, которые мы с мамой купили для меня в комиссионке. Зашла тайком в родительскую спальню, открыла на мамином туалетном столике пудреницу и слегка припудрила прыщик, который именно сегодня, как назло, вскочил на моём лоснящемся носу.

— Ты что делаешь? Я всё маме расскажу, — злорадно пообещала десятилетняя Маринка, которая пристально и с явной завистью наблюдала за моим магическим «превращением из Золушки в принцессу перед балом».

— Ну, пожалуйста, не рассказывай ничего маме! Клянусь! Я всё, что захочешь, для тебя сделаю, — умоляла я сестрёнку. И добавила для пущей правдивости, на всякий случай, чтобы потом не было претензий: — Ну, почти всё...

— Хорошо, я подумаю, что ты можешь для меня сделать. Так... ты должна написать за меня сочинение на тему «Как наша семья встретила праздник Первое мая». Напишешь?

— Конечно, напишу! Это будет лучшее сочинение в твоём классе. Ты единственная из всех получишь пять с плюсом в тетради, в дневнике и в классном журнале, и твоё гордое имя вместе с фотографией торжественно поместят на школьной Доске почёта, — клятвенно пообещала я, предрекая Маринке славу, ибо русский язык и литература были единственными предметами, по которым у меня всегда было «отлично». И сочинение написать для меня — раз плюнуть.

Удовлетворённая моим обещанием, Маринка от меня отстала, а я придирчиво оглядела себя в зеркале, одобрила свой внешний вид и опрометью, цокая каблучками по асфальту, бросилась назад к школе. Мне исполнилось четырнадцать лет, возраст — чуть старше Джульетты. Это было моё первое настоящее свидание с мальчиком.

Я еле-еле успевала к трём часам. Понаблюдав за моими поспешными сборами, переодеванием и прихорашиванием, няня прокричала мне вдогонку с балкона, да так громко, аж на всю набережную:

— Куда ты летишь, не поевши, как очумелая? Неужели на свиданку? Интересно, с кем?

— Да, нянечка! На свиданку. Всё потом расскажу, — отвечала я на бегу, запыхавшись.

На опустелом, необычно тихом школьном дворе Женя ждал меня, беспокойно поглядывая по сторонам. Майский воздух дразнил запахами распустившихся деревьев. Женя был по-прежнему в школьной форме. В правой руке он держал портфель (видимо, не успел сбегать домой, бросить его и переодеться). В левой руке была ветка черёмухи. И рука, и черёмуха заметно дрожали.

— Привет, Женька! — выдохнула я, скромно потупив взор. — Зачем ты меня позвал?

Женя, видно, долго готовился к ответу на этот вопрос, так как без малейшего промедления и колебания чётко произнёс:

— Знаешь, я давно хотел тебе сказать. Ты мне нравишься. Очень-очень! Ты такая красивая, самая красивая девочка в нашей школе! И задумчивая, неболтливая. Ты, наверное, станешь артисткой кино. Черёмуха — это тебе.

— Ну, так уж прямо самая красивая во всей школе? — выпалила я, покраснев от наплыва счастья. — О кино я ещё не думала. Спасибо за цветы! — И добавила всё-таки для порядка: — Где ты черёмухи-то наломал?

— Прямо здесь, на школьном дворе.

— Ну ты даёшь! Я надеюсь, тебя никто не видел?

— Кажется, никто. Да если кто и видел, что они мне сделают? Завучу донесут, директору школы? Родителей вызовут? Ну, поругают слегка. Подумаешь! И всего-то одну ветку отломил.

— А ты смелый! Ты мне тоже нравишься. С самого-самого первого дня, когда ты появился в нашем классе. Но я бы никогда тебе об этом первая не сказала. Мне кажется, мужчина должен признаваться в любви первым. Ну что? Будем… дружить?

Я хотела было сказать «будем встречаться?», но это слово показалось мне чересчур взрослым и затасканным. И я запнулась.

— Ещё как! — обрадовался Женя и улыбнулся. Напряжение спало. Объяснение во взаимной любви (ведь «нравиться» на нашем подростковом диалекте означало «любить») состоялось.

Что с этим делать дальше, мы не знали. Целоваться — боязно и как-то рановато. По крайней мере, для меня. Да и Женя оказался скромным мальчиком.

И как это он всё же решился объясниться? Наверное, испугался, что меня «уведёт» какой-нибудь другой, более решительный герой отрческого романа. А что? Всё возможно. Меня так и распирала гордость от собственной внешности. Ведь он назвал меня «самой красивой девочкой в школе»!

Подспудно возник естественный вопрос: скрывать нашу дружбу-любовь от родителей, учителей и одноклассников или открыто появляться перед народом, держась за руки? Эпоха была другая. Не то, что ныне, когда чуть ли не в детском саду уже открыто фигурируют взятые из английского языка слова «гёрлфренд» и «бойфренд».

По молчаливому согласию решили нашу любовь не скрывать, но не очень и афишировать, чтобы не дразнить гусей. Для всех мы будем просто школьными друзьями, соседями по дому.

— Хочешь, пойдём ко мне уроки делать? Няня Дуня нас обедом накормит, — предложила я с ходу. — Она так вкусно готовит, пальчики оближешь. Пойдём! Не пожалеешь.

— Спасибо! Если честно, я вообще-то ужасно есть хочу. Мама на репетиции. Папа на работе. А домработница приходит к нам только два раза в неделю. Значит, не придётся мне, как всегда, обед самому разогревать или варить макароны. И макароны мне во как осточертели! Я только сбегаю домой, переоденусь и быстро к тебе.

— Твоя мама на репетиции? Она что, артистка?

— Моя мама — певица. Она солистка музыкального театра имени Станиславского и Немировича-Данченко. Сопрано. Поёт Татьяну в опере «Евгений Онегин», Чио-Чио-Сан в опере «Мадам Баттерфляй» и другие... партии, — сказал Женя с придыханием и явной гордостью за маму.

— Ой, как интересно! С ума можно сойти! Я обожаю театр! Твоя мама — настоящая оперная певица?! А мы с тобой пойдём как-нибудь в театр? Ты меня пригласишь?

— Конечно, приглашу. Возьму у мамы контрамарку, и мы будем сидеть в первых рядах партера на самых лучших местах. Представляешь? Ты вообще любишь оперный театр?

— Люблю! — быстро соврала я, хотя, несмотря на уроки фортепьяно, ни разу не была в оперном театре, только в драматическом.

Я, вообще-то, не люблю врать, редко привираю. Но иногда приходится. Просто не хотела перед Женей выглядеть дурой необразованной.

Няня восприняла приход моего гостя как само собой разумеющееся явление (видать, наша Иришка завела жениха) и бровью не повела. Она оглядела Женю быстрым оценивающим взглядом, видимо, одобрила мой выбор, сразу послала нас мыть руки и позвала к столу. Мудрая бабушка тоже восприняла Женю как ступеньку моего взросления и не проявила бестактного любопытства. Зато ехидная Маринка не оставляла нас в покое ни за обедом, ни после. Она буквально задолбала бедного Женю вопросами и небезобидными комментариями, вынудив его и меня краснеть и злиться:

— Ты в нашем доме живёшь?

— Да!

— Наверное, недавно приехал. Что-то я тебя раньше не видела, а я здесь родилась и всех знаю.

— Дом-то у нас огромный. Ты, Мариночка, всех знать не можешь, — мягко встряла в разговор бабушка.

— Ну, почти всех... А из какого города ты приехал? Случайно не из деревни? В Москву понаехало много деревенских. Сплошная лимита! — продолжала Маринка свой крутой натиск, употребив обидное где-то подхваченное слово, значения которого сама толком не понимала.

— Я приехал из Новосибирска. Слышала про такой большой город? У тебя какая отметка по географии? — вроде бы невинно парировал Женя.

— Мы этого ещё не проходили. А в этом твоём Новосибирске очень холодно?

— Зимой холодно, а летом тепло.

— Ты теперь к нам будешь каждый день приходить обедать? — не унималась Маринка. — А что, твоя мама тебя, наверное, не кормит?

Это уже было слишком! Я резко вмешалась в разговор:

— Замолчи, дура! А если и так. Тебе-то что? Твоё мнение не требуется. Женина мама — певица в оперном театре, солистка. Ей некогда борщи варить, — прошипела я и подумала: «Ну всё! Не дождёшься ты от меня теперь сочинения, мелкая дрянь! Сама будешь писать, как наша семья встретила

Первое мая. Вернее, как наша семья его не встретила... И не видать тебе пятёрки, это уж точно!»

— А я что? Я не жадная. Мне борща не жалко и котлет с картошкой тоже. Я просто так спрашиваю — для общего сведения, — уточнила моя сестрёнка, вставив в разговор «взрослое выражение».

Голодный Женя, слава богу, перестал реагировать на Маринкины нападки и молча доедал обед. Надо сказать, с большим аппетитом и явным удовольствием.

Повезло мне! Мужественный и разумный достался мне друг.

Быстро отобедав, мы с Женей культурно сказали «спасибо!» няне и бабушке, удалились в мою комнату делать уроки и закрыли за собой дверь. Наше стремление к уединению и возможность закрыться окончательно разозлили Маринку, и нам вслед неслись её возмущение и напутствия:

— Я протестую! У Ирки своя комната, а я уже не маленькая и всё ещё сплю в одной комнате с няней. Мне тоже нужно личное пространство! — кричала Маринка в коридоре. Откуда только она набралась таких умных выражений?

— Зачем тебе личное пространство, мелочь пузатая? Что ты будешь с этим пространством делать? В куклы играть? — кричала я через закрытую дверь.

— А хотя бы и в куклы! Тебе-то что?

— А ничего! Подрасти немного и тогда качай права.

— Ты ещё тоже не взрослая, а уже жениха завела! Будете целоваться — не забудьте про уроки! А то завтра двоек нахватаете — и вся любовь! И вообще, я не могу дождаться, когда ты наконец выйдешь замуж, уедешь из нашей квартиры и мне твоя комната достанется.

— Ничего, подождёшь ещё лет пять-шесть! А теперь заткнись! Не мешай нам делать уроки!

— Так, всё. Как только вам не стыдно, вы же сёстры, близкие люди! Немедленно прекратите ссориться! Что о вашем воспитании подумает Женя? — вмешалась в нашу перебранку бабушка, и мы разом умолкли. Слово бабушки было для нас законом.

Да, сумела малолетняя сестрёнка испортить первый день моего школьного романа. Что ею двигало? Зависть, что я уже почти взрослая, ревность ко мне, старшей сестре, или просто вредный характер? Вроде до моей дружбы-любви с Женей мы с Маринкой жили довольно мирно, ссорились редко.

«То ли ещё будет!» — с тоской подумала я.

Маринку так и распирало. Она еле-еле дотерпела до вечера и, как только мама вернулась с работы и даже не успела ещё снять пальто и надеть тапочки, наябедничала ей, что я, во-первых, без разрешения ходила в её спальню и там пудрила свой прыщавый нос и, во-вторых, привела на обед страшно голодного одноклассника, который нахально съел очень много борща и двойную порцию котлет с жареной картошкой. И самое ужасное, что мы с ним после обеда заперлись в комнате и вместо того, чтобы готовить уроки, там неизвестно чем занимались. Вот!

Усталая мама притворно насупила брови и столь же притворно грозно спросила меня:

— Ну, и чем же вы занимались с твоим одноклассником, который съел двойную порцию борща и котлет с жареной картошкой? Как зовут этого голодающего мальчика?

— Не волнуйся, мамочка! Моего нового друга зовут Женя М-ский. Он очень умный, почти отличник, живёт в нашем доме. Воспитанный, из хорошей семьи. Его мама — настоящая певица оперного театра, солистка. Поёт Татьяну и Чио-Чио-Сан в музыкальном театре имени Станиславского и Немировича-Данченко. Вот! Не слушай Маринку, она всё врёт. Во-первых, я попудрила нос совсем чуть-чуть, а во-вторых, не так уж и много Женя съел борща. Вам с папой осталось целых полкастрюли. И вообще, мы ничем запрещённым не занимались. Просто делали уроки. Это Маринка из зависти, что у меня появился друг, а у неё пока нет. Да кому она нужна, такая вредная малолетняя ябеда!

— Его мама — певица оперного театра? Поёт Татьяну и Чио-Чио-Сан? Её зовут Таисия М-ская? — мамино лицо выразило некую растерянную задумчивость или задумчивую растерянность. — Это... м-м-м... интересно и так неожиданно! Таисия, Таисия...

— Это не просто интересно! Это замечательно! Женя скоро достанет для меня контрамарку, и мы с ним пойдём в театр Станиславского и Немировича-Данченко. Представляешь? Совершенно бесплатно! И будем сидеть в первых рядах партера!

— Бесплатно в первых рядах партера — это хорошо! — мама села на стул в одном сапоге и начала его снимать. — Я очень устала. Давай поговорим завтра. Хорошо?

Потом мама ушла в ванную комнату мыть руки. Шум льющейся из крана воды приглушал звуки то ли маминого надрывного смеха, то ли плача. Маринка, обиженная невниманием к своей особе, начала реветь. А папа наконец-то выбрался из своего укрытия, будто из берлоги, и громким голосом, как медведь из сказки, спросил, слегка разрядив обстановку:

— Что здесь у вас происходит? Кто посмел съесть мой борщ и котлеты с жареной картошкой? Покажите мне этого незваного гостя! Я с ним поговорю!

Мы с няней и бабушкой засмеялись. А Маринка продолжала всхлипывать, но уже не так надсадно, приговаривая:

— Никто здесь мне не верит, и никто меня не любит и не понимает! Вы все заодно!

— Не плачь, моя малышка! Я тебя люблю, моя деточка! — сказала жалостливая няня, обняла Маринку и стала целовать её зарёванное лицо. — Ишь, напали на бедное дитя, насмешники! Завтра наварю самую большую кастрюлю борща. Всем хватит. Нажарю ещё блинчиков с мясом, творогом и яблоками. Зови, Ириша, своего Женьку! Пущай приходит. Видать, мать-то его, стрекоза, всё поёт да поёт, а мальца-то не шибко кормит. Больно худенький.

Тут мама вышла из ванной, на ходу вытирая лицо полотенцем и, бросив на папу многозначительный взгляд, значения которого никто из присутствующих не понял, продекламировала:

— Ты всё пела? Это дело! Так пойди же попляши!

— Эх! Совсем заработалась наша бедная мама! — сказал папа, пожал плечами, нежно обнял маму и повёл её в спальню.

Послышался щелчок запираемой двери, что означало: займитесь своими делами и оставьте нас с мамой в покое. Из спальни ещё долго раздавались всхлипывания и приглушённые голоса.

— Ну, чего стоите под дверью? Чего ждёте? Не стыдно подслушивать? Дайте мужу с женой спокойно поговорить. Сейчас всех накормлю ужином, а они пущай потом себе сами разогревают, — громко сказала няня и пошла на кухню.

Так закончился первый день моего школьного романа. Первый раз за мою четырнадцатилетнюю жизнь я долго не могла заснуть. В комнате было душно. Я зажгла ночник, открыла форточку и заворожённо смотрела, как танцуют на стене тени от колышущейся оконной занавески. Прокручивала в голове подробности этого знаменательного дня и думала, что нас ждёт дальше.

«Конечно, мы будем любить друг друга до конца школы, уж это точно! А может, и всю жизнь, до самого гроба. И никто — ни Маринка, ни родители, ни бабушка с няней — не сможет убить нашу любовь. Мы сначала поступим в институт, а потом непременно поженимся. У нас, конечно, родятся дети, умные и красивые».

Дальше умных и красивых детей мои мечты не простирались. Исчерпав свою фантазию, я уснула, так и не погасив ночника.

Препарирование чувств

Очень трудно в пожилом возрасте попытаться вернуться в отрочество и вспомнить, какие чувства, мысли и желания владели мной, четырнадцатилетней девочкой, влюблённой в одноклассника, физиологически созревшей, но абсолютно невинной и сексуально не образованной (ни ханжеской советской школой, ни занятыми своей работой, своими переживаниями и проблемами родителями). Из какого яркого, благоуханного букета состояла эта первая любовь? Что это было? Полуосознанное физическое тяготение, духовное полуобожествление (он самый красивый, самый умный, самый мужественный, самый лучший), неотступное любование предметом обожания, как внешним, так и внутренним его обликом, желание постоянного общения, стремление к абсолютному (пусть не физическому, но воображаемому) обладанию предметом (он только мой и больше ничей), подспудная готовность к ревности (он сегодня на перемене слишком пристально посмотрел на Лизку: что бы это значило?). Просыпание и засыпание с одной только мыслью — о нём. Желание взять его за руку и одновременный трепетный страх перед прикосновением к этой руке. Невозможность сосредоточиться в школе на уроках. Пребывание в какой-то закрытой от всего мира скорлупе, всеохватывающее ощущение блаженного счастья... Кажется, я всё перечислила. Ну, может, упустила что-то не столь важное, эфемерное, какую-то деталь в описании состояния своей души и тела в ту весну моей первой влюблённости. Главное, что моя жизнь теперь разделилась на до той поры и после.

В школе мы с Женей сидели за разными партами или столами. Не сговариваясь, старались как можно меньше общаться, не перекидываться влюблёнными взглядами, чтобы не вызывать нездоровое любопытство, насмешки или зависть одноклассников и комментарии некоторых не слишком педагогически одарённых учителей. Словом, боялись спугнуть жар-птицу счастья, милостиво залетевшую в наше отрочество.

Мы обменивались записками, в которых назначали друг другу время свидания, как правило, после уроков у моего подъезда или в моей квартире. Казалось бы, куда соблазнительней было бы встречаться в Жениной квартире, которая до позднего вечера, а иногда и до ночи стояла безлюдной. Отец — на работе, мать на репетиции, на спектакле или на гастролях. Никто бы нам не мешал, не подсматривал и не язвил, как Маринка, не наблюдал безмолвно, но пристально, как бабушка, не давал руководящие указания, как няня. Но, во-первых, родители и бабушка строго-настрого запретили нам сидеть без надзора в пустой квартире, во-вторых, именно эта соблазнительная свобода привлекала и одновременно внушала нам подспудный страх остаться наедине. Как писал какой-то философ: «Свобода — это осознанная необходимость».

Мы ещё не были готовы к свободе, и она пока не являлась для нас необходимостью. Уроки делали, сидя рядом за письменным столом, случайно касаясь друг друга то коленями, то плечом, и тут же отскакивали, как от удара током. Обстановка вокруг нас была наэлектризована, невидимые искры так и летали.

Я руководила выполнением задания по русскому и английскому языкам и русской литературе. Женя натаскивал меня по точным наукам. В общем, наш любовно-дружеский альянс приносил не только радость, но и пользу. В итоге я повысила свои знания и соответственно оценки по точным наукам, а Женя улучшил английское произношение, знание грамматики русского языка и постепенно приобщался к мировой классике (от Джованни Боккаччо до А. И. Куприна), которой у нас были забиты книжные стеллажи и которую я к четырнадцати годам без родительского надзора проглотила в огромном количестве. Днём нас кормили обедом, вечером — ужином. Няня со свойственной ей прямотой откровенно одобрительно высказывалась:

— А пущай парень у нас столуется, ежели его дома не кормят. Чай не обеднеем, правда, Мария Петровна? Я не против. Видать, приличный такой, воспитанный паренёк. И в Ирочку нашу по уши влюблённый. Первая любовь — такое дело. Её беречь надо! И подкармливать!

Бабушка молча кивала головой. Иногда мне казалось, что она хочет что-то добавить к няниным ремаркам, но бабушка предпочитала не озвучивать свои мысли и чувства по поводу пребывания Жени в нашем доме. Видно, что-то её смущало, что-то ей мешало... А мне хотелось от неё если не восторга, то хотя бы одобрения. Мне хотелось, чтобы все восхищались моим Женей.

После ужина в хорошую погоду мы частенько отправлялись погулять, пройтись вдоль реки. Вот тут проявлялось бабушкино настойчивое влияние. Она гнала нас на свежий воздух, ибо, выражаясь её языком, «молодому организму для роста и развития нужна не только духовная и физическая пища, но и кислород, и даже в первую очередь кислород!» Будучи врачом на пенсии, бабушка продолжала духовно и физически лечить нашу семью.

В конце седьмого класса Женя, я и Лиза вступили в комсомол. Женя признался мне по секрету, что сделал это исключительно по наставлению отца. Мол, его отец так прямо и сказал, что если Женя хочет сделать блестящую карьеру, чего-то добиться в профессии и в жизни, надо сначала вступить в комсомол, а потом непременно в партию. Подобное заявление звучало весьма прямолинейно и даже цинично, но я тогда об этом не думала, ибо восторженно одобряла всё, что говорил и делал Женя.

Почему-то в связи с Жениным признанием я вспомнила своего друга детства Генку. Ему ведь тоже, как и нам, тогда было четырнадцать лет.

Каким он стал? Где сейчас обретается? Его отца и других так называемых участников сионистского заговора наверняка реабилитировали. Интересно, вступил Генка в комсомол или нет? Ведь для него вступление в комсомол означало бы простить советскую власть за арест отца и исковерканную жизнь. Нет, такое невозможно ни понять, ни простить. Я бы точно не простила.

Лиза заявила, что вступает в комсомол по велению ума и сердца, не объяснив детали... Она любила руководить. В своё время её не назначили старостой. Теперь она наверняка метила в комсорги.

Меня же никто и ничто не гнало в комсомол (ни родные, ни ум, ни сердце), не заставляло вступать в эту политизированную молодёжную организацию. Бабушка мне даже, наоборот, посоветовала подумать и отложить решение хотя бы на год, когда я, повзрослев, осознаю, для чего это делаю.

Но я была настроена романтично-патриотически. Да и как иначе? Женя и Лиза будут комсомольцами, а я останусь в юных пионерах, как третьеклашки в галстуках? Это даже стыдно и смешно! Такого не должно быть! Нет, ждать целый год я не могла.

Нацепив на грудь комсомольский значок, я какое-то время носила его с гордостью, а потом как-то охладела и к значку, и к своей причастности к ВЛКСМ. Активисткой не стала. Да и какая из меня, индивидуалистки, активистка! Я просто исправно платила взносы и иногда почитывала «Комсомольскую правду», если там печатали что-то интересное. Женя тоже особой активности не проявлял. Видно, для его отца членства сына в комсомоле было вполне достаточно. А Лизу всё-таки избрали комсоргом нашего класса. Она каждый месяц созывала нас на комсомольские собрания, на которых кто-то делал политинформацию, скрупулёзно собирала членские взносы и ездила за город на комсомольские конференции. Пожалуй, на этом её деятельность комсорга заканчивалась.

С Женей мы о комсомоле поговорили и перестали. Нас обуревали совсем другие мысли и чувства, отнюдь не идейные. Мы быстро взрослели, и с нами взрослела наша любовь.

* * *

Летом, как мы с Женей ни сопротивлялись, нам всё же пришлось расстаться на целых три месяца. Меня, Маринку, бабушку и няню отправили на нашу дачу в Подмосковье. Женю «сослали» к родственникам куда-то аж за Урал в Сибирь. Расставание было грустным, но мы поклялись друг другу в вечной верности, чтобы никаких летних летучих увлечений и романов. Обещали писать частые письма и честно, с подробностями, описывать то, что с нами происходило на отдыхе.

Я вообще обожала писать с самого детства (дневниковые записи, стишки, миниатюры, даже одноактные пьески сочиняла для нашего школьного драмкружка), а эпистолярный жанр был моим любимым способом общения и изложения мыслей.

Так что для меня длинные (на двух-трёх страницах) письма к Жене были вдвойне приятным занятием. Я представляла себя то утончённой тургеневской барышней (героиней повестей «Вешние воды» и «Первая любовь»), то пушкинской Татьяной и детально описывала не только события, но и свои чувства и переживания. Женя отделывался короткими отчётами-репортажами на полстранички типа: «Сегодня была отличная погода, и мы ходили с ребятами на рыбалку». Или: «Вчера шёл дождь, после дождя выросло много грибов, поэтому мы сегодня ходили с ребятами в лес за грибами». Или: «Я каждый день занимаюсь спортом, играю в футбол, наращиваю мышцы», — при этом непременно добавляя: «По-прежнему тебя люблю. Твой Женя».

Я понимала, что эпистолярный жанр — не его сильная сторона. Женя представлял собой тип технаря, так сказать, антигуманития. Но он очень старался, и влюблённая (как говорила няня) по уши я радовалась его сообщениям, особенно завершающим фразам. Танцевала и целовала каждое его письмецо, каждую открытку.

К восьмому классу Женя ещё больше вырос, стал выше меня на целую голову и как-то раздался в плечах. Наверное, сыграли роль ежедневные занятия спортом. И вообще, зауральский, сибирский климат определённо пошёл ему на пользу. Он загорел и со своими чёрными глазами и иссиня-чёрными волосами стал окончательно похож на восточного человека или на цыгана. Я всё не решалась спросить о его этническом происхождении, боялась, а вдруг он не захочет говорить на эту тему или, чего доброго, обидится. Сам он никогда о своих корнях не рассказывал.

Впрочем, для меня, окончательно потерявшей голову от любви при виде его возмужавшего облика, все эти этнические копания и детали не имели никакого значения.

Я тоже ещё немного подросла (дотянулась до одного метра семидесяти сантиметров), исчезла угловатость, увеличился объём груди, резко обозначились талия и бёдра, появилась какая-то кошачья мягкость в движениях и жестах. В общем, за три месяца из четырнадцатилетней девочки-подростка я превратилась в совсем юную пятнадцатилетнюю девушку.

— Наша-то Иринка — красавица, вся в мать! Ну прямо девица на выданье! Теперь за ней нужен глаз да глаз, чтоб с пути не сбилась! Женька её увидит, и башку-то ему враз и снесёт, — поговаривала няня, откровенно мной любуясь. Причём регулярно повторяла одно и то же, да так громко, чтобы бабушка и родители слышали и мотали на ус.

— Молчи, Дуняша! Попридержи язык! Накликаешь беды, потом не расхлебаем, — сердилась бабушка. А мама с папой, погружённые в труды праведные (медицинские и литературные) и личные переживания, вроде никакой метаморфозы во мне не замечали (или не хотели это обсуждать) и угрозы в моей возрастающей женственности не предвидели.

Маринка, которая пока тянулась только в длину, превращаясь из пухлого ребёнка в угловатого худенького подростка, которому мешают длинные руки и ноги, пряча за бравадой зависть, пыхтела:

— Подумаешь, красавица! Ничего особенного. Настоящая Царевна-лягушка! Глаза зелёные, а волосы рыжие и конопушки на носу. Только Женьке одному Ирка и нужна. Другие-то не очень на неё зарятся. И вообще, Лизка гораздо красивее Ирки.

В общем, наше сестринское соперничество, притихшее на даче, возобновилось по полной программе, как только мы вернулись в Москву.

Няня оказалась права насчёт «враз снесённой башки». Так и случилось, только «башку снесло» не одному Жене, но и мне вместе с ним. Гормоны и феромоны делали своё дело, и мы уже вовсю осознали необходимость сексуальной свободы.

Украдкой после школы перед тем, как пойти столоваться и делать уроки в нашей квартире, мы забегали в Женины пустующие апартаменты, чтобы побыть наедине, без навострённых ушей и всевидящих глаз моей родни и няни Дуни.

Я, честно говоря, не любила заходить в другие квартиры нашего дома. Только в свою. После бабушкиных рассказов о доносах, арестах и расстрелах, истории которых намертво засели в мою детскую память и богатое воображение, мне всюду мерещились призраки бывших жильцов, если даже этих бывших и не существовало, если квартира испокон веков (то есть со времён постройки дома) принадлежала одной и той же семье, как наша. Теперь ведь до правды не докопаешься. И нужна ли мне была эта правда, я и сама толком не знала, однако по инерции пыталась докопаться до истины.

— Кто жил в твоей квартире до вашей семьи? — осторожно спросила я Женю перед тем, как впервые переступить дверной порог.

— Не знаю. Какие-то люди. Они выехали. Мы въехали. Я ведь родился в Новосибирске. Мама там пела в театре оперы и балета, а папа служил в штабе Сибирского военного округа. Переехали в Москву и, как ты понимаешь, меня не спросили. Новосибирск — прекрасный город, и у меня там в школе остались друзья. Один даже очень близкий друг. Мы до сих пор переписываемся. Если честно, мне совсем не хотелось ехать в Москву и искать новых друзей, хотя здесь открываются, как говорит мама, беспредельные горизонты! Так уж получилось. Нет, конечно, если бы мы сюда не переехали, я бы не встретил тебя и... Значит, не зря переехали. А зачем тебе знать, кто раньше жил в этой квартире? Не понимаю. Какое это для нас с тобой имеет значение? Мои родители сделали полный ремонт и переиначили всё на свой лад. Мама вообще любит стиль модерн и западную культуру. (Правда, папа мой несколько старорежимный. Он же военный и немолодой!) Так что в нашей квартире прошлыми жильцами не пахнет.

Всё выветрилось! Не переживай! Так зачем тебе знать, кто тут жил? Призраков боишься, привидений?

— Не боюсь я никого и ничего! Просто так спросила. Знаешь, наш дом... у него особая история... — увиливаю я от продолжения разговора на эту более чем щекотливую тему, а сама дрожу.

— Какая там ещё особая история! Обычный элитарный дом. Дом правительства и так далее.

— Не только! Ещё его называют «Домом предварительного заключения»...

— Чего? Что ты болтаешь? — ошалев от такого, мягко выражаясь, неожиданного названия, спрашивает Женя.

Я понимаю, что этот момент — не лучший для разговоров об истории нашего дома, и решительно себя обрываю:

— Ты прав. Просто меня не туда понесло. Не важно! Пусть будет просто Дом правительства. Ладно! Пошли!

— Пошли!

Женя не знает (или притворяется, что не знает) печально известных событий в истории нашего дома, крепко берёт меня за руку и ведёт к себе. Я преодолеваю страх перед призраками и душами замученных и убиенных и повинуюсь Жениному напору.

И мы бежим навстречу теперь уже осознанной необходимости, чтобы хоть полчасика безнадзорно, сначала осторожно, едва касаться губ друг друга, а потом, осмелев, пылко нацеловаться и наобниматься всласть. Одежды не снимаем, только самую верхнюю, и запретную грань между поцелуями и интимом пока не переходим.

Но я балдею, и земля буквально уходит у меня из-под ног, когда Женя целует меня в шею. И я его целую, в глаза, в лоб, в шею... Ниже шеи пока не спускаюсь, хотя мне хочется снять с него рубашку и целовать в грудь, как в весьма откровенном французском фильме (дети до шестнадцати...), на просмотр которого я случайно попала в кинотеатре «Ударник», хотя мне ещё не было шестнадцати лет. Выглядела-то я на все восемнадцать. Паспорт не спросили, и я проскочила.

Я, честно говоря, не очень представляла себе, как происходит в деталях физиология любви, и дальше поцелуев в грудь, как во французском фильме, мои желания не простирались.

Но тяга к запретному, тайному, совсем взрослому, нарастала с каждым свиданием, и если бы Женя вовлёк меня в любовную игру без границ, я бы не устояла и поддалась. Уже была готова.

Женя пока благородно и разумно сдерживал свои порывы, но я чувствовала, как нелегко даётся ему борьба с самим собой, и предполагала, что мой любимый стоик долго не выдержит.

Такая невинная любовь продолжалась целый год, весь восьмой класс. Мы испытывали на прочность нашу нервную систему.

А в девятом классе произошло то, что должно было произойти. Мы перешли установленную нами самими запретную грань... Как-то всё само собой получилось.

Мы, как обычно, целовались и обнимались в Жениной квартире.

— Всё, Ирочка! Больше не могу! Ты меня с ума сведёшь! Идём скорее к тебе делать уроки, а то я за себя не ручаюсь... — умолял Женя.

— Ну, пожалуйста, поцелуй меня ещё! Ты меня сегодня недоцеловал, — просила я.

И мы снова целовались и обнимались, пока однажды Женя окончательно и бесповоротно не потерял контроль над эмоциями, но не над действиями. Он решительно и целенаправленно подошёл к комоду, достал из него чистую простыню, расстелил её на своей кровати, раздел меня (я не сопротивлялась, застыла...), разделся сам, и мы сначала неумело, дрожа, а потом с судорожной поспешностью нырнули в пучину физической близости и потеряли невинность.

Опомнились мы, когда всё уже свершилось, и неопровержимым свидетельством нашего грехопадения сверкала кровавым пятном белая простыня. Испуганные содеянным, растерянные, мы лежали, прижавшись друг к другу, переплетясь ногами и руками, чтобы не потерять ощущения свершившегося, чтобы как-то подтвердить, закрепить этим сплетением нашу любовь.

Оконные шторы были раздвинуты. Сквозь тюлевую занавеску зимние сумерки быстро перетекли в вечер. В темноте, заполнившей спальню, нечёткими белыми очертаниями вырисовывались наши лица. Не знаю, какие эмоции владели Женей, о чём он думал, но у меня было двоякое чувство. С одной стороны, желание, так долго тлевшее и разгоравшееся во мне за прошедший год, захлестнуло меня. Наконец-то произошло то, что по логике любви должно было произойти. В неполные шестнадцать лет я стала женщиной. Меня переполняли смешанные чувства гордости и страха от содеянного.

С другой стороны, кроме краткой боли и, честно говоря, разочарования, я ничего не испытала. (Боже мой! Эта нелепая, даже стыдная поза и движения, как у собак и кошек, и есть та самая земная любовь, о которой слагают стихи и поют песни?) Мне больше этого примитивно-животного занятия не хотелось, а хотелось, чтобы Женя прижимал меня к себе, целовал, ласкал и успокаивал.

И, как любая другая девушка, я, трепеща, естественно, задала Жене старый как мир вопрос:

— Ты меня ещё любишь? После всего этого?! Ну, этого...

— Ну, это нормально. На этом, как говорится, мир стоит. А что? Тебе было плохо?

— Мне было немного больно и потом, если честно, никак.

— Понимаю. Говорят, что потом будет хорошо и даже очень! Не сразу. Надо немного подождать.

— Я надеюсь... Так ты меня ещё любишь?

— Люблю!

— Нет, правда любишь?

— Правда люблю! Ещё сильнее!

— Почему сильнее? Ведь я... я стала, как говорят, доступной женщиной, — произнесла я фразу из какого-то классического произведения, кажется из чеховской «Дамы с собачкой».

— О Господи! Какая чушь лезет тебе в голову! Ты слишком напичкана классикой! Прямо тургеневская барышня! Сейчас не XIX век. Если хочешь знать, после «этого» ты мне стала ещё ближе, ты теперь моя «доступная женщина», коли уж на то пошло. Иначе и быть не могло.

— Значит, теперь я по-настоящему твоя девушка?

— Да!

— И мы после окончания школы поженимся и никогда-никогда не расстанемся?

— Никогда!

— Till death do us part! — торжественно поклялась я венчальной фразой из какого-то английского или американского романа или фильма.

— Да, пока смерть не разлучит нас! — Для пущей убедительности Женя перевёл мою клятву на русский язык.

— Теперь только попробуй взглянуть на какую-нибудь другую девчонку! Убью!

— Не придётся тебе меня убивать! Никто, кроме тебя, мне не нужен! Стало быть, я останусь жить. Ура! — Женя развеселился.

— И мне, кроме тебя, никто, никто не нужен. Вот влюбилась на свою голову...

Мы ещё долго так лежали, обнявшись в темноте, и опомнились только, когда часы в столовой, куда дверь была открыта, громко пробили шесть часов вечера. Не сговариваясь, мы оба потянулись к выключателю, зажгли свет, улыбнулись синхронности наших действий, оделись и стали приводить в порядок внешний вид, стараясь справиться с внутренним, душевным сумбуром.

Мои мозги постепенно вставали на место.

— Всё хорошо! Всё хорошо! Теперь надо замести следы «преступления», — повторяла я про себя и начала действовать отточено, последовательно и логично: сняла с кровати окровавленную простыню, оторвала от неё чистый кусок, машинально засунула себе в трусы. (Боялась кровотечения.) Потом скатала остатки простыни, завернула в газету, перевязала бечёвкой и положила в портфель, пока не зная, как поступить с уликой нашего грехопадения.

Если выбросить в мусоропровод дома — дворник или ещё кто-нибудь найдёт и бог весть что может подумать. Например, что кого-то изнасиловали, ранили или даже убили... Вызовут милицию. Начнут расследование. Страх рисовал мне последствия, одно опасней другого. Только этого не хватало в нашем доме!

В общем, я, в конце концов, решила сначала втихаря выстирать рваную простыню в Жениной пустой квартире, потом прогладить утюгом, чтобы подсохла, а потом уже выбросить в мусор... где-нибудь подальше от нашего дома.

Был поздний вечер, когда мы наконец пришли ко мне домой, как обычно, пообедать и заняться приготовлением уроков. Как ни в чём не бывало.

На вопросы няни и бабушки, где мы пропадали и почему не звонили (у моей бедной няни были слёзы на глазах, а у бабушки аж давление подскочило), я нашла, что сказать. Любовь на выдумки хитра! Мол, нас срочно заставили собирать макулатуру, и мы не могли позвонить домой, так как ни один телефон-автомат не работал. Вот Женя может подтвердить!

— Не сомневаюсь, что Женя подтвердит всё, что ты скажешь. А Лиза почему-то макулатуру не собирала, просто сидела дома и делала уроки. Я ей позвонила, и она сказала, что не имеет представления, где вы и чем занимаетесь. Что, у вас с Женей было такое, гм-м... дополнительное комсомольское спецзадание, не известное вашему комсоргу? — иронизировала бабушка и одарила покрасневшего Женю испепеляющим взглядом.

— Как комсорг, Лиза должна подавать нам пример, и она уже свою норму по сбору макулатуры выполнила на прошлой неделе, а мы с Женей недобрали по количеству, пришлось сегодня дособирать, так сказать, — тут же соврала я и даже, кажется, не покраснела.

— Я не сомневаюсь, что вы сегодня выполнили и с избытком перевыполнили план по сбору макулатуры! — нарочито спокойным голосом сказала бабушка и строго посмотрела на меня. — Никогда, никогда больше не смей мне врать, Ирина! Слышишь! Говори правду, какой бы она ни была! На вранье далеко не уедешь. Если попала в болото вранья, не выберешься, только ещё глубже засосёт. Будешь продолжать выкручиваться — я всё расскажу твоим родителям. Пусть они с тобой разбираются. Тоже мне, либералы ультрапередовых взглядов! Народили девочек, а воспитывать кто будет? Конечно, бабушка. Увольте! Стара я для воспитания молодёжи. Пустили несовершеннолетнюю дочь плыть по воле волн! Какая безответственность, какой риск! — бабушкина гневная речь представляла собой некую смесь ворчания с лекцией о правильном воспитании молодого поколения.

— Хорошо, бабуля! Я буду отныне говорить правду и одну только правду! Честное комсомольское! Но только не сегодня, ладно? — покорно ответила я, тем самым признав свою вину.

— Ой, хитрющая девка! Смотри, сама себя не перехитри! На улице темень с четырёх часов! А сейчас почти семь. В темноте собирать макулатуру — самое оно! Чай мно-о-го насобирали... — подлила масла в огонь няня, утирая слёзы и одновременно улыбаясь.

Тут все расслабились и тоже позволили себе улыбнуться. Умела моя няня разрядить обстановку.

* * *

С этого дня наша любовь, да и вся жизнь, потекла по другому руслу.

Конечно, не каждый день, но всё же несколько раз в неделю мы после школы сразу бежали к Жене домой. Под любым предлогом. То надо посидеть в районной библиотеке — подготовить доклад по литературе или истории, то — давно пора заняться спортом — записались в волейбольную секцию, то — решили научиться бальным и современным танцам — совсем не умеем танцевать, а скоро школьный вечер... Словом, много было уловок и хитростей для вроде правдоподобного объяснения, почему мы стали так поздно приходить к обеду. Няня и бабушка уже почти смирились с моим новым расписанием. Няня радовалась нашим сияющим лицам и даже игриво подмигивала мне, — мол, знаю, знаю, какими танцами вы там занимаетесь, молодёжь! Я тоже когда-то под гармошку танцевала и дотанцевалась... с гармонистом.

А бабушка становилась всё мрачнее. Как-то вечером после ухода Жени она позвала меня к себе в комнату для, по её словам, конфиденциального разговора. Я поняла, что объяснения не избежать, и сдалась на бабушкину милость. Бабушка всё ещё была формальной главой нашей семьи, и ослушаться её означало нарушить семейные устои. Кроме всего прочего, я обожала бабушку и не хотела её огорчать и нервировать.

— Я понимаю, что ты считаешь себя взрослой девушкой, через пару месяцев — как-никак шестнадцать лет. Понимаю, что вас с Женей связывают сильные чувства и всё, что из этого вытекает...Не забыла, что сама вышла замуж в семнадцать.

Но тогда были другие времена. Двадцатипятилетние незамужние барышни считались старыми девами. К тому же шла Гражданская война, я окончила гимназию и была уже вполне самостоятельным человеком. Доказала родителям свою независимость и пошла (против их воли) в Красную армию сестрой милосердия. А вы с Женей — ещё в сущности дети, школьники, вам ещё учиться и учиться. Я не хочу, чтобы ваши чувства захлестнули разум, и боюсь, как бы вы не наделали ошибок, которых потом не исправить и за которые вы, возможно, будете всю жизнь расплачиваться. Куда смотришь? Смотри мне в глаза! Ты понимаешь, о чём я говорю?

— Не понимаю! Каких ошибок, бабуля? Говори прямо, — хитрила я, изображая святую невинность.

— Я надеюсь, что вас ещё не связывает... физическая близость?

— Какая физическая близость! Ты что, бабуля! Не волнуйся! Мы ничего такого, э-э-э... недозволенного не делаем. Только целуемся, — уточнила я. — Целоваться-то можно? Или поцелуи тоже под запретом?

— Можно. Но! Целоваться — и только! Смотри у меня! — вздохнула бабушка, погрозила пальцем, а потом обняла меня и поцеловала в лоб:

— Я знаю, ты рассудительная девочка, и надеюсь на твой разум и дальновидность.

— И правильно делаешь! Бабуля, ты у меня самая мудрая и самая добрая бабушка на свете. Я тебя так люблю!

— И я тебя так люблю, моя девочка. Люблю и хочу, чтобы твоя жизнь сложилась, г-м... наилучшим образом.

* * *

Несмотря на строжайший запрет и напутствия бабушки, мы с Женей продолжали наши тайные свидания. Я постепенно входила во вкус любовного действа, и физиология уже не казалась мне цепью нелепых животных движений. Мы учились искусству любви, достигли некоторых успехов в этом искусстве и уже не мыслили без него нашей жизни.

Я ужасно боялась забеременеть, но Женя проявил (не по возрасту) сознательность и запасся презервативами. Вначале нас обоих подобная необходимость коробила, потом мы привыкли.

Помнится, няня как-то читала при мне Библию. Запомнилось: «И сказал: посему оставит человек отца и мать и прилепится к жене своей, и будут два одною плотью, так что они уже не двое, но одна плоть».

И стали мы с Женей одной плотью. Казалось, что это навсегда.

Приятный сюрприз

Лизка знала о нашей любви. Я ей рассказывала всё в общих чертах: о свиданиях, невинных поцелуях, ласках поверх школьной формы и так далее. Да и как я могла утаить от неё наши свидания с Женей, если она была моей самой близкой подругой, а я почти всё свободное время проводила не с ней, как прежде, а с ним? Но о потерянной девственности и об окровавленной простыне я рассказывать не стала... (Кстати, я успешно отстирала следы греха в Жениной стиральной машине, высушила и разрезала простыню на тряпки и каждую тряпицу под покровом темноты предусмотрительно отдельно выбросила с моста в Москву-реку.)

Это была моя жгучая тайна, как писал обожаемый мною Стефан Цвейг, моя комната за семью замками, мой скелет в шкафу, моя сексуальная победа и моё поражение...

И Лизке я этот скелет в шкафу показать не могла. Она, с её «правильным» взглядом на жизнь, взглядом отличницы и комсорга, не только не поняла бы нас с Женей, но осудила бы, «пригвоздив к позорному столбу» нарушителей возрастного ценза любовной близости. Я бы ей, конечно, могла возразить, что Суламифи, когда её встретил и полюбил царь Соломон, было тринадцать лет, и Джульетте тоже, когда они с Ромео полюбили друг друга. По крайней мере, так писали Куприн и Шекспир. А мне как-никак пятнадцать, почти шестнадцать! Но Лизка всё равно нашла бы, что мне возразить. Сама-то она, дожив до пятнадцати лет, ещё не успела влюбиться. У неё рассудок всегда одерживал победу над чувствами. Ох уж эти отличники и комсомольские деятели!

Их не переспоришь. Мне было искренне жаль Лизу, сухаря в юбке. «Бедная Лиза!» — подумала я, ни к селу ни к городу снова зацепившись за классику.

Наступил май с весенними ветрами, неустойчивой погодой от неожиданного снегопада (почему-то чаще всего именно Первого мая, когда многие обитатели нашего дома привычно шли на демонстрацию, благо до Красной площади от нас рукой подать) до цветения черёмухи. Моё любимое время года. Время ожидания волшебных перемен и исполнения желаний и надежд.

У Жени назревал день рождения — шестнадцать лет. Не круглая, но все же знаковая дата: получение паспорта, документально закрепляющее официальный переход от отрочества к юности. Женины родители решили отметить по-крупному это важное событие и пригласить родных и друзей.

— Ирочка! Мама вернулась с гастролей по Союзу, папа взял пару дней внеочередного отпуска. В общем, они хотят отметить мой день рождения на полную катушку. Заказали в нашем распределителе кучу деликатесов и разных других вкусных продуктов. Ты, конечно, придёшь? Предки уже давно в курсе, что у меня есть любимая девушка (без подробностей, конечно). Они очень хотят с тобой познакомиться, прямо жаждут. Мама, так, каждый день о тебе расспрашивает: как тебя зовут, как твоя фамилия, какая ты из себя, какого цвета твои глаза, волосы, в какой квартире живёшь, кто твои родители? Прямо завалила меня вопросами. Я отбиваюсь как могу.

— Ну и что ты ей отвечаешь? Как отбиваешься?

— Правду. Чистую правду. Кроме сама знаешь чего... Что ты у меня самая красивая в школе зеленоглазая принцесса, что волосы твои цвета тёмной меди, что ты самая начитанная в классе, самая добрая, из хорошей высокоинтеллигентной семьи... и вообще самая лучшая.

— Ну ты даёшь! Так уж и самая лучшая! А вообще, мне жутко приятно всё это слышать от тебя. А что твоя мама, как она реагирует на то, что я такая распрекрасная?

— Хорошо реагирует. Маме просто не терпится тебя увидеть.

— Ну что ж, придётся как следует подготовиться к встрече с твоей мамой. А что говорит твой папа?

— Папа ничего не говорит. Для него — что мама скажет, то и хорошо!

— Уже легче... А кто ещё будет на твоём дне рождения?

— Приедут разные родственники... Я приглашу нескольких ребят из нашего класса и, чтобы тебе не было одиноко, за компанию — твою подругу Лизу. И ещё кое-кого... Одного старого друга.

— Старого друга? По Новосибирску? Кто он? — насторожилась я.

— Так, слишком много вопросов! Пока не скажу. Это сюрприз. Уверен, что сюрприз будет для тебя приятным.

— Ой, Женька! Я не люблю сюрпризов. И даже их побаиваюсь. Давай, быстро говори, что за сюрприз, — пыталась я расколоть Женю. Но безуспешно. Он упёрся и стоял неприступным утёсом, о который разбивались волны моих вопросов. Таким упёртым я его ещё никогда не видела и поэтому в конце концов сдалась. Не хочет говорить — не надо. Не ссориться же нам из-за этого «приятного» сюрприза.

Хоть бы он действительно оказался приятным! А то иногда приятные сюрпризы оборачиваются неожиданными кошмарами.

Я тщательно готовилась к Жениному дню рождения. Ещё бы, его родители наконец-то пожелали меня улицезреть! Целых два года я вообще для них не существовала! И тут вдруг — на тебе — смотрины устроили! Надо было не подвести Женю: произвести впечатление любящей, нежной, красивой, умной, вежливой, интеллигентной, в меру скромной, хорошо, но не вычурно одетой, верной подруги их единственного сына. Придётся постараться.

И возникла ещё одна, не менее важная проблема — какой подарок купить. Слишком простой, недорогой и тривиальный — плохо, а на дорогой и зашкаливающий воображение у меня не было средств. Своих денег у меня, естественно, не водилось. Только то, что мне давали родители на школьный второй завтрак и мелкие расходы. Просить лишнее я не хотела. Как-то заработать самой в те далёкие времена школьники не имели возможности.

Я просто разбила свою копилку. Столько лет копила, не зная на что. Когда-то же надо было её разбить! Слава богу, там оказалась сумма, достаточная для пристойного подарка.

Собственно говоря, Женя далеко не бедствовал. При маме — примадонне, солистке музыкального театра, и папе — полковнике Генштаба, у Жени, единственного ребёнка, было всё, что нужно шестнадцатилетнему парню, и даже более того. Я же частенько бывала в их квартире, которая прямо-таки дышала зажиточностью. Ну, полное изобилие! Чем я могла его удивить и обрадовать? Я решила приложить руку к его литературному образованию и подписала Женю на полное собрание сочинений Чехова. Не Толстого и Достоевского, а именно Чехова. Этот выбор мне казался беспроигрышным. Чеховские рассказы и повести были намного короче, чем романы Толстого и Достоевского. Женю надо было приучать к классике постепенно и не насильственно.

Не помню, чтобы я когда-либо раньше так долго готовилась к выходу на люди, как в этот раз. Вынула из шкафа почти все свои весенне-летние платья, кофточки, юбки и туфли, разбросала по стульям, на кровати, по полу. Надевала, снимала и снова надевала и снимала, так и не решив, что же мне такое надеть, чтобы понравиться сразу трём сторонам: себе, Жене и его родителям. Аж вспотела и разревелась от отчаяния и нерешительности.

— Ну что ты маешься дурью? Ишь, раскидала наряды! Устанешь — и не будет силов веселиться, — мудро высказалась няня. — Надень то новое зелёное платье с кружевами, которое тебе мама из-за границы привезла, и золотистые туфельки на маленьком каблучке. Зелёные глаза, рыжие волосы — и зелёное платье! Получится самое оно! И красиво, и не вульгарно. Женька твой прямо обалдеет. И его маме тоже понравится. Она же — артистка, а они любят всё блестящее. Ой, что-то меня не туды понело! Язык мой — истинный враг мой.

Я обняла и поцеловала няню. Она, как почти всегда, оказалась права. У этой простой, деревенской женщины трезвый разум сочетался с абсолютным вкусом не только в еде, но и в одежде. Я иногда фантазировала, что наша Дуня — побочная дочь какого-нибудь русского дворянина. Скорее всего, так оно и было. Просто этот дворянин, красавец и подлый соблазнитель, совратил Дунину мать-крестьянку, обрюхатил её (как пишут классики) и бросил. Она, конечно, ничего ему не сказала и вышла быстренько замуж за деревенского мужика, чтобы скрыть и загладить грех. Вот и вся история. Предполагаемый отец дворянского происхождения так ничего и не узнал о появлении на свет своей приблудной дочери и не приложил никаких усилий и средств к её воспитанию и образованию. Так моя нянечка и выросла цветком на помойке.

В общем, я послушалась няниного совета и надела своё новое зелёное платье с золотистыми туфельками, завила и распустила длинные волосы, слегка подкрасила веки и ресницы, подщипала брови, припудрила нос (мама отныне официально разрешила мне пользоваться её пудрой — для особых случаев, разумеется) и отправилась на день рождения, он же — смотрины.

Дверь мне открыла сама хозяйка дома — Женина мама, ещё совсем молодая (лет тридцати пяти) яркая брюнетка с чуть раскосыми глазами. Красотка! Так вот откуда Женина цыганистость! При ближайшем рассмотрении я поняла, что никакая это не цыганистость, а смесь славянской крови с кровью одной из азиатских народностей: алтайской, киргизской, узбекской или какой-нибудь ещё. Женина мама, Таисия Михайловна, видимо, была метиской. Она сначала пристально оглядела меня, аж пронзила взглядом, потом, спохватившись, улыбнулась, радушно обняла и даже изволила чмокнуть в щёчку, подставив свою для ответного поцелуя. Я, само собой, тоже невесомо приложилась губами к её напудренной щеке:

— Так вот ты какая, Ирочка! Даже краше, чем я себе представляла. Женя о тебе много рассказывал. Он от тебя просто без ума! Мой бедный сын совсем потерял голову. Рада с тобой наконец познакомиться.

Женя обо мне много рассказывал? Интересно бы узнать не от Жени, а от самой Таисии Михайловны, что он обо мне говорил. Какие качества, какие эпитеты употреблял в описании моей внешности и характера? Но почему она так пристально на меня смотрит, изучает? Словно изъян или подвох какой-то ищет, словно с кем-то сравнить хочет, словно... Что-то тут явно не то! Подозрительно...

Я от смущения потупилась и начала нервно переминаться с ноги на ногу, но всё же сумела произнести:

— Я тоже рада, Таисия Михайловна. Женя мне о вас тоже много рассказывал, вернее, о вашей работе в театре. Он вами так гордится, так вас любит, прямо боготворит! Да... контрамарку мне, то есть нам, обещал достать на один из спектаклей, но пока почему-то не получилось, — добавила я, уже немного осмелев.

— Ах, он такой-сякой, обманщик! — Таисия Михайловна игриво погрозила сыну пальцем. — Я эту ошибку обязательно исправлю. Считай, что вы с Женей уже почти в театре, в первых рядах партера. Ты какую оперу больше любишь: «Евгений Онегин» или «Чио-Чио-Сан»?

— И ту и другую. Лишь бы с вашим замечательным участием, — добавила я с откровенной лестью. Таисия Михайловна мне сразу понравилась. Молодая, красивая, улыбчивая, доброжелательная!

Кроме того, интуиция и здравый смысл подсказывали, что с будущей свекровью, особенно настолько обожаемой сыном, надо сразу налаживать хорошие отношения.

— А ты, оказывается, дипломатка. Это большое достоинство в характере молодой девушки... и, возможно, моей будущей невестки, — похвалила меня Женина мама, подмигнула накрашенным миндалевидным чёрным глазом и улыбнулась сияющей улыбкой оперной дивы.

Ничего себе! Она меня назвала будущей невесткой! Значит, я ей тоже понравилась и она одобряет нашу любовь. Значит, я не зря старалась, готовилась... Боже, какое счастье! А может, она лукавит, хитрит? Может, это, как говорится, просто ход конём? Нет, не похоже! Да и зачем ей хитрить? Какой в этом смысл? И действительно, чем я могу ей не понравиться?

Я уже в который раз осмотрела себя в зеркале прихожей и пришла к выводу, что, без ложной скромности, очень даже хороша. Такую невестку ещё поискать надо!

Тут раздался ещё один звонок в дверь, и ещё один... словом, гость пошёл косяком, и это, слава богу, отвлекло Таисию Михайловну от моей нервной особы. Я вздохнула свободно и расслабилась.

Народу приехало много: какие-то московские родственники и родня из Новосибирска, друзья семьи, соседи по дому, несколько одноклассников, Лиза и ещё один симпатичный парнишка нашего возраста, лицо которого мне почему-то показалось знакомым.

Оно вынырнуло откуда-то из прошлого как стёртое, нечёткое воспоминание. Откуда, откуда я знаю этого парня? Ведь я точно его знаю! Серьёзный взгляд карих глаз, густая кудрявая шевелюра и застенчивая улыбка.

— Ну что, Ирочка, узнаёшь друга детства? — спросил Женя, подведя ко мне знакомого незнакомца. — Вы же старые друзья! Вместе с нянями гуляли, в песочнице играли, в мячик и в классики, с горки катались на санках. Ну? Давай, вспоминай!

С нянями... В песочнице, в мячик, с горки на санках...

И тут расплывчатое воспоминание обрело чёткую форму, застыло, словно фотография в фокусе, и меня осенило:

Да это же Генка из нашего дома, мальчик из моего детства! Повзрослевший, шестнадцатилетний, но всё же узнаваемый, такой милый, почти родной. Вот это настоящий приятный сюрприз! Ай да Женька! Знал, как меня обрадовать.

— Генка, неужели это ты? Т-ты вернулся? Вы... вас...?! — пробормотала я, запинаясь, не веря своим глазам, оглядываясь по сторонам и не зная, как облечь сумбур моих мыслей в допустимую для чужих ушей словесную форму.

— Он самый, собственной персоной. Открыто и радостно сообщаю. Нас, так сказать, милостиво вернули. Отца полностью реабилитировали. Правда, в этом элитарном доме мы больше не живём, да мне, правду говоря, и не хочется снова здесь жить. Слишком много печальных воспоминаний... Но всё равно — я так люблю Москву и... очень рад тебя видеть!

— А я-то как рада! Вот это да! Откуда вы знакомы с Женей?

— Мы учились в Новосибирске в одном классе, когда нам с мамой разрешили перебраться из поселения в большой город. Сидели за одной партой, дружили. Сначала Женина семья уехала в Москву, потом и мы за ними потянулись. То есть нам позволили это сделать широким жестом государственного правосудия. Отца даже восстановили на работе в Кремлёвской клинике. Мы с Женькой связи не теряли.

Переписывались. И вот я здесь — на Женькином дне рождения. Как говорится, «с корабля на бал».

— Генка, Геночка! Какое счастье, что... ваши чёрные дни миновали. И мне очень, очень приятно тебя снова увидеть. Как твои родители и няня?

— Папа постарел, похудел, но держится молодцом. Мама болеет, но не сдаётся. Много ей пришлось пережить. Няня... ещё тогда вернулась в свою деревню. Куда деваться-то? Не в Сибирь же ей было за нами ехать.

— Да! Я понимаю. А моя няня жива и всё ещё с нами. Помнишь её?

— Конечно, помню! Добрая такая и мудрая простая женщина.

— Я ещё многое хочу тебе рассказать, о многом расспросить, но это уже в другой раз. Да? Мы же не прощаемся? Мы же теперь будем видеться?

— Конечно! Само собой. Ирка, Ирочка! Да хоть завтра... после школы.

Мы обнялись и поцеловали друг друга в щёчку.

— Ну вот, я же говорил, что сюрприз будет приятным. А ты сомневалась. Уже и целуетесь! И это при мне, на глазах у всех! Смотрите у меня! Без шалостей! Я не Отелло, но могу и взревновать, — шутливо прокомментировал наш поцелуй Женя и улыбнулся, радуясь нашей с Генкой радости. — Теперь будем Геннадия, что называется, вводить в высший свет. Ха-ха! Для начала познакомим его с Лизой. Лиза, королева Елизавета Первая и неповторимая! Иди сюда! Гена, познакомься, это Лиза — комсорг, краса, гордость, ум, честь и совесть нашего девятого «А» класса. Лиза, это мой близкий друг Гена, он прибыл «из глубины сибирских руд, где хранил гордое терпенье...»

Какой Женька всё-таки умный! Как он умеет сглаживать сложные ситуации и острые углы, да ещё с юмором. И Пушкина вспомнил к месту. Не зря я его, так сказать, к литературе прислоняю. И недаром люблю! — ликовала я.

Стол буквально ломился от яств из нашего спецраспределителя. Гости рассаживались на места, указанные хозяевами. Меня посадили рядом с Женей. Это, видимо, означало официальное признание моего статуса Жениной девушки.

Лизу посадили рядом с Геной. Или они сами так уселись? Похоже, они оба были довольны этим знакомством и соседством. Казалось бы, такие разные люди и судьбы... Кто бы мог подумать! Она — наш комсорг! Он — сын бывшего врага народа! Как сказала бы моя няня: «Воистину пути Господни неисповедимы!» Моя атеистка-бабушка бы ей возразила: «Вечно, ты, Дуня, Господа поминаешь. А я вот думаю, что Бога-то и нет! Слишком много горя на нашей земле. Был бы Бог, он бы этого не допустил». А упрямая няня бы ей на то сказала: «Библию надо читать, Мария Петровна! Там про всё написано: и про горе, и про радость...»

День рождения удался на славу. Вкусной еды и напитков было ешь-пей не хочу. Женины родители постарались. Шестнадцать лет — всё же ещё не восемнадцать, не совершеннолетие, но юному поколению, исключительно по случаю торжества (так и было сказано), налили по одной рюмке вина. Женин отец, Александр Матвеевич, не великий оратор, но идеологически подкованный офицер Советской армии, произнёс тост, несколько тяжеловесный, неоригинальный и слишком высокопарный, но по существу. Не придерёшься:

— Сегодня для нашей семьи знаменательный день. Моему единственному сыну Евгению исполняется шестнадцать лет. Он получит паспорт, не какой-нибудь, а советский. Паспорт самой лучшей, самой справедливой страны в мире. Я поздравляю Женю с этим важным событием и желаю ему здоровья, удачи и счастья! Пусть он с достоинством носит паспорт нашей великой Родины. Ура, товарищи!

Все закричали «ура», одобрительно захлопали в ладоши и выпили. А я посмотрела на Генку. Гена в ладоши не хлопал, «ура» не кричал, просто молча допил свою рюмку вина.

Что он думал о самой справедливой стране в мире, суд которой приговорил его отца к десяти годам лагерей, я могла только догадываться. Выражение его лица было непроницаемым. Видно, жизнь научила его скрывать свои чувства и мысли. Неудивительно! Бедный парень! Сколько ему пришлось пережить! Моё юное сердце переполняли нежность и сострадание к Генке.

— Ты произнёс замечательный тост, папочка! Спасибо тебе! — сказала Таисия Михайловна своему мужу. — Но мы же не в Генштабе, не на плацу и не на партийном собрании. Давайте просто веселиться. Я включаю музыку, пусть молодёжь потанцует.

Все после торжественной речи Александра Матвеевича облегчённо вздохнули и встали из-за стола. Гена пригласил Лизу, Женя — меня. Остальные гости тоже разделились на парочки. Таисия Михайловна водрузила бобину на привезённый из Европы магнитофон фирмы «Грюндиг», и молодёжь пустилась танцевать твист. Александр Матвеевич хотел было выразить своё недовольство при звуках тлетворной западной музыки и предложить вальс или хотя бы танго или фокстрот, но Таисия Михайловна одарила его многозначительным взглядом, означавшим: ты уже всё сказал, папочка! Отдыхай и дай отдохнуть другим! И он смолчал.

Очевидно, главой этого дома был не бравый полковник Генштаба, а оперная певица. Что могло связывать этих двух таких разных людей? Он — внушительный, как монумент, старше её лет на десять-пятнадцать, высокопоставленный чиновник, солдафон и партиец. Она — красавица, примадонна, лёгкая, игривая, свободных, прозападных взглядов. Физиология, привычка, комфорт, деньги, уважение, верность устоям брака, любовь к сыну, что-то ещё?.. Тут явно была какая-то тайна, до которой так просто не докопаешься.

И снова всплыло нянино любимое: «Неисповедимы пути Господни!»

РАССКАЗ ГЕНЫ

На Женином дне рождения мы с Геной толком не поговорили, а мне хотелось как следует с ним пообщаться по старой памяти, о многом его расспросить. Мы встретились после школы в моём любимом Александровском саду, сидели на скамейке лицом к Кремлю и говорили, вспоминали... У меня было такое странное ощущение, словно участников разговора было трое: Генка, я и молчаливая, всё знающая кремлёвская стена.

— Ну, Ген, рассказывай, с самого начала. Как это всё произошло?

— Мне было пять лет, если помнишь. Глубокой ночью раздался звонок в дверь. За отцом пришли люди в шинелях. Мы все проснулись: папа, мама, няня и я. Нам велели одеться. Потом вызвали ещё понятых — дворника с женой. Взрослые всё сразу поняли. Я же абсолютно ничего не понимал, только видел и осознавал, что происходит что-то ужасное, несправедливое, перед чем мы были бессильны, и ревел, обнявши мамины колени. Потом они начали обыск, открывали шкафы, ящики письменного стола, смотрели книги, бумаги, фотографии, письма и всё швыряли на пол. В их жестах было столько презрения к нам, а в глазах — заранее вынесенный приговор. Перерыли постели, даже копались в грязном белье и в мусорном ведре. Не побрезговали. Но ничего запрещённого, компрометирующего отца (как мне потом рассказала мама), так и не нашли. Однако всё равно велели отцу надеть пальто, шапку (мол, пригодится) и следовать за ними. Мама буквально сунула меня в руки няне и бросилась отцу на шею. Её оттащили. Отца увезли. Я продолжал реветь и сквозь слёзы спрашивал маму:

— Кто они? Почему папу забрали? Наш папа плохой человек? Что он такого сделал?

— Не плачь, мой маленький! Наш папа очень хороший. Он ничего плохого не сделал. Это какая-то ошибка. Скоро всё выяснится, и папа вернётся домой, — повторяла мама, а сама, конечно, не верила в то, что говорила. Няня пошла к себе в комнату, встала на колени перед иконой Божьей Матери и начала истово молиться и бить земные поклоны. Я маленьким никогда не был в церкви, и меня потрясли нянины земные поклоны.

— Няня, нянечка, что ты делаешь? Ты голову разобьёшь! — кричал я сквозь слёзы.

— Не мешай няне, сыночек! Няня просит Бога вернуть нашего папу домой, — объяснила мне моя неверующая мама. Бог няню не услышал, и папу домой не вернули. И дали ему десять лет лагерей за участие в так называемом сионистском заговоре, которого вовсе не было. А нам велели в течение нескольких дней собрать вещи и покинуть квартиру. На эту квартиру уже, видимо, кто-то позарился, кто-то на отца настрочил донос. Кому-то срочно понадобились наши три комнаты в проклятом элитном доме с видом на набережную. (Знал бы я, кто этот гад, эта сволочь, сейчас убил бы! И я узнаю, со временем... Вот увидишь!) Помнишь, как мы стояли во дворе у грузовика с вещами, такие несчастные, растерянные, на виду у всего двора? Ты ещё спросила: «А где твой папа, он вас бросил?» А я тебе в ответ нагрубил. Мне и так было плохо, а тут ещё ты со своими вопросами.

— Помню. Прости меня, пожалуйста, за мой дурацкий вопрос, если можешь. Я ведь тоже тогда совсем маленькая была и ничего не понимала. Но в глубине души мне тебя было очень жалко. Ты был моим единственным другом, и вдруг тебя от меня забирают... Во мне боролись детская вера в добро и справедливость и жалость к тебе и твоей маме.

— Да, конечно, я тебя давно простил, такую маленькую наивную девочку, у которой отнимают любимую игрушку. Что дальше. В общем, потом нам с мамой велели ехать на поселение под Красноярском. Хорошо ещё, что маму тоже в лагерь не отправили, а меня — соответственно в детдом. Нам просто чудом повезло. Видимо, там наверху какие-то всё же приличные люди ещё были. Или просто бумажки перепутали. Не знаю.

— А как вы жили на поселении?

— Так и жили. Снимали комнату в доме у одних староверов, которые сами отсидели срок, а потом перешли на поселение и построили свой дом. Они были честные, глубоко верующие люди. После отсидки не озлобились. Трудились от зари до зари. Думали, значит, так Господь распорядился. Хорошо к нам относились. У них был огород, корова, куры. Хозяйка нас, городских бедолаг, не приспособленных к суровой сельской жизни на севере, жалела, подкармливала. Но одними яйцами да молоком сыт не будешь. К тому же нужно было за комнату платить, какую-то одежду мне покупать. Я ведь рос. Словом, надо было на что-то жить. Моя мама, учительница музыки, которая так берегла свои руки, что дома в Москве не то что квартиру не убирала, даже обед не готовила (всё делала няня), пошла работать уборщицей в местную больничку, пять километров пешком в один конец. Приходила домой затемно с руками в волдырях то ли от мороза, то ли от мытья полов. Пока мама работала, за мной присматривала наша хозяйка дома. Я всё папу не мог забыть. Каждый день маму спрашивал: «Когда приедет наш папа, когда, когда?» Мама отвечала: «Подожди ещё немного. Он обязательно приедет». Потом я пошёл в местную начальную школу. Добирался пешком через лес где-то час в один конец. Иногда хозяин нашего дома меня подвозил на телеге или на санях. В школе одни одноклассники мне сочувствовали, другие травили. Как только не обзывали: и жидом, и сыном предателя родины! Учительница молчала, не хотела вмешиваться. Я теперь понимаю. Она тряслась за свою шкуру, боялась, что и её привлекут за заступничество. Всё же я был сыном «предателя родины». Я всё терпел. Мама просила: «Терпи, сынок! Надо сжать зубы и перетерпеть!»

— Бедный мой Генка! Сколько же вам досталось горя и от власти, и от подлых людишек!

— Да, мы хлебнули горя по полной. Но всё проходит .. И, как справедливо писал Ницше, «всё, что нас не убивает, делает нас сильнее». Книжку Ницше в переводе на русский мне втайне дал почитать один из сосланных немцев Поволжья. Прошло четыре года. Мы с мамой освоились, привыкли к нашей жизни и стали сильнее. Потом неожиданно случился, именно случился (я не оговорился) XX съезд партии, и отца реабилитировали. Мы переехали в Новосибирск. Это было такое счастье! Папу взяли на работу в местную клинику, маму — в музыкальную школу. Я поступил в местную школу и там познакомился с Женькой. Остальное ты всё знаешь.

— Да, представляю, сколько вам пришлось пережить... Ген, а можно тебя спросить? Ты простил советскую власть?

— Ирк! А можно тебе не ответить? Я, как типичный представитель еврейского народа, отвечаю вопросом на вопрос.

— Можно. И ещё один вопрос. Так сказать, из другой оперы. Тебе нравится моя подруга Лиза, да? Можешь и на этот вопрос ответить вопросом.

— Нет, на этот вопрос я отвечу ответом. Да, мне нравится Лиза! Она красивая, умная и серьёзная. А самое главное, мне кажется, Лиза надёжная. Не подведёт. На неё можно положиться. Ведь так?

— Да, конечно! Всё правильно. Лизка — кремень! Я за вас очень рада, — сказала я, а в голове вертелось: «Господи! Ты ведь ещё ничего не знаешь... Что будет, когда узнаешь истину? Если узнаешь — отступишься»?

ЕЩЁ ОДНА ЖГУЧАЯ ТАЙНА

Как-то я пришла из школы раньше обычного. Вроде приболела. Отпросилась с последнего урока физкультуры. Не до физкультуры мне было. Насморк, кашель, ломота в костях, упадок сил. Хотелось поскорей добраться домой, согреться и лечь в постель. Учитель физкультуры выслушал меня, посочувствовал, отпустил.

Я еле доплелась до дома, поднялась на лифте на свой этаж, тихонько открыла ключом дверь, чтобы не создавать дополнительного шума и не привлекать внимания к моему раннему приходу и плохому самочувствию. (Знаю, начнут охать и ахать и пичкать таблетками. Лучше бы просто дали чаю с мёдом, капли в нос и оставили в покое.) Я даже пальто не повесила на вешалку, только тихонько сняла сапожки. Так и прошла к себе в комнату на цыпочках: в чулках и в пальто.

Меня так рано не ждали. Из кухни раздавались еле слышные голоса бабушки и няни. Но я была молода, и слух у меня был отличный. Я не хотела подслушивать. Мне просто было не до того. Но так уж получилось, что я услышала весь разговор.

Видно, подслушивание как способ познания действительности мне было суждено судьбой.

— Дети любят друг дружку. Пущай встречаются. Запретить любовь — это большой грех, — назидательно сказала няня.

— Дуняша, я с тобой частично согласна! Да и вообще! Любовь нельзя запретить, когда она есть. Это варварство, пытка, как резать по живому. Но ты ведь понимаешь, что в данной ситуации лучше оборвать, пока дети ещё не поженились и мы не породнились с Таисией. Сергей клянётся, что их роман в прошлом, что всё давно кончено и что он просто воспользовался старыми связями и помог Таисии с семьёй переехать в Москву и устроиться в театр Станиславского и Немировича-Данченко. Он клянётся, но я ему не верю! Ни на грош не верю! Не любит он мою Наташеньку и никогда страстно не любил. Ну, ты понимаешь, Дуняша, — страстно, пылко?

— Чай не маленькая, понимаю. У меня тоже когда-то любимый был Ванечка. Страсть как любил, да, видать, разлюбил... И вышла я замуж за другого. Не любила, но уважала. Серьёзный был такой, положительный. Да и того убили... Я вам уже эту историю рассказывала. Чего повторяться!

— Ох, и тяжёлая у тебя жизнь была, Дуняша! Да и сейчас ты целый день трудишься, нас всех обслуживаешь... Не ропщешь. А мы привыкли, как баре. Этакое советское барство.

— Люблю я вас всех. Вы ж мне как родные. Даже Серёжку люблю, поганца этакого. Он всё стучит на своей пишущей машинке, про любовь пишет и подогревает энтими романами свою страсть. А Наташка наша — ему верная жена. Страдает, но терпит его, изменника. Это ж надо! Одно слово — писатель! Тьфу! Прости, Господи!

— Помнишь, они ещё в школе симпатизировали друг другу, потом сблизились. Дело молодое. Жили в одном доме. Удобно! Он вроде из хорошей семьи. Была у них любовь какая-никакая. Решили пожениться. Я не возражала. Вот и вся история. Нет! У него с Таисией другое! Многолетняя безумная страсть! Как он тогда десять лет назад поехал в Новосибирск, так и влюбился вусмерть. Можно напиться вусмерть, но можно и влюбиться. Как женщина и ценительница красоты, я его понимаю, но как тёща, как Наташенькина мать, я его убить готова и простить не могу. И всё тут! Бедная моя девочка всё это знает и молчит, печаль в себе держит. И по сей день Таисия вечно на гастролях, а Сергея будто бы посылают в творческие командировки. Куда посылают, только он один знает. Совсем заврался наш Серёженька. Я уверена, там-то в командировках они и встречаются. Дети всё равно рано или поздно узнают правду. И каково им будет эту правду переварить и принять, а? Нет, лучше оборвать прямо сейчас, пока у детей это ещё далеко не зашло! Хотя мне Женя очень даже нравится. Парень серьёзный и Ирочку нашу обожает. А уж она над ним просто трясётся. Вот ситуация... Как поступить, даже не представляю.

— А я думаю, сказать правду и любить не запрещать! Ну, узнают они энту правду, попереживают и пусть потом сами решают, что с энтой правдой делать. Может, разбегутся в разные стороны, а может, из нашего проклятого дома, где столько душегубства сделано, съедут, и любовь ещё крепче будет. Нет, любовь нельзя запрещать. У нас в деревне, помню, поп запретил своей дочке выйти замуж за иноверца-татарина, а она с горя взяла да и удавилась. Больно сильно его любила. Такая вышла страшная история... Вся деревня плакала и попа ругала. Не божий человек был тот поп, ох, не божий! Нельзя таким попам слово божье в народ нести. Поганой хворостиной таких попов гнать из приходов! Вот что! Прости, Господи!

— Типун тебе на язык, Дуняша! Молчи! Вечно ты... со своими страшными историями да предсказаниями. Сергей не поп, а Ирочка не попова дочка. Она разумная, современная девочка. Узнает и примет правильное решение.

— Не знаю, не знаю... Как бы не было беды, если запретить! — подытожила няня и многозначительно громыхнула кастрюлями, аж крышки на пол посыпались. Мол, я своё слово сказала. Вы — родная бабушка, вам и решать.

Тема была временно исчерпана, продолжать развивать её дальше ни бабушка, ни няня не захотели. Разволновались! Испугались? Бабушка ушла в свою комнату и даже в сердцах хлопнула дверью, так что штукатурка посыпалась. Такое с нашей бабушкой редко случалось. Она в самые трудные минуты умела себя держать спокойно и с достоинством, как истинный врач. В квартире наступила абсолютная тишина.

И я заперлась в своей комнате, не зная, как поступить с этой внезапно открывшейся мне страшной тайной. И вообще, что мне делать и как жить дальше. Рассказать Жене или нет?

А может, он уже и сам всё знает... и молчит, боится меня расстраивать. Так вот почему Женина мама меня так пристально разглядывала! Искала во мне отцовские черты? Или мамины? Таисия (мне вдруг захотелось назвать её просто по имени, без отчества, как-то принизить), конечно, красива, к тому же артистка, певица, солистка одного из лучших в стране театров. Красота и престиж! Это так! Вот папочка и клюнул. Но моя мама тоже хороша и лицом, и фигурой. К тому же она умная и прекрасный специалист, пластический хирург. Её знают и уважают в Европе и Америке, приглашают на конференции и симпозиумы. Мамочка — самый настоящий специалист по красоте!

Не понимаю! Как папа мог! Бабник, предатель!

О господи, что же мне делать? Да, и вот что ещё подозрительно... Как папе удалось засунуть их в наш дом и запихнуть Таисию в знаменитый московский театр? Ну, допустим, Таисия прекрасно поёт и, чтобы поступить в театр, она выиграла конкурс. Но в наш дом не так-то легко попасть.

Неужели мой папа на кого-то настрочил донос, чтобы тех несчастных, как Генкину семью, выселили? Не может быть! Папа не такой! Бабник, да! Но не доносчик! И времена доносов кончились. А может, не кончились и никогда не кончатся... Проклятый наш дом!

Я беззвучно рыдала. Проливала слёзы и беспорядочно обдумывала ситуацию. Жутко разболелась голова. Стучало в висках. Текло не только из глаз, но и из носа. Поднялась температура. Мне не хотелось в таком виде показываться перед няней, бабушкой и Маринкой, которая вот-вот должна была прийти из школы. Наилучший выход — лечь в постель. Я глянула на себя в зеркало. Моё лицо представляло собой одну сплошную мокрую воспалённую маску, которую можно было совершенно обоснованно, повернувшись к стене, упрятать в подушку. Заболела, и всё! Чтоб никаких вопросов.

Пришла из школы Маринка. И как раз зазвонил телефон. Маринка подлетела, быстро сняла трубку, затарахтела:

— Алё! Привет, Женька! Тебе, конечно, Ирку позвать, да? Ира! Твой дорогой и ненаглядный Женечка звонит. Ты можешь подойти к телефону?

— Я не могу говорить. Скажи ему, что я заболела и осипла, — прохрипела я.

— Женя, Ира не может подойти к телефону. Она засела в уборной. Расстройство желудка, понос, понимаешь? Позвони позже, — уточнила, смакуя щекотливую ситуацию, вредно-изобретательная Маринка.

Ну, я ей потом покажу уборную и понос! Я ей самой такой понос устрою! Она у меня будет плакать и просить прощения. Маленькая гадина! Вот наградил бог сестрой! — злилась я.

Женя перезвонил через полчаса. Я прошептала в телефон, что окончательно потеряла голос и мне трудно говорить. Отложили разговор на другой день.

Целый вечер няня, бабушка и мама кудахтали надо мной и пичкали аспирином и народными средствами. Я благодарила бога, что моё опухшее лицо и слезящиеся глаза можно объяснить простудой. Но ведь простуда не вечна, и рано или поздно мне придётся выложить Жене всю правду.

А может, вообще ему ничего не говорить и оставить всё как есть, просто плыть по течению? Но как долго я смогу так плыть, и куда меня выбросит это течение? На мягкий песок или на острые камни?

* * *

Несколько дней я болела, лежала в постели. Меня не покидал вопрос: говорить или не говорить? Быть или не быть?

Подумав, я решила пока молчать, руководствуясь пословицей: слово — серебро, а молчание — золото. Ну не могла я просто так швырнуть тайну наших родителей в Женю, рискуя сразу же потерять его.

Я вела себя как ни в чём не бывало. А тут ещё подфартило. Таисия Михайловна подкинула Жене аж четыре бесплатных билета на оперу «Евгений Онегин». Два билета для нас с Женей и два — для Лизы с Геной. (С ума сойти! Примадонна расщедрилась!) Женя уже тоже был в курсе, что его друг Генка и моя подруга Лиза теперь вместе. Как-то так получилось, что между ними на дне рождения сразу возникла любовь с первого взгляда, или я не знаю, как назвать то чувство, которое ими завладело.

Лиза замучила меня признаниями и деталями. Требовала, чтобы я ей рассказала всё, что я знаю о Гене и его семье. Ну что я могла рассказать? Что знала его мальчишкой до шестилетнего возраста, что мы гуляли во дворе вместе с нашими нянями, что его отца посадили как врача-вредителя, врага народа, члена сионистского заговора, и потом реабилитировали...

— Сионистского заговора? Ты ничего не путаешь? — уточнила Лиза.

— Да, именно сионистского заговора, которого не было.

На что естественно последовал Лизин вопрос:

— Значит, Геночка из еврейской семьи?

— Естественно! А ты что, не догадываешься? Да он и внешне похож на еврея, симпатичного еврейского мальчика. Тебя это как-то смущает?

— Меня — нет! Нисколечко! Я не антисемитка! Но мои предки, то бишь родители, к сожалению, не очень-то любят евреев. Папа говорит, что евреи заполонили всё русское искусство и литературу. Русскому писателю и музыканту уже хода нет.

— Твой отец говорит такое? Выходит, он — настоящий юдофоб? Не ожидала.

— Да, он такое говорит, когда выпьет.

— Эх, Лиза, что у трезвого на уме, то у пьяного на языке.

— Да, конечно, мой папа неправ. Но что я могу сделать? Если они узнают, что я встречаюсь с еврейским парнем, да ещё не с комсомольцем, непременно будет скандал. Знаешь, Гена ведь не вступил в комсомол и даже не собирается. Теперь понятно почему... Я предвижу кучу проблем с родителями. Генке пока лучше к нам домой совсем не приходить. Будем встречаться у него или на нейтральной территории. Впрочем, Гена и сам сказал мне, что не хочет появляться в нашем печально прославленном доме. У него на наш дом, как это по-научному... идиосинкразия. Всюду мерещатся призраки арестованных и расстрелянных.

— Мне эти призраки тоже мерещатся, хотя в нашей семье никого не арестовали. Ведь мой дед просто чудом избежал ареста. Он взял и вовремя умер... совсем молодым. Помнишь, стихи на смерть Писарева, обращённые к его жене? Кажется, это Некрасов писал:

> Не рыдай так безумно над ним,
> Хорошо умереть молодым!

Вот парадокс. Повезло вовремя умереть. Бабушка моя деда, видно, очень любила. Так больше и не вышла замуж. А ведь была умна и красива. Белолицая, образованная купеческая дочь. Да ещё и врач от бога. Женихов — хоть отбавляй. Врачи, пациенты. А она всем подряд отказывала. После смерти деда поставила на своей личной жизни крест и вся ушла в работу и в воспитание дочери. Ну и потом нас с Маринкой мягко так строгала. Такая у меня бабушка!

В общем, проблемы с родителями оказались не только у нас с Женей. Это меня как-то эгоистично успокаивало. Значит, я не одинока.

* * *

Опера «Евгений Онегин» была поставлена с блеском, может, даже лучше, чем в Большом театре. Мы сидели в третьем ряду партера, в самой середине. И видно, и слышно было прекрасно. Голос и игра Таисии превзошли все мои ожидания. Она была бесподобно хороша! Что и говорить! Жгучая брюнетка с белой атласной кожей. (Или это был толстый слой грима на лице? Неважно! Всё равно хороша!) Женечка мог по праву гордиться своей мамой, что он и делал. Хлопал до боли в ладонях и преподнёс своей обожаемой мамуле дорогущую корзину красно-белых роз. Купил в нашем спецраспределителе. (Вообще-то, мы все вчетвером скинулись на эту корзину, но вручил цветы он самолично. Никому не доверил этот торжественный акт!)

Да, неудивительно, что мой папа пал жертвой обаяния и голоса Таисии.

Я понимала, что для папы она явилась воплощением, символом женственности, красоты и праздника, своего рода бальной туфелькой, а моя мама была всего лишь привычной домашней тапочкой, красивой, мягкой, удобной, из дорогого материала, но потёртой временем. А для полноценной жизни нужны обе: и бальная туфелька, и тапочка. Натрёшь ногу в туфельках, танцуя на балу, вернёшься домой — можно их скинуть и переобуться в домашние тапочки. Бедный, нерешительный мой папа, трудно было ему совершить честный поступок: бросить маму или отказаться от Таисии. Так и маялся годами.

Бедный папа, бедная мама, бедная Таисия и бедный её муж!

Впрочем, отец Жени, скорее всего, находился в полном неведении, так как при его крутом нраве и «партийно-военной» закваске он бы всей этой раздвоенности не потерпел. Задал бы своей жёнушке перцу, оттаскал бы её по старинке за волосья (как няня говорит в таких случаях) или развёлся бы с ней. Да и Таисия, может, вовсе не бедная. Думаю, что её вполне устраивал двойной расклад и она ничего не хотела менять. Впрочем, это всё мои догадки и мучительные размышления, которые ещё сильнее терзали меня после спектакля. Женя, Лиза и Гена живо делились восторженными впечатлениями, а я молчала, уставившись себе под ноги. Женя вопросительно посмотрел на меня:

— Ир, а что ты молчишь? Как тебе моя мама в роли Татьяны и вообще спектакль? Я уже который раз слушаю здесь эту оперу, но сегодня, мне кажется, мама превзошла саму себя. Как будто специально для нас пела и играла. Такой Татьяны даже в Большом нет. И ещё не известно, какая Татьяна лучше — моя мама или Галина Вишневская.

«Ну ты даёшь, Женечка, — подумала я. — Уже и Галина Вишневская для тебя не эталон. Твоя любовь к матери переходит все разумные границы».

Но, конечно, я сказала совсем другое:

— Всё было прекрасно: и постановка, и твоя мама, и вообще... Нет слов! — Я больше не могла говорить. В моих глазах стояли слёзы.

— Ирочка, что с тобой? Ты плачешь? Но почему? — в Женином голосе послышалась озабоченность.

— Это я от восторга! — с пафосом изрекла я, достала носовой платок, приложила к глазам для видимости, отвернулась и высморкала нос. — Извините, ребята. Видимо, моя простуда ещё не совсем прошла, поэтому такая вот слезливая реакция. И вообще, конец такой беспощадно грустный. «Позор... Тоска... О жалкий жребий мой!» Как тут не плакать! — Выкрутилась.

— Да, действительно, конец печальный. Но я как-то об этом не думал. Наверное, слишком много раз читал и слушал эту вещь... У меня идея. Давайте пойдём к маме за кулисы. Посмотрим на театр изнутри. Я там был пару лет назад. Гримёрка, декорации, костюмы... Театральные тайны. Особая, волшебная атмосфера. Детали перевоплощения. Раскрытие секретов чуда, как мама говорит, «лицедейства». Девочкам точно понравится. Да и мама обрадуется. Она у меня молода душой и любит общаться с молодёжью.

— Потрясающая идея! Я никогда не была в театре за кулисами. Я — полностью за! — Лиза аж взвизгнула от восторга.

— А я против. Мне кажется, твоя мама устала, и ей просто надо разгримироваться и отдохнуть. А тут ещё мы ввалимся незваною толпой... Поедемте лучше домой. Я паршиво себя чувствую и хочу спать, — сказала я, не очень натурально позёвывая и шмыгая носом.

— Ты не хочешь идти к моей маме за кулисы?! Да ты что? Упустить такой шанс! Вот никогда бы не подумал... Я, собственно, это для тебя предложил, — удивился Женя. — Ну, не хочешь — как хочешь. Не насильно же тебя туда тащить. Значит, едем домой.

— Ой, ребята, какие же вы нудные! Подумаешь, насморк! Сегодня такой день! Я сто лет не был в театре. Это событие надо как-то отметить! Пошли лучше в кафе, тут недалеко за углом. Посидим, согреемся, выпьем чаю или кофе с пирожными, — предложил Гена.

— Прекрасная идея! Я за кафе! Ещё совсем не поздно, только пол-одиннадцатого. — Лиза тут же согласилась с Геной. — Итак, вы — домой, а мы — в кафе. Разбежались. Пока, ребята! — Она, как свою личную собственность, быстренько схватила Генку под руку, пока он не передумал. И они ушли.

Наша идейная комсомолка Лиза влюбилась не в комсомольца и стережёт предмет своей любви от посягательств... только непонятно чьих! Как всё запутано в этой жизни!

Пошёл дождь, сначала мелкий, лёгкий, потом усилился. Где-то в отдалении грохотал гром, у горизонта сверкнула молния.

Настоящая гроза в начале мая. Это неспроста, — отметила я про себя.

Мы с Женей ещё немного постояли под навесом, потоптались у входа в театр, подождали, пока дождь утихнет, и направились было в сторону метро, как неожиданно подъехало такси, из которого вылез мой разодетый франтом отец с огромным букетом цветов (тоже, наверное, достал в нашем распределителе) и направился к служебному входу. Представляю, сколько стоил такой букет! Такси осталось ждать. Я отвернулась, чтобы он меня не узнал, и замерла.

Вот оно! Сейчас всё и выяснится само собой... Ну и пусть! Когда-то же это должно было случиться! — со страхом и одновременно облегчением подумала я.

— Ира! Кажется, это твой отец... с букетом. Или я ошибаюсь? Что он здесь делает, ведь спектакль окончен? — остсрожно спросил Женя.

— Да, это мой папа. Я не знаю, что он здесь делает. Он мне о своих делах не докладывает. Наверное, опоздал на спектакль и просто хочет вручить цветы одному из артистов, — пробормотала я, цепляясь за соломинку маленькой лжи.

— А почему ты к нему не подошла и даже нарочно отвернулась? Что происходит? Ты поссорилась с отцом и не хочешь с ним разговаривать? — докапывался до правды Женя.

— Да, ты угадал. Мы сегодня поссорились. Папа не хотел, чтобы я, простуженная, пошла в театр. А я вот не послушала его. Теперь мне будет нагоняй. Идём уже домой! Мне холодно. Ты же не хочешь, чтобы я снова разболелась?

— Понятно! — только и успел сказать Женя, как из дверей театра вышли в обнимку двое: Таисия и мой отец. Он нежно обнимал её за плечи. Она одной рукой обняла его за талию, в другой руке держала букет цветов. Они оба сияли отрешёнными от всех и вся, погружёнными лишь в свой внутренний мир и эмоции, улыбками. Нас с Женей они не заметили и быстро нырнули в такси.

Интересно, куда они направлялись? Им было не до нас и вообще ни до кого! Всё было ясно, как на ладони...

— Кажется, у твоего отца роман с моей мамой... — неуверенно сказал Женя и посмотрел мне в глаза.

— Да! — коротко ответила я.

— Ты что-то об этом знаешь?

— Да! Я совсем недавно узнала. Случайно услышала разговор няни с бабушкой.

— Узнала и мне ничего не сказала? Как ты могла? Почему?

— Я не хотела тебя огорчать и... боялась, что ты меня бросишь.

— Но это бы всё равно когда-нибудь выяснилось, ты это понимаешь? И чем позже, тем хуже для нас с тобой.

— Понимаю. Я несколько раз хотела тебе сказать, но у меня как-то язык не поворачивался. Я боялась тебя потерять, Женечка! Я так люблю тебя!

— И я тебя люблю. Бедная моя девочка! Хранить такую тайну. Представляю, как тебе было нелегко. И давно у них этот роман?

— Давно, много лет.

— Много лет? Ничего себе! Какой кошмар! Теперь понятно, почему мы неожиданно переехали в Москву, хотя папа — коренной сибиряк и в Новосибирске у нас была прекрасно налаженная жизнь. (И вообще, я тоже люблю Сибирь. Там здоровый климат и хорошие люди.) Понятно, почему именно в Дом правительства, понятно, почему мама захотела работать в театре Станиславского, а мой отец перевёлся в Генштаб. Это всё дело рук твоего отца, его больших связей. Ему надоело ездить на свидания в Новосибирск, и он перетащил свою любовь поближе к дому. Конечно, так удобнее. Он ведь популярный писатель, писака, так сказать. Настрочил пару писем кому следует, сделал несколько нужных звонков — и дело в шляпе. Клубок разматывается... — Женя распалился. Он уже не смотрел на меня и говорил не со мной. Он просто рассуждал вслух: — Ну да! Твой отец — столичный ловелас, молодой, обаятельный обольститель провинциальных примадонн! А мой отец — пожилой мужчина, не красавец, невысокого полёта, обычный солдафон. Правда, он хоть и полковник, но не Скалозуб и честный, порядочный человек. К тому же обожает мою мать. Ты же ничего не знаешь. Моя мама — сирота, росла в детдоме, пела в художественной самодеятельности. Мой папа увидел её молоденькой девушкой, услышал, оценил её голос и... внешние данные, помог ей поступить в консерваторию и вообще — в жизни помог. Влюбился в неё, как Пигмалион в Галатею. Они поженились. Мой папа для мамы — не только муж, он ей заменил родного отца, старшего брата. Она его тоже полюбила. Папа всё был готов для неё сделать. Тут вдруг появился твой папашка, столичный хлыщ, и моя мамочка не устояла, сдала позиции... Крепость, так сказать, пала!

— Женя, успокойся, остановись! Ты слишком далеко зашёл. Не нам их судить! Нам бы не ссориться, а подумать, что делать, как сохранить нашу любовь.

Но Женя завёлся и, казалось, не слышал меня:

— Глупая, наивная моя мама не понимает, что ещё пару лет — и она состарится и надоест твоему отцу. Он выбросит её на свалку, как потрёпанную куклу, и найдёт себе игрушку поновее. Какая банальная, пошлая история! Твой отец — просто мерзавец! У меня нет слов!

— Женя, замолчи! Да как ты можешь? Не смей оскорблять моего отца! Да, мой отец влюбился в твою мать, но он же не насильно затащил её в постель. Она сама... Такие вещи случаются. Это жизнь.

— Не насильно, само собой. Но он — всё равно мерзавец, разрушил мою семью. Как сказал Ленский об Онегине: «Вы — бесчестный соблазнитель!» Ира, прости меня, пожалуйста! Я понимаю, этот человек — твой отец, ты его любишь, но он не заслуживает, мягко выражаясь, моего уважения. И неужели тебе не жаль твою маму? Мне кажется, она очень любит твоего отца и, как я теперь понимаю, страдает.

— Да, мне очень жаль мою маму, жаль их всех, а нас с тобой — в первую очередь. Понимаешь, нас — в первую очередь! У них была жизнь, любовь, а мы с тобой только начинаем жить и любить. В чём мы виноваты? Почему мы должны расплачиваться за их грехи?

— Мы с тобой, Ирка, не виноваты. Но надо как-то распутать этот грязный клубок.

— Как распутать? Что ты предлагаешь? Что я могу сделать? Я не могу приказать моему отцу бросить твою мать. Он просто не станет меня слушать. И я прежде всего хочу сохранить нашу любовь. Понимаешь? Да и ты не можешь приказать своей матери не изменять твоему отцу.

— Не могу приказать, но могу поговорить, попросить. Она любит меня, поймёт. Она ради меня всё сделает.

— Ой ли! Ни черта она не поймёт! Когда речь идёт о любви, даже такие обожаемые дети, как ты, отходят на задний план.

— Может, ты и права. Но я всё равно попробую с ней поговорить. Я не могу это так оставить.

— Попробуй! Сомневаюсь, что у тебя что-то получится. Удачи! Я уезжаю.

— Подожди! Не уходи вот так. Я совсем запутался... Надо найти какой-то выход. Но твой отец — всё равно подлец!

Я поняла, что Женю не остановишь. Я больше не могла слушать его гневные упрёки и оскорбления в адрес моего отца. Просто махнула на всё рукой, сказала:

— Пока, поговорим в другой раз, когда ты успокоишься и сможешь здраво рассуждать! — и побежала в метро. Он не стал меня догонять.

ПРИЗРАКИ ПОБЕЖДАЮТ

После сцены у театра Женя перестал со мной разговаривать, в классе даже в мою сторону не смотрел. Вернее, когда наши взгляды случайно встречались, он отводил глаза. Я вся извелась, больше не могла терпеть этого многозначительного молчания и написала ему записку:

«Женечка! Я люблю тебя! Мне ужасно горько и плохо! Я совсем перестала спать. Няня поит меня валерьянкой, а бабушка тащит к невропатологу. Следующим этапом будет психиатр. Так дальше не может продолжаться. Если ты меня ещё не разлюбил, давай встретимся у тебя дома и поговорим».

Он ответил:

«Ира! Я поговорил с мамой. Она надо мной посмеялась, поцеловала меня в лоб и сказала, что я маленький дурачок, ничего не понимаю в жизни. И чтобы я не смел ничего говорить папе и нервировать его по пустякам. Оказывается, её роман с твоим отцом — это пустяк. Я не знаю, что делать, и ещё не готов к разговору с тобой. Подожди! Дай мне время очухаться от всего этого кошмара. Я напишу или позвоню тебе».

Он даже не написал, что меня любит. Мне было обидно до слёз. Выходит, мать для сына — важнее возлюбленной. Не для всякого сына! Для такого преданного сыночка, как Женя. Он боготворит свою мамочку.

Она назвала его «маленьким дурачком», а ему хоть бы что. Он всё равно её боготворит. А как же я и наша любовь? А как же библейское «муж и жена — одна плоть»? Да, но я ведь ему ещё не жена, хотя Таисия и назвала меня своей будущей невесткой. Но это она так, из хитрости, чтобы заманить меня в свои сети, настроить против моей мамы. Коварная актрисуля погорелого театра захомутала моего папу, отбила у жены, у семьи.

И Женька, в угоду своей мамочке, стряхнул меня, словно снял с руки перчатку. За что? В чём я провинилась? Я не чувствовала за собой никакой вины. В голове у меня всё перепуталось. Я была на грани нервного срыва. Нет, не на грани... Я ждала моего Женю и сходила с ума, думала: если он ко мне не вернётся, я покончу с собой. Брошусь с балкона на набережную.

Няня и бабушка, обеспокоенные моим плохим настроением и бессонницей, спрашивали:

— Что произошло? Почему Женя к нам больше не приходит? Вы что, поссорились?

Я отвечала:

— Да, мы поссорились, но это не навсегда!

— Эх, милые бранятся — только тешатся! Перебесятся, — сказала няня. А бабушка пыталась меня вызвать на откровенный разговор, но у неё ничего не вышло. Я упорно отмалчивалась.

Лиза, конечно, тоже заметила наше охлаждение. Ещё бы! То мы с Женей были неразлучны, а то вроде как чужие. Она буквально забомбила меня вопросами:

— Что между вами произошло? Вы поссорились? Он тебе изменил? Нашёл другую? Давай, выкладывай всё как есть! Ну!

— Ни первое, ни второе, ни третье! Просто... появилось, как бы это сказать, некое препятствие. Мы пока его не можем преодолеть.

— Какое ещё такое препятствие? Говори немедленно, или я, честное слово, обижусь, — Лиза впилась в меня взглядом. Будто хотела проникнуть в мой мозг. Будто ответ на этот вопрос был для неё решением какой-то её собственной проблемы.

— Я не могу тебе ничего рассказать. Это не только моя тайна.

— Ты должна, ты просто обязана мне всё выложить. Иначе, клянусь, горшки об пол. Я тебе тоже кое-что расскажу, и ты поймёшь, как это важно.

— Достала ты меня, Лизка! Ну ладно, скажу. Только ты поклянись никому ничего не рассказывать. И так всё плохо. Нам не нужны лишние сплетни.

— Клянусь! Ты же меня знаешь. Я не из болтливых. Что плохо?

— В общем, у моего отца, оказывается, многолетний роман с Жениной матерью. Когда Женька об этом узнал, у него просто крыша поехала. Он возненавидел моего папу, называет его бабником, мерзавцем, подлецом и соблазнителем провинциальных примадонн и поэтому перестал со мной разговаривать.

— Вот ужас-то! Час от часу не легче. А что вы с Женькой можете сделать? Они — родители и имеют право на свою личную жизнь, пусть и неправильную. И вы тоже имеете право на любовь. Вы — наши Ромео и Джульетта. Вашу любовь признал весь класс и даже учителя. Нет, это точно прямо Шекспир какой-то!

— Ну, я надеюсь, что до шекспировских страстей не дойдёт, хотя иногда я чувствую, что на грани...

— На грани чего? Не сходи с ума! Всё образуется.

— Ты права. Просто надо выждать. И если Женька умный и меня по-настоящему любит, он ко мне вернётся. А если нет... значит, не очень-то и любит, любил... — Я уже в который раз заплакала. От бессилия что-либо изменить, от безысходности.

— Перестань реветь, Ирка! А то я сейчас тоже заплачу. Не везёт нам с тобой, подруга! Знаешь, и у нас с Геночкой появилось, как ты говоришь, препятствие. Скоро мой день рождения. Я хотела бы пригласить нескольких ребят, ну и тебя с Женькой, конечно. Заодно, наконец, познакомить Гену с моими родителями. Понимаю, что будут проблемы, но надо же это когда-то сделать! Но Гена не желает приходить в наш, как он говорит, «дом с призраками». А когда я назвала ему номер моей квартиры, он вообще словно впал в ступор. Схватился за голову, убежал, не простившись, ничего не объяснив. Перестал мне звонить и на мои звонки не отвечает. Ума не приложу, что произошло и что мне делать. Почему ему не понравился номер нашей квартиры?

— Ой, Лиза, я не хотела тебе ничего говорить, но чувствовала, предполагала, что вы в конце концов разбежитесь. Всё и так ясно! Вы ведь поселились в квартире, которую занимала Генкина семья перед тем, как его отца арестовали и мать с малолетним сыном выслали в Сибирь. Генка, наверное, думает, что твой отец написал донос на его отца, чтобы заполучить квартиру в нашем доме. Если честно, то когда вы въехали в эту злополучную квартиру, мои родители и бабушка тоже так думали. (Мне бабушка рассказывала, что для нашего «дома с призраками» такая смена жильцов — далеко не редкое явление.) Но потом, когда мы вас поближе узнали, эти подозрения рассеялись, стёрлись из памяти. Мы с тобой подружились. И родители наши, хоть и не стали близкими друзьями, но культурно здороваются, как добрые соседи. К тому же наши отцы — коллеги, члены Союза писателей.

Лиза побледнела, но молча, стоически выслушала мой монолог. Потом её прорвало.

— Ты — моя лучшая подруга, Ира, но говоришь страшные вещи! Да как у тебя только язык поворачивается? Мой отец — доносчик?! Я не верю! Не желаю верить! Он — честный, порядочный человек и прогрессивный писатель. Просто бывшая Генкина квартира оказалась свободной, а мы стояли на очереди в этот дом. Отцу, как крупному писателю, лауреату Государственной премии, полагалась отдельная комната. Вот нам и дали трёхкомнатную квартиру.

— Не веришь? А ты возьми да и спроси у своего отца, как вы получили эту квартиру с призраками. Интересно, что он тебе скажет? Конечно, он всё будет отрицать! Уверена, что ты до правды не докопаешься. Ты же не пойдёшь в КГБ и не станешь просить открыть архивы доносов и арестов в нашем доме. А если и пойдёшь, тебя, малолетку, просто пошлют ко всем чертям, ещё и отца в КГБ вызовут и будут ему промывать мозги за то, что неправильно воспитал дочь.

— Что же мне делать, Ирка? Неужели нет никакого выхода? Ну, допустим, мой отец написал этот гнусный донос. Хотя, повторяю, я в это не верю! И всё тут! Мой отец — антисемит! Признаю, хоть в этом и стыдно признаться. Но он не доносчик, не стукач, не осведомитель! И вообще... почему мы должны расплачиваться за грехи наших отцов? Это несправедливо и жестоко!

— Какая там справедливость! В этой жизни нет никакой справедливости. Женя никогда не простит моего отца, а Гена — твоего. Видно, придётся нам в конце концов выбирать между любимыми и родителями. Если бы нам сейчас было хотя бы восемнадцать лет, мы бы могли поступать самостоятельно, устроиться на работу, уехать от родителей, снять комнату где-нибудь под Москвой, пожениться. А в шестнадцать лет куда денешься! Мы — школьники. Полная зависимость от родителей. Так что, Лизавета, дела наши — швах. «Любовные лодки разбились о быт».

— А если нам на какое-то время затаиться, притвориться, что любовь прошла, завяли хризантемы. А потом, после окончания школы, поступления в вуз и получения относительной свободы снять комнату или хотя бы переселиться в общежитие и всё начать по новой? Что скажешь? — Лиза не унималась, она была на выдумки хитра и не хотела сдаваться без боя.

— Можно попробовать, но, думаю, что ничего из этой затеи не выйдет. Мы-то с тобой выдержим срок, а вот Гена с Женей — не уверена. Они слишком упрямы и категоричны. Не умеют притворяться и ждать. Воспримут разрыв со всей серьёзностью. Просто разлюбят. Не вижу никакого выхода.

Мы ещё с Лизой какое-то время поплакали друг другу в жилетки и разошлись по домам.

* * *

Прошло два года. За это время многое изменилось. Мои родители после долгих размышлений, тяжких разговоров и сцен, бабушкиных увещеваний, маминых слёз, папиного очередного покаяния и его новых обещаний в конце концов всё-таки развелись. Тут решающую роль сыграла бабушка. Она считала, что мама ещё слишком молода и может найти другого мужчину, который составит счастье её жизни.

Мы разменяли нашу четырёхкомнатную квартиру на трёхкомнатную и однокомнатную, правда, в не столь престижных районах и домах, но всё же недалеко от центра. Прощай, «дом с призраками!» В однокомнатную переехал отец. Сидит там и пишет свои повести, романы и сценарии. Мы с Маринкой его иногда навещаем. Он искренне радуется нашему приходу и даже ради нас прерывает поток своего «нетленного» творчества.

Один раз мы провели эксперимент. Нагрянули неожиданно, без предварительного звонка, и (о казус!) застали в его квартире полуодетую молодую хорошенькую женщину, скорее всего, очередную любовницу. Она была испугана нашим внезапным появлением и, пробормотав сразу «здрасьте» и «до свидания», быстро оделась и испарилась. Мы с Маринкой понимающе переглянулись и вопросов отцу не задавали. Сам он был слегка смущён, но ничего не стал объяснять... Чего уж тут! Ведь мы уже взрослые девицы и должны понимать, что такое жизнь с её лицевой стороной и изнанкой...

Выходит, Женька был прав, когда сказал, что мой папочка скоро найдёт себе новую игрушку вместо Таисии. Такой вот ловелас мой папуля. Впрочем, это даже свойственно людям литературы и искусства. Зачем далеко ходить! Возьмём любимых классиков: Пушкин, Тютчев, Толстой, Есенин...

Но я всё равно моего любвеобильного папулю люблю, принимаю его таким, как есть, со всеми слабостями к женскому полу и прощаю, хоть и не понимаю, почему он поменял маму на Таисию, а Таисию — на эту юную хорошенькую мордашку. Не понимаю, и всё тут! Видимо, это хроническая мужская полигамия.

В трёхкомнатную вселились все остальные члены нашей семьи: мама, бабушка, няня, я и Маринка. Мама — в отдельной комнате, так как после работы ей нужны покой и отдых. Бабушка — вместе с няней, я — с Маринкой. Маринка повзрослела и с годами утратила значительную часть своей стервозности. Мы с ней теперь ладим. Похоже, скоро даже подружимся.

Лизин отец внезапно заболел и скоропостижно умер. У него случился обширный инфаркт. И даже искусные кремлёвские кардиологи не смогли его спасти. Что послужило причиной инфаркта, могу только догадываться. Ведь ему не было и пятидесяти лет. Ещё совсем не старый, к тому же успешный, популярный писатель и сценарист, лауреат Государственной премии. Многие писатели завидовали его успеху.

Может, Лиза достала его своими вопросами, хотела докопаться до истины? Может, он всё-таки написал этот подлый донос и его замучила совесть? Хотя вряд ли. Доносчиков обычно совесть не мучает. Они подпитываются доносами, как недостающими витаминами и минералами.

Я сразу же позвонила Генке и сообщила ему о смерти Лизиного отца. Надеялась, что хоть эта смерть их с Лизой примирит. Генка молча выслушал меня, потом попросил передать Лизе свои искренние соболезнования, но сам ей не позвонил и ни на похороны, ни на поминки не приехал. И вообще безо всяких объяснений исчез из Лизиной жизни. Они больше так и не встретились. Для Лизы, конечно, смерть отца и разрыв с Генкой явились двойным ударом. Но моя подруга была сделана из крепкого металла. Не расплавишь и не согнёшь. Она погоревала какое-то время, затем успокоилась и продолжала строить свою личную жизнь и карьеру, перешагивая через новые препятствия.

Мы с Женей окончили одиннадцатый класс.

Наш школьный роман после роковых «исторических семейных раскопок» так и не возобновился. Я не пыталась покончить с жизнью. Сначала духу не хватило прервать моё драгоценное земное существование. Потом я не то чтобы охладела к любимому и успокоилась, но как-то застыла в ожидании Жениного первого шага к пониманию, прощению и примирению.

Я много думала над сложившейся ситуацией и в конце концов сумела проявить зрелость разума и чувств и если не понять, то простить своего отца и даже Таисию. И не теряла надежды, что Женя тоже повзрослеет, и мы, может быть, встретимся на каком-то новом жизненном витке, и прежние чувства вспыхнут с новой силой. Ведь первую любовь забыть нельзя. Я вспоминала наш поход в театр и прощальный дуэт Онегина и Татьяны: «А счастье было так возможно, так близко...» Да, этот поход в театр оказался роковым и символичным. Но если бы не Женино упрямство и не юношеская уверенность в праве выносить приговор тем, чьи поступки выходили за рамки условных приличий, наша любовь бы не прервалась...

Истинная любовь — явление редкое. Она как благословение божье, и этим благословением нельзя жертвовать. Такие жертвы преступны перед собственной жизнью, которую надо прожить так, чтобы не было... Не буду продолжать эту известную и навязшую всем в зубах ещё со школы цитату.

Тем более что жертвы наши оказались совершенно напрасными. Ничто и никого мы не спасли. Мои родители всё равно развелись. И папуля бросил не только маму, но и Таисию и нашёл ей молодую, свежую замену. А родители Жени? Я не знаю, как сложились их дальнейшие отношения. Мне почему-то хотелось верить, что стареющая оперная дива по-прежнему держится за своего бравого мужа-полковника. Ведь таланту и красоте, с одной стороны, нужна надёжная оправа (да и прочная опора в виде символического костыля). С другой, её чувственная, артистическая натура не сможет долго довольствоваться достойной оправой и крепкой опорой. Ей нужны не только театральные, но и реальные страсти. Таисия, может, даже ищет (или уже нашла) замену моему отцу. Хотела бы я узнать, как сложилась её личная жизнь! Не для удовлетворения своего самолюбия, а лишь для того, чтобы бросить факты мамочкиных любовных приключений в лицо её сыну.

На, смотри, на кого и во имя чего ты меня променял!

Наверное, мне нужно было спустя какое-то время, преодолев гордость и сомнения, набравшись душевных сил, пойти к Жене домой, нагрянуть без звонка, встряхнуть его хорошенько за плечи и заглянуть ему в глаза, чтобы достучаться до его разума. И крикнуть:

— Что ты делаешь? Опомнись! Ведь ты не мог так скоро разлюбить меня. Вернись ко мне! У родителей своя жизнь, у нас — своя! Сейчас XX век, и наши семьи не Монтекки и не Капулетти.

Но я не сдвинулась с места, хотела, чтобы он осознал свою ошибку и сделал первый шаг. Струсила. Испугалась, что получу отказ.

Вечно я боялась сделать первый шаг!

Время шло. Женя не звонил, не приходил, не писал.

Время шло и ушло. Нельзя упускать время. Оно имеет свойство невозврата. И никакими попытками, уловками, просьбами и мольбами его нельзя повернуть вспять. Та самая жар-птица, которая залетела в наше отрочество, решительно упорхнула, помахав нам на прощание своим роскошным огненным хвостом. Жар-птицы не любят пренебрежительного обращения.

Видно, судьбы наши были предопределены.

Эпилог

Прошло полвека. За эти годы столько воды утекло в Москве-реке! А «дом с призраками», как символ сталинской эпохи, по-прежнему высится внушительным мрачным монолитом на Берсеневской набережной и хранит свои тайны. Иногда я проезжаю или прохожу мимо, бросаю печальный взгляд на родные пенаты, но не останавливаюсь и внутрь дома не захожу. Да и к кому мне заходить! Все, кого я знала и любила, либо уехали оттуда, либо ушли в мир иной. Нет больше ни бабушки, ни няни, ни моих, ни Жениных, ни Лизиных родителей. Мимо дома проезжают дорогущие иномарки, из машин выходят незнакомые, модно и броско одетые, чужие мне молодые люди новой эпохи, новые русские. Кто проживает в наших старых квартирах, не знаю, да и какое мне дело до этих людей! На первом этаже открыли нечто вроде небольшого музея Дома на набережной. А мне этот музей ни к чему. Я сама — живой экспонат. Хоть выставляй меня в символической витрине этого музея.

Лиза, решительно покончив с комсомольским прошлым, неожиданно выскочила замуж за американского бизнесмена русского разлива и упорхнула в Нью-Йорк на ПМЖ. У неё теперь грин-карта и полная свобода передвижения в Америку и обратно в Россию. Пишет, что счастлива, родила ребёнка, помогает мужу в бизнесе и по Москве нисколько не скучает. Думаю, она лукавит, так как зачастила в Москву вроде по делам, а на самом деле — приглушить ностальгию. Она прилетает и ещё из аэропорта сразу звонит мне. Мы с ней искренне рады друг другу и обычно встречаемся в том самом кафе, в которое они с Геной ходили после оперы «Евгений Онегин» и в которое мы с Женей так и не пошли. Почему мы выбираем именно это место встречи? Наверное, хотим снова всколыхнуть воспоминания и чувства полувековой давности...

И я вот думаю, а что если бы мы всё-таки пошли с ними в это кафе и не увидели моего отца с Таисией? И у Жени бы не было этого шокового состояния, давшего толчок нашему разрыву. Может, это что-то бы изменило? И сама себе отвечаю: Ирина, ты была мечтательницей ещё со времён начальной школы. Помнишь, это свойство твоей натуры заметила учительница Нина Ивановна? Ты ловила в окне ворон, а жар-птицу упустила.

Моя сестра Марина перенаправила стервозность своего характера в более полезное для жизни русло. Она прекрасно устроила свою личную и профессиональную жизнь: вышла замуж за нового русского и, чтобы не сидеть дома без дела, открыла на Арбате магазин сувениров, став успешной бизнесвумен. Мы больше не ссоримся. Эра детского соперничества давно в прошлом. Нам нечего делить. У нас разные судьбы. Я Маринке не завидую. У меня иное, более камерное, представление о семейном счастье. Она мне, будучи женой нового русского, тем более не завидует. Жалеет. Говорит, что я — старорежимная романтическая дурочка. Мы посылаем друг другу смешные поздравлялки с праздниками и круглыми датами. Живём в одном городе, но видимся редко, разве что на свадьбах, похоронах и на могилах наших родных.

Гена с родителями в начале семидесятых эмигрировал в Израиль. Он служил в израильской армии, участвовал в войне Судного дня, женился на коренной израильтянке, выучил в совершенстве иврит, получил медицинское образование, стал блестящим нейрохирургом, народил троих детей и полностью адаптировался на Земле обетованной. Гена несколько раз приезжал на симпозиумы и конференции в Москву. Мы встречались в ресторане гостиницы «Москва» и у меня дома и вспоминали наше детство. О Лизе он не спрашивал. Как отрезал. Как будто их романа вовсе не было. Жизнь закалила Гену. У него сформировался железный характер.

Женя, как мне рассказала Лиза, а она всё знает о наших одноклассниках, вступил в компартию в середине семидесятых, а в начале девяностых, как многие коммунисты, решительно порвал свой партбилет и даже сжёг оставшиеся клочки. А женился он на балерине Большого театра, видимо, по маминой наводке. В начале двухтысячных стал крутым владельцем сети крупных торговых фирм и поселился на Рублёвке в доме-дворце за глухим забором с колючей проволокой. Разъезжает на «Лексусе» с тонированными стёклами.

Сам за руль не садится. Зачем? У него личный шофёр и охранник. Женин отец давно умер, а мать дожила до глубокой старости и молодилась до последнего дня.

Я окончила русское отделение филфака МГУ и до сих пор работаю редактором в одном из толстых московских журналов. Зарплата небольшая, зато занимаюсь любимым делом. Не сегодня-завтра меня отправят на пенсию. А может, и журнал закроют, если не найдут спонсора. Теперь толстые журналы непопулярны. Молодёжь зарылась в Интернет и айфоны, а старая интеллигенция постепенно вымирает.

Выйду на пенсию — и тогда-то начну писать. У меня уже зреет в голове сюжет романа о юности и первой любви...

Я давно переборола свою любовь к Жене и вышла замуж за однокурсника по филфаку МГУ. Между прочим, снова влюбилась. Да-да, как это ни удивительно. И вышла замуж по любви. Первая любовь не исключает вторую. И моя вторая любовь оказалась не такой хрупкой и обречённой, как первая. Она пронесла меня через иллюзии в перестройку, через бедность в лихие девяностые, через экономический кризис 2008–2010 годов. Не сломалась. Мой муж, как и отец, — писатель. Видно, это наша семейная традиция или неизлечимое заболевание. Отец целый день стучал на пишущей машинке, муж приспособился к новой эпохе: тюкает на компьютере сценарии для телевизионных сериалов (мелодрам и детективов). Между прочим, неплохо зарабатывает. И я скоро тоже примкну к писательскому цеху.

У нас с мужем двое детей и четверо внуков.

Мы с Женей как-то пересеклись на встрече выпускников нашей школы (он даже рискнул приехать без охраны, чтобы не смущать одноклассников своим крутым обликом), и сердце моё, как ни странно, не дрогнуло. (Хотя я ужасно боялась этой встречи. Боялась, что снова попаду под влияние его харизматичного, мужественного имиджа и обволакивающего взгляда бархатно-чёрных глаз. Что мы скажем друг другу? Вспомним прошлое? Погрустим о том, что могло бы свершиться, но не свершилось? Спросим: «Ты счастлив/счастлива?»)

Но со мной произошло неожиданное сердечное затмение. Сердце не затрепетало, а покрылось некой защитной броней, что ли. Актовый зал, бурливший выпускниками разных возрастов, был ярко освещён. Даже чересчур, безжалостно ярко. Никаких приглушённых тонов, смягчающих следы времени на лицах и телах моих ровесников. И вот передо мной предстал не мой любимый и трогательно влюблённый нежный мальчик Женя, а абсолютно чужой мужчина средних лет, слишком высокий, располневший (о таких говорят «человек-шкаф»), полысевший, с остатками седых волос на висках и на затылке. В его походке и жестах отражалась самоуверенность крупного бизнесмена. По-прежнему бархатно-чёрные глаза смотрели на мир иронично и устало, утратив живой блеск, свойственный юности.

О моей внешности (дамы в возрасте) рассуждать и писать не берусь... Одни утверждают, что я чудесно сохранилась, другие, наоборот, замечают больше морщин и складок на моём лице, чем отражает зеркало. Наверное, и первые, и вторые по-своему правы... Всё зависит не от того, что есть на самом деле, а от настроя тех, кто отпускает оценивающие ремарки.

Мы с Женей, оторопев, уставились друг на друга, обменявшись печально-удивлёнными (боже, как ты изменился/изменилась!) взглядами, парой коротких, ничего не значащих, вежливых слов и заодно номерами мобильных телефонов.

— Здесь так шумно, — заметил Женя, — не поговорить, а уединяться как-то не по-товарищески по отношению к нашим.

— Да! И музыка гремит, бьёт по голове. Все мозги вышибает, — добавила я. — Но мы же можем встретиться как-нибудь в кафе или в парке, в нормальной тихой обстановке, если захотим.

— Конечно! Я хочу встретиться и тебе непременно позвоню, — поддержал мою мысль Женя.

— Или я тебе, — предложила я.

Он ещё что-то хотел сказать, я — тоже, но наши слова так и остались невысказанными.

Музыка заглушала даже те короткие фразы, которые мы сумели из себя выдавить. Да, не так я представляла себе нашу встречу...

Мы так и не позвонили друг другу. Закрутились, не решились? Не сложилось...

И, наверное, правильно сделали, что не позвонили. Одной встречи для разочарования было более чем достаточно. Трогательно юное, прекрасное прошлое давно отыграло свою драму. Тяжёлый занавес опустился на сцену после финального акта. Настоящее у нас с Женей существовало в разных социальных слоях общества, бесконечно далёких друг от друга, а общего будущего просто не могло быть.

Как своевольно и сурово распоряжается нашими чувствами судьба! От первой любви не осталось и следа. Только память и неизбывная грусть. Скоро мы, как и те, кто ушёл, станем призраками в Доме на набережной.

ИСПОВЕДЬ МАТЕРИ

*А я лишь теперь понимаю, как надо
любить, и жалеть, и прощать, и прощаться.*

Ольга Берггольц

ПИСЬМО НА НЕБО

Мамочка, дорогая моя, любимая!
Я пишу тебе на небо, в пустоту, ибо, скорее всего, там, за облаками, среди дальних планет и звёзд, нет ничего: ни чистилища, ни рая, ни ада. И загадочный Млечный Путь — просто скопление небольших звёзд, которые не увидишь невооружённым глазом. Он никуда не ведёт.

Знаю, что ты, наверное, никогда не прочтёшь это письмо, что его нужно было написать давно, очень давно, хотя бы тридцать пять лет назад, когда ты была ещё жива. И не на компьютере, а обычной авторучкой на бумаге, положить в конверт, запечатать и отправить в Москву. Всё это я знаю и однако пишу тебе в пустоту, в чёрную дыру небытия...

Пишу, во-первых, потому, что это письмо раскаявшейся грешницы я всё равно хочу и должна написать. Оно зрело во мне все эти долгие годы и, наконец, вызрело, сложилось, терзает меня, рвёт моё сердце и душу и умоляет не препятствовать его стремлению вырваться наружу и хотя бы отразиться на экране компьютера.

Во-вторых, я пишу, потому что во мне, вопреки советскому атеистическому образованию и разуму, всё же тлеет крохотная надежда, что, может быть, существует мир иной, мир душ умерших, а значит, возможна связь между нашими мирами и ты прочтёшь это письмо. Телепатически, по каким-то не известным нам каналам... Прочтёшь и простишь меня.

Итак... Господи, не знаю, с чего начать! А пожалуй, начну с конца. Как это ни странно, будет тебе, мама, узнать, что я уже пережила возраст твоего ухода. Ты ушла в 62 года, а мне пару месяцев назад стукнуло, о боже, не хочу даже уточнять сколько. Ты и так, наверное, догадываешься. И пишет тебе не девочка, не молодая девушка, не даже зрелая женщина, а весьма пожилая дама (по прежним российско-советским понятиям). По-американски, это ещё не глубокая старость, скорее, начало старости. Людей, достигших этого возраста, здесь называют мягко-культурно senior citizens (старшие граждане). Чтобы они не очень огорчались и не впадали в уныние от столь солидного возраста и близости конца.

В общем, неважно, как обозначить порог моего нынешнего существования. Важно то, что я только недавно с грустью и горьким сожалением поняла, что почти ничего не знала о тебе, своей матери. Вернее, знала то, что знали многие, что было очевидно, на поверхности, о чём ты или папа, или дедушка с бабушкой упоминали вскользь, при случае. Знала то, о чём догадывалась по чёрно-белым и — в последние годы — цветным фотографиям. И мне этих скупых знаний, увы, вполне хватало для обычной дочерней любви, которая в основном базировалась на моём эго, на желании поделиться с тобой моими новостями, проблемами, просьбами и никоим образом не на стремлении расспросить тебя о твоих проблемах, твоих скрытых желаниях, твоём тяжёлом, но и романтическом прошлом и твоём кошмарном, изувеченном страшной болезнью настоящем.

Я помогала тебе по мере возможностей своей дочерней любви и юношеского эгоцентризма, навещала тебя, когда ты (не единожды) лежала в больницах, приносила тебе соки и фрукты, задавала общепринятый вопрос «Как ты себя чувствуешь?» и, услышав обнадёживающий ответ: «Спасибо, намного лучше!», — уходила с лёгким сердцем исполненного дочернего долга. Помню, ты улыбалась, глядя на меня, делала комплимент моим голубым глазам с подкрашенными ресницами и тонко, как требовала мода того времени, выщипанными бровями. А я, принимая твою похвалу, не говорила тебе в ответ приятных вещей, что ты гораздо лучше выглядишь, скоро совсем поправишься и выйдешь на работу, где тебя ждут твои коллеги. Что я люблю тебя, и что без тебя наш дом пуст. Я была скупа на ласки и проявления чувств. Вот такая получилась не в меру сдержанная девица. Я просто автоматически прикасалась губами к твоей щеке, не стараясь проникнуть в твои грустные мысли, сознательно избегая этого болезненного для меня проникновения.

Помню, я даже злилась на тебя за то, что ты посмела впасть в депрессию и пыталась покончить с собой, причинив нам с папой столько страданий. Как ты могла нас предать? А на самом-то деле, как я могла отгородиться стеной равнодушия от твоей трагедии и трагедии нашей семейной? Как я посмела предать тебя?! О жестокосердная, эгоистичная юность! Неужели возведение таких непробиваемых стен свойственно всем юным умам и душам? Или это только уродливая неполноценность, дефект моего ума и души?

Думаю обо всём этом, плачу запоздалыми слезами и не могу простить себя, хладнокровную, молодую эгоистку, сосредоточенную исключительно на своих проблемах, с неудавшейся личной жизнью и (в силу пятого пункта) с не сложившимся в СССР профессиональным трудоустройством.

Люсины сны

1

В ночь с субботы на воскресенье мама неслышно вошла в мой сон. Не только не старая, напротив, неожиданно ослепительно молодая, с распущенными длинными волосами цвета тёмной меди, высоким, мраморно-белым лбом и мягко-бархатными карими глазами. Такой я её помнила, когда была совсем маленькой девочкой, лет шести-восьми. Она была необыкновенно хороша лицом и прекрасно сложена. Среднего роста, ладно скроенная. Длинные, крепкие, полноватые ноги. Представляю, сколько молодых и зрелых мужчин увивалось за ней в те годы, добиваясь её расположения или хотя бы благосклонной улыбки. (А она любила только папу и была бесконечно предана ему и нашей семье.) Мне, малышке, мама тогда казалась богиней, временно сошедшей с Олимпа на Землю для выполнения какой-то ей одной известной миссии. Я увлекалась греческой мифологией, читая и перечитывая знаменитую книгу Куна «Легенды и мифы Древней Греции», и мечтала о том, что, когда моя мама вернётся на Олимп, она захватит меня с собой. Абсолютно серьёзно мечтала. Вот такая была фантазёрка.

В моём спутанном сознании я не понимала, сон это или явь, и могу ли я, старая женщина (а я осознавала, что, несмотря на возникший передо мной облик молодой мамы, я-то по-прежнему стара), в этом смещённом времени лишь любоваться рыжеволосой красавицей, или мне будет дозволено принять участие в диалоге с ней. Я молча застыла в ожидании.

Диалог не состоялся. Мама просто поведала мне свою историю-исповедь. Я не прерывала её, только слушала и молчала.

* * *

— Люсенька, девочка моя дорогая! Я получила твоё письмо. Оно как-то энергетически отпечаталось в моём сознании. Видно, всё же существует связь между нашими мирами. Пускай тебя не смущает мой внешний молодой облик. Я — по-прежнему твоя мать, а ты — моя дочь. Мы не поменялись местами. Когда мы попадаем в иной мир, ангел смерти Азраил сам выбирает тот имидж, в котором мы здесь и остаёмся навеки. Рано или поздно настанет и твой черёд. Не надо спешить умереть, но и вовсе не надо этого страшиться. Жизнь — божий дар, но и смерть тоже.

Думаю, что ты здесь появишься в том внешнем обличье, когда тебе было двадцать пять лет и ты приходила ко мне в больницу с печальными васильковыми глазами, опушёнными густыми крашеными ресницами и чуть тронутыми помадой пухлыми губами. На тебе тогда было чёрное зимнее пальто из материала букле (сшитое в модном московском ателье) с воротником из чернобурки и отороченное внизу чернобуркой, а также высокая шапка из такого же меха. Ты выглядела, как настоящая модель с картинки модного журнала. (Помню, ты рассказывала, что к тебе на улице как-то подошёл некий молодой парень-фотограф и предложил сняться в этом наряде для иностранного глянцевого журнала. Но ты испугалась и отвергла его предложение. И правильно сделала. Тогда было время Брежневского застоя, и фотография в заграничном журнале могла навредить твоей карьере да и жизни.)

Я обожала тебя и не могла наглядеться на нежно-юную прелесть твоего лица. Я люблю тебя и нисколько на тебя не сержусь, ибо сама была такая в молодости, зацикленная на своём мироощущении. Только когда ты родилась, я частично переключила внимание от себя любимой на тебя, и то не сразу. Ты, конечно, знаешь по себе, что материнство меняет женщин. Впрочем, своего ребёнка мы воспринимаем как часть себя, как свою собственность. И в этом заключается наша материнская ошибка, наше заблуждение. Чем крепче материнская любовь к своему чаду, тем труднее потом ребёнка отпустить на волю. Впрочем, мои родители, как тебе известно, отпустили меня из Польши в Советский Союз, правда, не одну, а с папиной мамой — бабушкой Лией — когда мне было тринадцать с половиной лет. Это решение нам всем тогда казалось правильным...

Итак, мы жили в Вильне. Жили хорошо, молодо, весело и в полном достатке. Родители были всё время заняты в спектаклях — в Вильне или на гастролях. Они принадлежали к знаменитой еврейской Виленской труппе. Случалось, что брали меня с собой на вечерний спектакль. Я просила, умоляла, магия театра притягивала меня. Да я и сама мечтала стать актрисой. Какая девочка, да ещё дочь актёров, об этом не мечтает! Но строгая бабушка была категорически против. Мол, не дело маленькой девочке, и даже подростку, проводить время до ночи в зале театра и за кулисами. У ребёнка должен быть свой детский мир и режим. Мало ли что у вас там за кулисами происходит! Не знаю и знать не хочу! Кроме того, ведь наутро девочке рано вставать и идти в школу.

Но иногда всё же бабушка уступала моему напору и отпускала меня поглазеть на загадочный театральный мир. (Я даже участвовала в одном из спектаклей. Так, маленькая детская роль. Но как я гордилась этой ролью!) Я, конечно, не выдерживала допоздна и где-то к одиннадцати часам засыпала прямо на стуле в гримёрке. Потом отец на руках нёс меня спящую в пролётку, и мы за полночь возвращались домой. Дома отец под негодование и ворчание бабушки («бестолковые и абсолютно безответственные родители!») переносил меня на кровать.

В общем, если не считать нечастых походов к родителям в театр и некоторых семейных торжеств и еврейских праздников, когда мы все собирались за столом, я постоянно находилась с бабушкой. Она всецело занималась моим воспитанием. Бабушка вела домашнее хозяйство и отдавала распоряжения прислуге, а дедушка, владелец магазина сумок, перчаток и дамских шляп, занимался бизнесом. К несчастью, дедушка рано умер, когда мне было одиннадцать лет, и бабушке пришлось сменить его в роли хозяйки и управляющей магазином.

Бабушка пропадала в магазине, родители — на репетициях и спектаклях в театре, а я после школы (вернее, это была еврейская гимназия) приходила домой и была предоставлена самой себе. Хотела — делала уроки, хотела — просто читала романы, встречалась с подругами и, представляешь, по идейным соображениям даже вступила в подпольную пионерскую организацию. (Правда, пионерский галстук не носила. Это было уже чревато...) Участвовала в демонстрациях протеста, уже не помню, за что и против чего конкретно. Я и мои друзья, подпольные пионеры-активисты, были просто бунтарски настроены, и мы боролись не за что-то, а лишь бы против режима Пилсудского! И однажды, когда я разносила листовки с революционным призывом Польской рабочей партии, я даже получила от казака нагайкой по спине. Чем весьма гордилась, демонстрируя подругам кровавый след от нагайки. Бабушке я ничего не сказала. А папа сам был настроен прокоммунистически, впрочем, как и многие еврейские деятели культуры и искусства в Вильне. Он погладил меня по голове, похвалил за революционную активность, но строго добавил, чтобы я впредь была осторожней.

Маме Розе (Рейзл) я тоже ничего не сказала. Мы вообще с ней мало говорили. Она была занята театром и папой (твоим дедушкой Авелем, который любил свою жену, но в то же время нередко заводил длительные романы и любовные интрижки с молодыми актрисами). От меня, конечно, всё это скрывали, однако я слышала обрывки разговоров, ссоры, примирения, всё понимала, но в детали не углублялась. У родителей была своя взрослая жизнь, у меня — своя жизнь подростка. Кроме того, я обожала отца и отказывалась его судить. Стыдно признаться, но маму я любила меньше папы. Прости меня, мамочка! Вот так, Люсенька. Я тоже прошу прощения у своей матери.

Я ни в чём не знала нужды. Меня, единственную дочку и внучку (остальные внуки от среднего сына и младшей дочери были далеко: в Каунасе и в Туле), обожали, красиво одевали, вкусно и сытно кормили, определили в хорошую гимназию, учили немецкому языку и танцам. Пожалуй, всё.

Бабушка полностью погрузилась в бизнес и поручила домашнее хозяйство прислуге. А моим воспитанием занималась я сама и, надо сказать, неплохо справилась с этой задачей. Я отличалась любознательностью, много читала по-польски, по-немецки и на идише, ходила с подругами не только в еврейский, но и в польский театр, а также на концерты послушать классическую музыку.

Так уж получилась, что меня, птичку, рано отпустили из семейной клетки на волю. Надеялись на мой разум, интуицию и чувство самосохранения. Я была вещью в себе. Мы не говорили по душам ни с мамой, ни с бабушкой. Впрочем, я была слишком юной девочкой для подобных исповедей. И, если честно, меня мало интересовал душевный мир мамы и бабушки. Я была сосредоточена на себе самой и своих ровесниках. Я была такой же, как ты. И тебе не за что осуждать себя и просить у меня прощения.

* * *

В 1937 году мои родители получили почётное приглашение поехать на гастроли в Латинскую Америку. Там, в Аргентине, Бразилии и Уругвае, была довольно большая еврейская община, жаждущая еврейской культуры, театра — в первую очередь. От таких заманчивых, многообещающих приглашений актёры не отказываются! И родители, долго не раздумывая, приняли это приглашение.

Встал вопрос, брать ли меня с собой или оставить на попечение бабушки. Бабушка категорически отказывалась отпускать меня за океан с «безответственными молодыми родителями». Помню её слова:

— Девочке нужен дом, семья, постоянная школа, а не цыганская жизнь. Я вам, перелётным птицам, её не отдам. Езжайте себе в Аргентину! Надеюсь, вас там ждёт успех. Не навеки же расстаёмся. Всего-то максимум на пару лет. Я продам магазин, дам вам часть денег, вырученных от продажи, и мы с Мусенькой поедем в Советский Союз к моей младшей дочке Симочке. Она в Союзе — уважаемый человек. У неё прекрасная, хорошо оплачиваемая работа, муж, дети и свой дом в Туле. Я уверена, она будет рада нас принять. Всем места хватит.

Зацикленная на себе, я особо не переживала по поводу разлуки с родителями. Да и какой подросток бы переживал! И кто же тогда знал, что я увижу папу с мамой только через 18 лет! Мама боялась за меня и не хотела отпускать в Советский Союз. А я была решительно на стороне бабушки и даже очень хотела поехать в Страну Советов. Революционно настроенный подросток, подпольная пионерка! Советский Союз притягивал меня, я мечтала о жизни в самом справедливом в мире, молодом социалистическом государстве. Родители поохали, попричитали и уступили моему и бабушкиному напору. Представляю, что чувствовала моя мама, отпуская единственную несовершеннолетнюю дочь за границу, «плыть по воле волн», хоть и с любящей и деловой бабушкой.

Ну а если взглянуть на наш отъезд в Латинскую Америку и в Советский Союз с рационально-мудрой точки зрения, то слава богу, что мы все уехали из Вильны, а то бы разделили трагическую судьбу европейского еврейства. Ни нас бы не стало, ни ты бы не родилась.

Тётя Сима прислала нам приглашение, которое, благодаря её тесным связям в высокопоставленных советских партийных кругах, чиновники довольно быстро рассмотрели и дали нам визу. А папа с мамой благополучно отплыли за океан...

Всё! На сегодня хватит. Я устала. Уже утро. И тебе, Люсенька, пора вставать.

* * *

За окном что-то громко звякнуло, как будто кто-то выбросил или выронил на асфальт стеклянный предмет. Я сразу проснулась. Ничего не изменилось. Мамы не было рядом. Ветер сквозь раскрытое окно слабо шевелил занавеской. Солнечный луч ласково скользил по моему лицу, напоминая, что наступил новый день. На туалетном столике у зеркала всё так же стояли портреты покойных: мамы, папы и моего второго мужа Димы, как бы напоминая мне, что я — здесь, а они — там. И я по-прежнему одна в моей бруклинской квартире. Что это было? Сон или галлюцинации? А впрочем, какое это имеет значение? Мама так живо и ярко рассказала мне о своей жизни в Вильне. Смелая была девочка. За что и получила нагайкой по спине. (Не то, что я. Я бы никогда не решилась разбрасывать листовки.)

Видно, нашей семье были суждены расставанья. Сначала дедушка с бабушкой уплыли за океан, а потом, через много лет, за океан улетели мы с Геной и Гришкой. Мама устала. Не удивительно: вспомнить столько деталей! Придёт ли она ко мне снова? — думала я. — Ведь это только начало её жизни. Как много ещё предстоит рассказать!

2

Я каждую ночь ждала маминого прихода. И уже было решила, что оборвалась связь миров и мама больше не появится, как в ночь с субботы на воскресенье она снова пришла ко мне в сон и продолжила свою печальную исповедь.

— Тула — это, конечно, глубокая провинция: не Москва, не Варшава и не Вильна. О Туле я вообще ничего не знала, ни про знаменитые тульские самовары, ни про оружейный завод, на котором работали мастерами Сима и её муж Володя. Время летело быстро, всё-таки новая страна, новые впечатления. Я даже не успела соскучиться по родителям и понять, понравилось мне в Туле или нет, не успела привыкнуть к новой стране, русскому языку, к тёте Симе и её семье, так как через два месяца случилось страшное горе.

Вспоминаю всё это, и меня до сих пор пробирает дрожь, и я покрываюсь холодным потом, как будто я живая. Ночью нас разбудил громкий, напористый стук в дверь. Было такое ощущение, что пришедшие люди намереваются её выломать. Явились НКВД-шники в шинелях и грязных сапогах, истоптали ковры, устроили обыск в доме, всё перевернули вверх дном, высыпали на пол содержимое ящиков письменного стола и шкафов. Что-то искали, ничего запретного не нашли, но, тем не менее, забрали Симу и её мужа. Мол, пройдёмте с нами. Там разберёмся. Посадили в «чёрный воронок» и увезли. Это был уже не первый арест в Туле.

Потом мы узнали, что Симу обвинили в шпионаже в пользу Японии, а Володю — в пособничестве. Вопиюще одиозное обвинение! Видимо, кто-то написал на них подлый донос. Кому-то не давали покоя Симино благополучие, дом, семья, уважение товарищей по партии. Кто-то хотел заграбастать её имущество. Всё уже было заранее предрешено. Симе было 36 лет. Молодая белокурая, привлекательная, жизнерадостная женщина! К тому же преданная партии коммунистка. Когда её забирали, у неё был такой растерянный взгляд: не понимаю, за что? за что?

А вот за то! Японская шпионка — и всё. Думаю, её избивали, и под пытками она во всём созналась. В чём угодно сознаешься, лишь бы прекратились мучения! Ей дали десять лет без права переписки. Потом сведущие люди нам объяснили, что это означало — расстрел. И переписываться-то уже не с кем. (Володе дали длительный срок, но не расстреляли. Выпустили и реабилитировали после 1953 года. Симу реабилитировали посмертно.)

После ареста Симы и Володи в доме осталось двое маленьких детей: трёхлетняя Инночка и восьмилетний Фёдор. Инночка ничего не понимала, только плакала и кричала: «Хочу к маме! Где моя мама?» Федя тоже плакал, он, видимо, чувствовал, что больше никогда не увидит свою мать. Я, хоть мне было 13 лет, а не три года, как Инночке, тоже ничего не соображала, к тому же я ещё и по-русски плохо понимала. (Не то что моя бабушка, которая родилась в Российской империи и знала русский язык.) Я только вопросительно, с упрёком смотрела на бабушку и рыдала. Куда мы приехали? Это же вроде социалистическая страна, здесь должны быть самые справедливые законы в мире. Тётя Сима и дядя Володя — коммунисты, а я — пионерка. Что происходит? Почему их арестовали? Давай уедем обратно в Вильну. Там у нас было всё хорошо.

Бабушка Лия смотрела на меня глазами, полными слёз, и молчала. Ей стало плохо с сердцем. Я побежала за каплями. Не помню, чтобы моя бабушка когда-либо болела, даже простудой. Она всегда была активной, физически и душевно здоровой, сильной, волевой женщиной. Всё же она родила и вырастила четверых детей — сквозь невзгоды двух революций и Первой мировой войны, сквозь кошмары еврейских погромов. Пережив смерть мужа, бабушка не впала в депрессию, не сложила руки, взяла на себя управление магазином и успешно его вела. Вырастила меня, своевольную девчонку. Ничто и никто не могли свалить её с ног. Но арест любимой, единственной дочери бабушку надломил. Она сразу как-то согнулась, сморщилась, за одну ночь пожелтела, поседела и из крепкой, всё ещё красивой шестидесятилетней женщины превратилась в растерянную, беспомощную старуху.

Через несколько дней нам сообщили, что дом Симы и Володи, так же, как и всё их имущество, подлежит конфискации и нам надо съезжать. Куда — это уже наше дело. Где жить и на какие средства, бабушка не знала. У неё ещё оставалось немного денег от продажи магазина, но большую часть денег она отдала моим родителям и Симе. А деньги дочери и зятя конфисковали вместе с остальным их имуществом.

Приехал первый муж Симы Арон (отец Феди) и увёз с собой детей. Если б не он, их бы определили в особый детский дом — для детей «врагов народа».

Арест дочери бабушку надломил, состарил, но всё же до конца не сломал. Воля у неё была железная. К тому же при ней находилась я, тринадцатилетняя внучка, за которую бабушка была в ответе перед моими родителями и Господом Богом.

Боже мой, сколько нам всем пришлось пережить! И прежде всего бабушке и Симиным детям. Да и мне тоже! Ведь я была тринадцатилетним подростком. В этом возрасте человек формируется не только физически, но и духовно. Разочарование в идеалах тринадцатилетней девочки может ранить так глубоко, что оставит болезненный психологический след на всю жизнь. Так, видимо, и случилось со мной. Идея справедливого советского государства оказалась сказочкой, мифом. И рассыпалась она на наших глазах. Смыло её штормовой волной, как замок из песка.

Вначале казалось, что мы всё это сможем перенести и будем продолжать жить дальше, как жили до ареста Симы и Володи. Но след, рубец от раны, остался глубоко внутри и проявился, вылез на поверхность не сразу... В тульских событиях я вижу корни всех моих будущих болезней. Ничто не проходит бесследно, запомни, Люсенька! Ни радость, ни горе. Пережитая радость может потом всплыть на каком-то новом жизненном витке и дать толчок к переосмыслению прошлого, настоящего и планов на будущее. Пережитое горе может ожесточить человека и долгие годы дремать где-то там, в глубине, а потом обернуться тяжёлым характером, физической или душевной болезнью и безвременной смертью.

* * *

— Итак, мы с бабушкой, убитые горем, почти без средств к существованию, поехали в Москву к бабушкиному младшему сыну Семёну и его жене Тамаре. Первый день встречи бабушки с Сеней был и радостным, и горестным. Мать с сыном давно не виделись, редко переписывались. Семён вообще не любил писать. (Видимо, не шибко владел русской грамотой.) Он предпочитал телефонные разговоры и телеграммы. Обнялись на Курском вокзале, всплакнули, вспомнили Симочку с Володей. Уже понимали, что Симы, скорее всего, нет на свете. Но что делать? С этим надо было как-то жить дальше, осознавая всю чудовищность приговора и что всё равно ничего изменить нельзя. Старались гнать прочь печальные мысли, не углубляться в причину содеянного злодейства. (А этот приговор иначе, как злодейством, назвать нельзя.) Если постоянно думать о содеянном зле, можно сойти с ума. Но как об этом не думать? Память о несчастной Симе и внуках-сиротах сверлила мозг, не давала бабушке спать, дышать, жить...

* * *

— Дядя Сеня был умным и деловым молодым человеком, он как-то умел хорошо устроиться при социализме, неплохо зарабатывать, делать деньги, не нарушая закона. Социализм ему не мешал. Семён был мастером художественной фотографии. И впоследствии стал руководить целым фотоцехом, который обслуживал все московские театры. Делал блестящие фотовыставки актёров и сцен из спектаклей.

Тамара в ранней молодости, по слухам, была красива, к тому же стройна, хотя при виде её в 1937 году в это трудно было поверить. В юности она танцевала в кордебалете. Потом бросила это, как говорил дядя Сеня, «дрыгание ногами» и сразу расплылась. Бюст и другие части тела стали весьма внушительных размеров. (Тамарочка любила вкусно поесть и была склонна к полноте.) Другой профессии у неё не было, она стала домашней хозяйкой. Деньги у них водились всегда, и жили они весело. Вечные пьянки-гулянки под патефон с друзьями, писателями и артистами.

Но вот с жилплощадью в то время в Москве было прямо-таки прескверно. Дядя Сеня и тётя Тамара жили в самом центре Москвы на Малой Бронной. Что и говорить! Улица известная, даже знаменитая, описанная в романе Булгакова «Мастер и Маргарита», да и в других произведениях русской литературы. Только вот дом, в котором они проживали, был отнюдь не презентабельным. Этакий вытянутый в длину деревянный уродец, своеобразный трёхэтажный барак. Думаю, такие дома были наскоро построены по заказу заводовладельцев и фабрикантов для бедного рабочего люда. Топили дровами, как в сельской местности. Это в центре-то Москвы! На заднем дворе располагались сараи, вдоль которых протянулись поленницы дров. Не помню, кто колол дрова. Неужели дядя Сеня? Наверное, нанимал кого-то для подобной тяжёлой физической работы. Дядя Сеня был щуплый, небольшого роста, не отличался физической силой. Колоть дрова было не его амплуа. Он был деловой человек.

Иметь отдельную квартиру в то время было привилегией далеко не многих, исключительно видных деятелей советского государства, науки и культуры. Большинство москвичей ютилось в коммуналках. Соседей по пальцам на руках и ногах не пересчитать, у каждого соседа — по комнате, иногда по две смежных (если повезёт). И на этой небольшой жилплощади проживало в тесноте (и, естественно, в обиде) по три поколения родни: дедушки, бабушки, сыновья, дочери, их мужья, жёны и дети. Спали по двое, а то и по трое на кроватях, диванах, раскладушках или просто на полу, на матрасах. Одна уборная на всю огромную коммуналку. Подобные монстры-коммуналки советского изобретения Ильф и Петров называли «вороньей слободкой».

В некоторых более благоустроенных домах имелись всё же и ванные комнаты. У дяди Сени в доме ванной не было. (Да и зачем простому народу ванная комната. Ведь можно раз в неделю сходить попариться в баньку. Но до Сандуновских бань от Малой Бронной не так уж и близко. Распаренному-то телу по морозцу — как раз воспаление лёгких и схватить.) Правда, раковина на кухне всё же была, и уборная за кухней, не на улице, как в деревнях. (Однако эта уборная не отапливалась, и надолго там никто не засиживался...) Ты всё это должна помнить, так как мы часто брали тебя с собой к любимому дяде Сене, который нас всех, и особенно тебя, угощал разными вкусностями, баловал и фотографировал. В наших семейных архивах сохранился целый фотоальбом твоих детских снимков, сделанных дядей Сеней. Надеюсь, этот альбом каким-то образом перешёл к тебе за океан, и ты его иногда открываешь, ностальгируешь, погружаясь в воспоминания о детстве, Спиридоновке и Малой Бронной.

В такой вот коммуналке поселились и мы с бабушкой Лией. Дядя Сеня был добрым, щедрым человеком, любил и почитал свою мать. Принял и её, и меня, племянницу, которую тоже полюбил. (Думаю, что тётя Тамара была не очень довольна нашим, так сказать, подселением. Впрочем, я не в праве её осуждать. Будь я на её месте, мне бы это «общежитие» тоже не понравилось.) А мог бы и показать нам от ворот поворот. Мол, к сожалению, у меня в комнате нет места. (Что истинная правда.) Давайте снимайте где-нибудь угол. Я помогу найти и даже подкину немного денег. Или езжайте назад в Вильну.

Тебе сейчас, конечно, трудно представить, как нам с бабушкой было тесно и неудобно жить в одной (совсем небольшой, метров 15) комнате вместе с дядей Сеней и тётей Тамарой. Это после виленских хором и тульского огромного, удобного, воистину купеческого дома! Дядя Сеня с женой спали на не очень-то широкой кровати-полуторке, бабушка на диване, а я — на раскладушке. И моя раскладушка раскладывалась прямо под столом. Эту деталь моего московского житья-бытья я запомнила на всю жизнь. И дядя Сеня и тётя Тамара тут абсолютно не виноваты. Просто в комнатке не было другого места. Хорошо ещё, что меня положили отдельно на раскладушку, а не на узкий диван, который не раскладывался, вместе с бабушкой. (В те времена в Москве раскладные диван-кровати ещё не водились.)

* * *

— Ты, Люсенька, наверное, кое-что помнишь из моих воспоминаний. Но я не сумела, да и не хотела многого тебе рассказывать, передавать свои кошмарные ощущения и печальные мысли, когда мы были вынуждены переехать в Москву. Не хотела травмировать твоё юное, верящее в добро и справедливость, сердечко. Бабушка Лия и дядя Сеня были люди других поколений, физически и душевно крепче меня. А я... нет, я, конечно, перенесла весь этот ужас и продолжала жить своей молодой жизнью. Но, ещё раз повторяю, мои будущие болезни, видимо, пустили корни именно тогда, в том зловещем тридцать седьмом году. С виду я была миловидной (скажу, не хвастая), живой, способной девочкой. Я поступила в московскую школу, освоила русский язык, отлично училась. Но этот зловещий год даром для меня не прошёл.

Очень скоро я заметила, что, видимо, страдаю манией преследования. Частенько, особенно тёмными вечерами, мне казалось, что кто-то в штатском следит за мной. Я даже вроде видела мужскую фигуру в кожаной куртке и кепке. Я пугалась, пряталась в чужих подъездах, в подворотнях, пережидала там какое-то время, потом успокаивалась мыслью «кому ты нужна, четырнадцатилетняя девчонка?» и бежала домой к бабушке, дяде Сене и тёте Тамаре. Никому ничего не говорила, глубоко прятала тайну своих подозрений (или галлюцинаций?). Ещё чего доброго лечить начнут. Только этого мне не хватало! Думала: справлюсь, само пройдёт. Со временем прошло, да не совсем...

Да, пережитые трагедии оставляют в душе глубокий след! Но молодость берёт своё. Новый побег отпочковывается от материнского растения и начинает самостоятельную, отдельную жизнь, зеленея, расцветая и впоследствии давая новые ростки и плоды. А материнское растение со временем отживает свой срок. Таков закон природы. Он прогрессивен и одновременно жесток, и никуда от этого закона не деться...

* * *

— В московской школе было необычно и интересно. Не так строго и уныло, как в виленской еврейской гимназии. Более живо, что ли. (И учителя у нас были замечательные. Взять хотя бы нашего историка Фёдора Петровича Коровкина, автора знаменитого учебника «История древнего мира», по которому училось несколько поколений советских детей, в том числе и твоё.) Может, также и потому, что в программу не входили такие сухие предметы, как латынь, иврит и иудаизм. Я на них всегда скучала. А иврит просто игнорировала. Вот такая была дурёха. Кто же мог знать, что за этим древним языком — будущее в государстве Израиль!

По возрасту я должна была поступить в восьмой класс, но поскольку у меня были проблемы с русским языком, меня приняли в седьмой. Я довольно долго неправильно ставила ударения — на польский манер. Не писа́ть, а пи́сать и т. д. И не произносила звук «Л». Вместо твёрдого «Л» поляки произносят некий согласный звук «У». Не ложка, а уожка. Класс надо мной хохотал, но добродушно, не зло. Ребята отнеслись ко мне доброжелательно, с пониманием и интересом к моей необычной судьбе.

У меня появились подруги: Маша и Люба. Сама понимаешь, про арест Симы и Володи я ни подругам, ни вообще кому бы то ни было не сказала ни слова. Рассказала только, что мои родители, еврейские актёры и коммунисты, уехали на гастроли в Латинскую Америку, а меня отправили вместе с бабушкой в Москву. (В Москве тогда ещё был Государственный еврейский театр — ГОСЕТ. До середины сороковых годов в советском обществе не возбранялось говорить на тему еврейской культуры и литературы.) Правда, я слегка привирала, так как мой папа в то время не был коммунистом, просто сочувствовал коммунистической идее, а мама вообще не интересовалась ни идеологией, ни политикой.

У меня был отличный слух и способности к иностранным языкам. За один год я перестроилась, научилась говорить по-русски без акцента и даже выбилась в отличницы. Писала сочинения лучше всех в классе. Мне единственной учительница русского языка ставила за сочинения «пять с плюсом». Я также обладала уникальной памятью, видимо, унаследованной от родителей-актёров, которым приходилось заучивать сразу несколько ролей. Мне достаточно было прочитать текст всего один раз, и я сразу его запоминала. Отличная память спасала меня при выполнении домашних заданий, так как делать уроки мне было практически негде. Разве что под обеденным столом и под говор домочадцев в комнате дяди Сени и тёти Тамары, так как письменный стол у них был завален бумагами, а на обеденном столе вечно стояла еда и выпивка. Но при всей любви ко мне дядя Сеня не думал о том, что мне негде было делать уроки. Мол, Муся умная и способная, она как-нибудь справится.

Тётя Тамара хорошо готовила русские и еврейские блюда, они с дядей Сеней были гурманы. В их хлебосольном доме не переводились гости. Друзья-приятели и просто знакомые выпивали и закусывали Тамариными кулинарными изысками, засиживались допоздна, а мне нужно было рано лечь спать, чтобы выспаться перед школой. От недосыпа у меня начались головные боли. Думаю, что это были первые проявления гипертонии (само собой, давление я в то время не измеряла) и других болезней, которые потом обрушились на мою душу и тело.

Но я не унывала и нашла выход, вернее, его нашла моя подруга Люба. У них была огромная квартира в привилегированном доме для актёров, и домработница, и все другие блага, положенные её отцу — известному театральному режиссёру. (Я искренне любила свою подругу и не завидовала её благополучию, хотя иногда с горечью думала, что ведь у меня всё это было в Вильне: и прекрасная квартира, и обслуга, и семейный уют. Было, было, да сплыло! К сожалению, что имеем — не храним, потерявши — плачем.)

Любочка почти каждый день звала меня к себе. Мы вместе делали уроки, обедали, и я частенько оставалась у них ночевать. Мне было неловко от моей бесприютности, но что делать! Приходилось как-то выживать.

Бабушка очень переживала, что не смогла создать для меня нормальных семейных условий, и часто поговаривала: «Уж лучше бы мы все вместе уехали в Латинскую Америку!» Бабушкины сбережения скоро закончились. Ей было стыдно постоянно просить деньги у сына, и она в 60 с лишним лет пошла работать простой нянечкой в городскую больницу — выносить горшки и судна и мыть полы — чтобы иметь хоть какие-то личные средства на свои и мои карманные расходы. Бедная моя гордая бабушка Лия, образованная женщина, бывшая владелица магазина, решилась на такую, в общем-то, унизительную для её сословия работу. Я очень любила бабушку, мне было жаль её безмерно, но я, впрочем, как и большинство молодых людей, больше думала о себе, как лучше приспособиться к сложившейся ситуации и выжить. Так что не упрекай себя ни в чём, Люсенька, моя девочка! Ты — как я, я — как другие, другие — как все...

* * *

Мама снова исчезла, бросив меня, как Иванушку-дурачка, сначала в котёл с мёртвой тульской водой, а потом — с живой водой воспоминаний о Спиридоновке, Малой Бронной, Никитских Воротах и Патриарших Прудах, где прошло моё раннее детство. Жизненные пласты, пласты, пласты! В моей бедной голове всё перепуталось, и мне уже казалось, что это не она, а я пережила арест тёти Симы и дяди Володи, переезд из Тулы в Москву, переход в новую школу и ночи на раскладушке под столом. Бедная моя мама! Столько всего испытать! Неудивительно, что потом... А я, какой же я была бессердечной дрянью, не тающей ледышкой! Легко сказать тебе, мама, с твоей небесной высоты: «Не упрекай себя, Люсенька, моя девочка!» Ты просто святая, мамочка!

3

Прошла ещё одна неделя. Мама теперь приходила каждую ночь с субботы на воскресенье и продолжала монолог о своей судьбе на фоне нашего страшного XX века.

— А выжить мне помогла любовь. Ты же знаешь, что я училась в одном классе с твоим папой. Первая любовь случается у многих, у одних — взаимная, у других — безответная. Она чаще всего прекрасна и нежна, как весенние цветы. И срок её короток. Но у нас с папой первая любовь «затянулась» и перешла в любовь на всю жизнь. (Хотя и мы пережили сложные времена разлада...)

Первая любовь на всю жизнь — это редкость и благословление божье. У тебя тоже была школьная первая любовь. Но в силу обстоятельств, моего «мягкого» вмешательства и твоего несколько вздорного, упрямого (или, наоборот, нерешительного) характера... она оборвалась. Ещё раз повторяю: не отрицаю и своей вины в этом. Мои слова сыграли важную роль в твоём отношении к любимому: «В. хороший парень, но он тебе не подходит, и замуж ты выйдешь за другого!» Ты тогда со мной не спорила, но не могла понять, почему он тебе не подходит. Спрашивала:

— Почему не подходит? Как же так? Мы любим друг друга.

А я отвечала:

— Поймёшь, когда подрастёшь.

Вы любили друг друга, как только могут любить юные, не-искушённые сердца! Правда, вы всё время ссорились и мирились и снова ссорились и мирились... Думаю, по твоей вине. У В. характер был покладистый, а у тебя упрямый, взрывной и обидчивый.

Много лет спустя ты сказала мне, что я, наверное, была права. Социальные преграды, предрассудки и другие причины и обстоятельства были против вашего союза. Словом, напророчила я тебе! Пришёл мой черёд просить прощения.

Я не должна была так говорить о В. Не имела права пророчить. Вы друг друга так чисто и нежно, по-юношески любили! Я должна была дать тебе полную свободу пройти через эту любовь, возможную женитьбу, брак, счастье и... даже развод, если он был предопределён судьбой. Я хотела как лучше, боялась за тебя, что ты набьёшь себе шишек в этих отношениях, не дай бог, впадёшь в депрессию и не скоро оправишься от разрыва и развода. Да ещё, возможно, от вашего брака родился бы ребёнок. Как бы вы его делили? В общем, страхи толкали меня на печальные предсказания. (Чувствую себя вещей Кассандрой.) И вот теперь, с небесной высоты я раскаиваюсь и умоляю простить меня. Я с самыми лучшими намерениями предотвратить несчастье испортила тебе жизнь, моя девочка. Воистину, благими намерениями устлана дорога в ад.

Я всё помню в деталях. Вы с В. расстались. Так сложилось. Его отцу, крупному созетскому чиновнику, дали новую отдельную квартиру в другом районе. В. поступил в другую школу. Первое время вы общались больше по телефону. Но ты неожиданно заболела, попала в больницу и после выписки прежде всего думала не о любви к В., а о том, как бы нагнать пропущенный в школе материал.

С глаз долой — из сердца вон... В. вскоре нашёл тебе замену. Ты об этом узнала, но смирилась и пустила всё на самотёк. (Наверное, помнила мои злополучные слова.) Всё больше концентрировалась на учёбе и подготовке к экзаменам в МГУ.

В. рано женился. А ты безуспешно искала свой идеал среди других молодых людей. Прошла увлечения, страсти, страстишки, взлёты, падения... и в итоге вышла замуж совсем не за того, кого любила. И на этот раз я тебе, к сожалению, не помешала, так как была уже больна. Вот так! Я имела право материнского голоса, должна была тебя остановить! А ты, если любила, должна была беречь свою любовь и бороться за неё. Ведь я же боролась за свою любовь к папе.

Тогда с В. я должна была помалкивать, а ты должна была выйти за него замуж и испытать вашу любовь и брак на прочность. (Возможно, его родители воспротивились бы этому союзу.) Повторяю, вы бы, наверное, очень скоро развелись... Слишком разными были наши семьи. Но не пройти через этот брак по большой любви было страшной ошибкой. Ты совершила эту ошибку и дорого за неё заплатила. А В. — не знаю. Возможно, он был счастлив без тебя. Я умерла уже давно, и мне не дано знать, как сложилась его судьба.

* * *

— Да! В отличие от тебя, я боролась за свою любовь. Мы ведь с твоим папой были такие разные, ещё более разные, чем вы с В. Я — из польско-еврейской актёрской семьи. Из другой страны, в общем-то, из другого мира! Он — из семьи московской еврейской интеллигенции. Я чувствовала, что твои бабушка Дарья (Мишина мама) и прабабушка Лия были против наших встреч. Прабабушка Лия, думаю, мечтала, что мы вернёмся в Вильну и я выйду замуж за еврейского актёра или бизнесмена. Бабушка Дарья хотела для Миши найти коренную московскую невесту, без туманного прошлого и родителей за границей. (Впрочем, это всё мои предположения, так как они обе помалкивали, правда, тяжко вздыхали.)

А я была уже весьма самостоятельной девушкой и принимала решения, ни с кем не советуясь и не прислушиваясь к ничьим вздохам. Родители мои были далеко за океаном. Дядя и тётя — не мать с отцом, чтобы влезать в жизнь племянницы. Да если и влезут, кто же их станет слушать!

Итак, никто мне ничего не запрещал: ни бабушка, ни дядя с тётей. В четырнадцать лет я была хозяйкой своей судьбы. Рано повзрослела. Так сложилась жизнь. Миша — твой отец — был всем хорош. Высокий, симпатичный, умный, спортивный, сильный, надёжный и безумно, по-мальчишески в меня влюблённый. Как тут устоять! Я, конечно же, ответила ему взаимностью.

Миша понимал, что мне уроки делать абсолютно негде, и очень скоро стал звать меня к себе. Вместо Любиного дома моим приютом стал Мишин дом. Его мама давала нам кое-что перекусить. Мишин отец, Александр Исаевич, приходил вечером с работы и, если не видел меня, то непременно спрашивал: «Миша, где твоя рыженькая Муся?» (По крайней мере, так рассказывал Миша.)

После перекуса мы удалялись в дальнюю маленькую (непроходную) комнату, чтобы нам никто не мешал делать уроки. Но приступали к домашнему заданию отнюдь не сразу. Сначала были уроки любви. Мы целовались и обнимались. До интимных ласк и секса дело не доходило. Юный возраст и воспитание нас останавливали. Хотя, помню, меня часто так и подмывало перейти запретную грань. Мишу, наверное, тоже... и даже больше, чем меня. Но он был стойкий «оловянный солдатик» и чувствовал ответственность за меня, за нашу юную любовь.

После выполнения домашнего задания я садилась с ними за стол обедать. Потом мы снова удалялись в маленькую комнату доцеловаться и дообниматься. И наконец, поздно вечером Миша провожал меня домой на Малую Бронную. Провожал долго — туда и обратно, и снова туда и обратно. Нам не хотелось расставаться, а мне к тому же совсем не улыбалось возвращаться в нашу квартиру и ложиться спать на раскладушке под столом.

Так прошло несколько лет. Летом Миша с семьёй уезжали на съёмную дачу в деревню, а меня тётя Тамара брала с собой к Чёрному морю в Геленджик. Там я научилась плавать и плавала потом с наслаждением, стилем брасс, долго и не спеша. Тётя Тамара начинала беспокоиться, стояла на берегу и смотрела вдаль, а меня уже почти не было видно, так далеко я заплывала. Никакого страха перед стихией, расстоянием до берега и глубиной.

* * *

— В 1941 году началась война. Мы с Мишей только-только окончили девятый класс. Мишин отец работал инженером на ЗИСе[1]. Кстати, он там был одним из ведущих инженеров. Завод не эвакуировали, и Александр Исаевич остался работать на заводе в Москве, а мы все уехали в эвакуацию в татарский городок Елабугу, что стоит на реке Каме. Да-да, тот самый, печально известный городок Елабуга, где какое-то время жила и от безысходности покончила с собой Марина Цветаева. Но мы в то время Цветаеву ещё не читали (на русских поэтов, живших за границей, было наложено вето) и о её смерти не слыхали.

Для Марины Цветаевой Елабуга была конечным пунктом, а для нашей с папой любви — это был расцвет. Миша сразу сказал своей маме, что без меня он в эвакуацию не поедет. И я заявила своим, что еду в Елабугу вместе с Мишиной семьёй, хотя моя бабушка и дядя с тётей собирались в Челябинск. (Дядю Сеню комиссовали. У него были слабые лёгкие. Уже тогда начиналась эмфизема.)

Осенью 1941 года я была совершеннолетней восемнадцатилетней девушкой и сама решала свою судьбу. Мы с Мишей не расставались. Днём вместе за одной партой в елабужской школе — в десятом классе. (Чтобы не возникали лишние вопросы, говорили окружающим, что мы — двоюродные брат и сестра. Мало кто верил в эту сказочку, но все помалкивали. Миша был крепким парнем, и его кулаков побаивались.)

После занятий в школе мы запасались топливом в лесу. Наступила зима, сорокоградусные морозы. А нам всё было нипочём. Тепло одетые, я — в шубке и пуховом платке, по-крестьянски прикрывающем лоб, Миша — в тулупе и шапке-ушанке — мы катили саночки и складывали на них валежник и срубленные с поваленных сосен ветки. Вечером при свете керосинки делали уроки, а ночью, когда все родные уже спали, мы занимались любовью. Миша тихонько перебирался ко мне в кровать. Наш интим был нежным и бережным. Казалось бы, война, убогая обстановка съёмной квартиры, на

---

[1] Завод имени Сталина, потом переименованный в завод имени Лихачёва.

железных кроватях рядом спят родные — мама, Мишина сестра и его тётя. А мы просто любим друг друга. И нам нет дела ни до кого и ни до чего. Мы оба очень боялись, что я забеременею. И что тогда? Как говорится, не время и не место заводить ребёнка, хоть и по большой любви. Предохранялись, как умели. Бог миловал…

Когда мы окончили школу, Миша уехал в Челябинск и поступил там в военное училище. После окончания училища ему присвоили звание младшего лейтенанта и сразу отправили на фронт. Мы стали переписываться, наши письма дышали трогательной нежностью и обожанием. Я и его мама почему-то были уверены, что с Мишей на фронте ничего не случится, что он вернётся домой целый и невредимый и мы поженимся.

После окончания школы я не желала больше оставаться в Елабуге и тоже уехала в Челябинск к бабушке и дяде Сене. Да и что было делать в этой дыре без Миши! Дядя Сеня очень хотел, чтобы я стала врачом. А я сама не знала, кем хочу стать, так как одинаково отлично училась по всем предметам. (Нет, конечно, в глубине души я хотела стать актрисой, как моя мама. Но это было в тех условиях нереально. Да чтобы стать актрисой, одного желанья недостаточно. Не уверена, был ли у меня талант, хотя в детстве я со своей небольшой ролью в спектакле еврейского театра прекрасно справилась.)

Я послушала совета дяди и поступила в эвакуированный из Киева в Челябинск мединститут, что оказалось ошибкой. Проучилась я в мединституте несколько месяцев, и у меня возобновились головные боли и начались приступы рвоты на анатомичке… Ну не могла я препарировать трупы, противно было, и руки тряслись. Большинство студентов относилось к анатомичке спокойно. Труп женщины, который мы препарировали, они называли шутливо «тётя Клава» и спокойно, равнодушно врезались в так называемую тётю скальпелем. А я не могла. Когда наступала моя очередь копаться в тёти Клавиных органах, я отлынивала и выходила покурить. В конце концов всё же приходилось побороть отвращение и препарировать труп.

Я стала чересчур мнительной и все болезни, которые изучала, примеряла на себя. Если головная боль — значит, у меня возможна опухоль мозга, если рвота, значит, у меня больная печень, может, уже и цирроз… И жить мне осталось совсем недолго.

У меня начался настоящий невроз, моё существование стало невыносимым, и учёба в мединституте мне вконец опротивела. Нет, я определённо не годилась для медицинской профессии! И в итоге ушла из меда, не проучившись там и одного года.

Дядя Сеня не то что б рассердился, но изрядно расстроился. Я загубила его мечту сделать из меня семейного врача. Челябинск мне тоже надоел. Шёл 1943 год. Советская армия победила немцев в битве на Курской дуге, что внесло коренной перелом в ход войны. Пора было возвращаться в Москву.

В мединституте я познакомилась с Ариной. Мы подружились. Она так же, как и я, с отвращением, безуспешно осваивала медицину (выбрала карьеру врача по настоянию отца, который был успешным хирургом) и в конце концов решила бросить институт. Мы посовещались, попереживали и надумали вместе ехать в Москву поступать в МГУ на романо-германское отделение филфака. Вот такой резкий поворот!

Добрый дядя Сеня повздыхал, всё понял и дал мне немного денег на дорогу и на первое время. Аринины родители (крымчане) тоже прислали ей какое-то подспорье. В Москве жить нам было негде, своей жилплощади ни у Арины, ни у меня не было. Мы сняли комнату в центре города и стали думать, как быть дальше, куда податься. А главное, где заработать денег, чтобы как-то просуществовать до поступления в МГУ и получения стипендии.

Волею случая мы нашли какие-то контакты и начали работать лаборантками на филфаке МГУ. Это была несказанная удача. Проработали там пару месяцев и через полгода, уже без экзаменов, так как у нас обеих были отличные аттестаты зрелости, начали учёбу в английской группе романо-германского отделения филфака.

Студенты были в основном девушки. На филфаке это обычное явление. Кроме того, все годные к строевой парни были на фронте. Война приближалась к концу, но ещё не окончилась.

В нашей группе я подружилась с Наташей и Беллой. Обе — коренные москвички, обе способные и хорошенькие, но такие очень разные, скажем так, по темпераменту. Наташа привлекала мужской пол с юрфака и экономического, на Беллу молодые люди вообще не реагировали. Она так и не вышла замуж.

Грешным делом признаюсь (раз уж так с тобой разоткровенничалась), что мне понравился некий студент Л. — сталинский стипендиат с юрфака. Не то чтобы я разлюбила Мишу, просто Миша был далеко, писал редко, а симпатичный студентик находился рядом и блистал обаянием и эрудицией. Меня распирала гордость от того, что я учусь на филфаке МГУ и общаюсь с интересными и высокообразованными студентами и профессурой. Отсюда и эта, будь она неладна, любовная интрижка.

Мне очень стыдно признаться в этом любовном увлечении, но человек слаб, и я — не исключение. (В оправдание своему поведению я думала, что Миша там, на фронте, тоже не терялся, хотя он писал такие нежные письма. О фронтовых романах было широко известно, и фронтовиков никто не осуждал.)

Мы какое-то время встречались с Л., но, слава богу, до настоящего романа дело не дошло. У меня наступило благословенное прозрение, и я поставила точку на свиданиях с Л. Подумала: «Боже мой! Что я делаю? Своими руками разрушаю несказанно редкое счастье, посланное мне судьбой!» Я снова начала приходить в дом на Спиридоновке, где жили Мишины родные. (Его мама и сестра уже к тому времени вернулись из эвакуации.) Их семья встретила меня тепло, никаких вопросов мне не задавали. Бабушка Даша смирилась с тем, что я — Мишина невеста. А дедушка Александр Исаевич даже подарил мне золотой фамильный перстень с вензелями, что я расценила как своего рода обручение (правда, в отсутствие жениха). И мы все вместе стали ждать возвращения Миши с фронта...

* * *

Мама рассказывала о своей любви к папе, о тайных ласках под покровом ночи, когда все родные спали, — и мне становилось легче на душе. Нет, она определённо не была святой. Она была современной восемнадцатилетней девушкой, влюблённой и любимой, страстной и желанной. А потом, в университете она посмела завести роман с неким Л., когда папа был на фронте! Какая уж тут святость! Она была обыкновенной женщиной со всеми женскими слабостями. Мама любила и даже изменяла любимому, а мою любовь обрекла... Впрочем, я сама во всём виновата! Отпустила В., не боролась за свою любовь. Чего мудрить-то! — как говорил мой любимый учитель математики Григорий Иванович.

4

Ещё одна ночь с субботы на воскресенье. О, как я ждала этих ночей! Мама рассказывала, а я будто сидела в кино и, затаив дыхание, смотрела многосерийный чёрно-белый фильм, где звучал мамин голос, словно за кадром, а героями были мои родные и близкие.

— В 1946 году Александр Исаевич умер. А было ему чуть за пятьдесят. Он страдал пороком сердца — ещё со времён Первой мировой войны и плена. А тут пришлось сутками работать на заводе, да ещё полуголодным. Вот сердце и не выдержало. Случился обширный инфаркт. Он умер на руках жены и дочери. А дочери (Соне) всего-то было девятнадцать лет. Послали телеграмму Мише в армию. Его дивизия тогда находилась на Дальнем Востоке — после окончания войны с Японией. Мише дали отпуск, и он несколько недель, через весь Советский Союз, добирался до Москвы. На похороны отца не успел. К приезду сына прах Александра Исаевича уже был захоронен в урне колумбария, в бывшем Донском монастыре. Это было первое захоронение члена нашей семьи в стенах Донского колумбария. Потом пошли другие захоронения... Но об этом позже.

Миша приехал в Москву, и его сразу демобилизовали. Боже, это было такое счастье! Далеко не все Мишины друзья и ребята со двора вернулись живыми с фронта. Его близкий друг Коля Наумов погиб, сгорел в танке в самом начале войны. Наумовы были соседями и нашими добрыми друзьями. Во время войны, когда бабушка Даша была в эвакуации,

Наумовы ухаживали за Александром Исаевичем, подкармливали его. Без их поддержки он бы тогда не выжил.

Миша не планировал делать военную карьеру. Хотел поступить в МГУ на юридический факультет. Ещё будучи на Дальнем Востоке, готовился к экзаменам. Получил «четвёрку» по английскому, хотя был весьма неплохо подготовлен, так как в детстве брал уроки у русского американца Джона. Но в конце сороковых годов антисемитизм в стране принял государственный характер. Евреев перестали брать в престижные вузы и на престижные должности. Так что я вовремя поступила в МГУ. Успела.

Прошло полгода. Пока Миша раздумывал, что делать дальше, какую карьеру строить, в какой хороший вуз поступить, чтобы всё же приняли, я переехала на Спиридоновку, и мы решили пожениться. Просто пошли в загс и расписались, без всяких праздничных нарядов, цветов, разных свадебных обрядов (как нынче модно) и церемоний. Вернее, вечеринку мы всё-таки устроили — для близких родственников и друзей.

Стоял декабрь 1946 года, в стране ещё распределяли продукты по карточкам. Но мы с Мишей поехали на Центральный рынок, продали кое-что из ценных вещей и на вырученные деньги купили у колхозников продукты: курицу, немного овощей, квашеной капусты, солёных огурцов, сушёных грибов, муки, сахарного песка, яиц, сметаны, корицы, даже сухофруктов. Дороговизна была страшная, но мы денег не пожалели, решили устроить настоящий праздник. Сделали традиционный русский винегрет, поджарили куриные котлеты и картошку с грибами, сварили компот из сухофруктов. Не помню уже, где раздобыли водку (как же без неё?). Бабушка Даша испекла свои знаменитые булочки с корицей, которые ты, будучи маленькой девочкой, обожала. (Как жаль, что дедушка Александр не дожил до этого дня. Он меня любил и хотел, чтобы я стала Мишиной женой. А бабушка Даша и Соня в глубине души считали меня легкомысленной. Они и предположить не могли, какая из меня выйдет верная и любящая жена.)

Праздник продолжался до поздней ночи. Голодные гости уплетали нехитрые вкусности. Потом мы сдвинули стол к стене. Завели патефон, молодёжь танцевала танго. Попытались вальсировать, но в тесной комнате невозможно было развернуться.

* * *

— После праздника начались будни. Хлебные карточки отменили только в декабре 1947 года. Экономия денег, суровый рацион, никаких излишеств. Бабушка Даша получала персональную пенсию за дедушку. Миша поступил в институт МАМИ (Московский Автомеханический Институт), решил стать инженером, поставив точку на юридической карьере. Это был разумный поступок. Инженеры в Союзе везде были нужны, и в Москве, и на периферии. Я продолжала учёбу в МГУ, Соня тоже поступила в МАМИ, на экономический факультет.

Словом, все учились. Никто не работал. Бабушкиной пенсии, естественно, не хватало. Миша стал репетитором по математике и физике, я давала частные уроки немецкого и английского. Общими усилиями выживали. Вся эта послевоенная разруха и голодуха не мешала нам с Мишей любить друг друга. С годами наша любовь только крепла. Бабушка Даша и Соня разместились в большой проходной комнате, а нам выделили маленькую непроходную комнатушку, в которой мы до войны делали уроки и миловались.

Мы жили своей молодой жизнью: учились, работали, развлекались. А бабушка Лия тем временем заболела. У дяди Сени и тёти Тамары родился поздний ребёнок Арик. Бабушка продолжала жить с ними в одной комнате. Детский плач по ночам, пелёнки, распашонки, перебранка Сени с Тамарой... Всё это было трудно выдержать. К тому же бабушке было уже далеко за семьдесят. Она вся высохла, пожелтела и обессилела. Никто толком не мог понять, что с ней. Бабушку положили в больницу. Я, уже к тому времени беременная тобой, навещала её. За несколько месяцев до твоего рождения бабушка Лия умерла. Её похоронили на еврейском Востряковском кладбище. После бабушкиной смерти я словно очнулась, осознав, что потеряла самого близкого, родного человека. Что теперь, кроме Миши, у меня никого нет. Родители далеко, за океаном. Правда, после войны наша переписка возобновилась, и они стали нам с Мишей материально помогать, посылать посылки.

Потом родилась ты. Тебя назвали в честь прабабушки — Людмилой, Люсей. Не совсем Лия, но похоже. (Не хотели называть тебя еврейским именем и заранее портить тебе жизнь.) Ты была не запланированным, но желанным ребёнком. Мои родители прислали из Аргентины тебе целое приданое. Не знали, кто родится, мальчик или девочка. На всякий случай, прислали всё в голубом цвете. Девочка в голубом — куда ни шло, но мальчик в розовом — абсолютно нет! У тебя была голубая коляска, голубое одеяльце, голубые распашонки и даже соска-пустышка с голубым колечком. Весь этот аргентинский набор для новорождённого подходил к твоим голубым глазам. У меня глаза карие, у Миши — зелёные. У меня волосы тёмно-рыжие, у Миши — чёрные, а ты родилась блондинкой и, видимо, пошла в голубоглазого (в детстве светловолосого) дедушку Александра Исаевича. Ты была первым ребёнком, родившимся среди моих университетских подруг, и явилась для нас маленькой принцессой, живой куклой, которую мы все обожали, наряжали, фотографировали, вывозили гулять на Патриаршие Пруды (в то время переименованные в Пионерские Пруды) и, само собой, безудержно баловали, как только можно баловать единственного ребёнка и единственную внучку.

* * *

Боже мой, как бы я хотела вернуться в прошлое и снова стать девочкой в голубом, светловолосой принцессой и живой куклой, которую все любили и баловали! Потом, когда мне уже было три года, мама с папой стали брать меня с собой к дяде Сене. И он баловал меня больше других, дарил подарки, фотографировал, угощал лакомствами. Это в голодные-то послевоенные годы! Сохранилась одна забавная фотография, где я сижу у дяди Сени на обеденном столе и ем ложкой чёрную икру.

Но машину времени ещё не изобрели и вряд ли когда-либо изобретут, ибо что было — то прошло, и переиначить жизнь нельзя! И в будущее заглянуть невозможно! Всё врут гадалки и прорицатели. Не сожалей о прошлом, не заглядывай в будущее, просто живи сегодняшним днём, умей насладиться часом и минутой, если она не принесла тебе горя. Цени мгновенье! Я только теперь осознала все эти простые истины, ибо я — почти на краю, хоть и страшусь в этом себе признаться.

5

И ещё одна памятная ночь.

—Наступил 1953 год. 5 марта умер Сталин. Бабушка Даша и я, облегчённо вздыхая, перешёптывались: «Слава богу, тиран сдох». (Не дай бог, услышит соседка-доносчица Фёкла!) Мы как-то интуитивно понимали, что умер страшный человек и за его смертью, возможно, последуют значительные позитивные изменения в стране. Миша и Соня этого ещё не осознали. Бабушка Даша говорила мне:

— Только не обсуждай смерть Сталина с Мишей. Он — фронтовик, молодой коммунист, воевал «за родину, за Сталина», не расстраивай его. Придёт время, и Мишенька всё поймёт. Он же умный мальчик, мой сын.

Значительные позитивные изменения в стране так скоро не произошли, хотя репрессированных постепенно стали выпускать из лагерей. Выпустили и мужа Симы Володю. А Инночке уже тогда было двадцать лет. Выросла красивая белокурая девушка, похожая на маму. Она жила в Москве, но не помню уже, в семье отчима или где-то ещё. Мы с ней заново подружились. Она любила с тобой играть и гулять. На улице изображала молодую мамочку. Сохранились фотографии: Инночка с тобой на руках. Снимал дядя Сеня.

К тому времени я окончила филфак МГУ, но работы по специальности не нашла, хотя мои университетские подруги вполне прилично устроились. Несмотря на смерть Сталина, жёстко антисемитские времена продолжались. Я занялась художественным переводом с польского и английского. Кое-что удалось пристроить в журналы и издательства. Мы с Ариной даже сделали совместную книжку переводов с английского. И всё. На этом публикации моих переводов закончились.

Миша после окончания МАМИ какое-то время продолжал преподавать физику и математику в ремесленном училище, но потом всё же устроился работать конструктором в Опытно-конструкторское бюро при Управлении благоустройства города Москвы. Это было началом его карьеры.

В 1954 году началась компания по отправке молодых специалистов-коммунистов в колхозы, совхозы и МТС (машинно-тракторные станции) — на подмогу разрушенному войной, разгильдяйством и пьянством сельскому хозяйству. Ну, Мише, соответственно, «подфартило». Ему предложили должность заведующего мастерскими в МТС районного центра Шаховская, что находился за Волоколамском в ста пятидесяти километрах от Москвы. Отказаться он не мог, иначе его бы исключили из партии и, может, даже уволили бы с работы. Пришлось согласиться.

Сначала Миша снимал комнату в доме у добросердечной деревенской женщины Дуси. И бабушка Даша, как декабристка, первой рванула в Шаховскую. Надо было оглядеться и как-то наладить сыну быт. Потом, очень скоро, папе дали однокомнатную квартиру в специально выстроенном для МТСных работников одноэтажном деревянном пятиквартирном доме с отдельными входами в каждую квартиру. Тогда и я собрала нехитрые пожитки (посуду, разную утварь, аптечку, маленький радиоприёмник, одежду и другие необходимые в хозяйстве вещи), взяла с собой тебя, и мы поехали к папе на подмогу.

Лето кончилось. Бабушка Даша вернулась в Москву, а мы с тобой остались там, как говорится, на постоянное место жительства. Мишу прописали в Шаховской, и он соответственно потерял московскую прописку, но я-то понимала, как важно сохранить эту прописку, и в Шаховской не прописывалась. Меня ведь никуда не посылали для выполнения партийного долга, и я вообще не состояла в КПСС. Моё пребывание в Шаховской было чисто добровольное.

Наступила осень, дождливая, с похолоданиями и раскисшими дорогами. Я не вчера родилась и видела дороги, покрытые слякотью, но таких грязнущих дорог, как в Шаховской, я прежде не встречала. (Видно, мало ездила по России.) Грязь начиналась от самого крыльца. Из дому выйти без спецобуви было абсолютно невозможно. Мы все приобрели резиновые сапоги и шерстяные носки, а папа — портянки, как в армии. Ему, бывшему лейтенанту, не привыкать! Ты всё это должна прекрасно помнить, так как была уже шестилетней девочкой.

Потом пришла зима с тридцатиградусными (а иногда и ниже) морозами. Грязные дороги покрылись коркой льда и сверху белым, пушистым снегом. Зимой в Шаховской было сказочно красиво. До леса где-то минут двадцать пешком через железнодорожную насыпь. Сапоги мы, само собой, сменили на валенки с галошами. У тебя ещё сохранились бурки, которые тебе прислали мои родители из-за границы. К тому времени они вернулись в Польшу и стали ведущими актёрами сначала Вроцлавского еврейского театра, потом — Варшавского. Они многократно подавали прошения в Советское посольство для получения гостевой визы. Но визу дали только через несколько лет.

Миша работал с восьми утра и до пяти вечера (включая перерыв на обед). Я занималась хозяйством, как умела, а также пыталась продолжать переводить с английского и польского. Очень скоро поняла, что с хозяйством не справляюсь: уборка, готовка, стирка, глажка, уход за курами и огородом. Правда, Миша тоже помогал: таскал воду из колодца и колол дрова. Помнишь наших кур-несушек? Они были почти ручные, и ты любила с ними играть. Когда мы их кормили размякшим чёрным хлебом, они болели и дохли, а когда пшеном — процветали. Но пшено в эти полуголодные годы не всегда можно было достать.

Чтобы мне справиться с хозяйством, пришлось нанимать домработниц — молоденьких девушек из соседних деревень. Ты должна их помнить: сначала тринадцатилетнюю Клаву, (которая любила класть голову на твою подушку и заразила тебя вшами!), потом четырнадцатилетнюю Тоню. Деревенские девочки охотно шли в домработницы, так как в разорённых колхозах и совхозах не было для них ни нормального заработка, ни перспективы. А зацепившись за московскую семью, можно было в будущем переехать в Москву и получить временную прописку. Там, глядишь, и в техникум поступить, и работу найти и, возможно, даже и замуж выйти, если очень повезёт. Так Тоня и сделала. Дальнейшая судьба Клавы мне неизвестна. Но вшей у вас обеих мы вывели керосином, ибо других специальных средств по борьбе с этими гнусными тварями в Шаховской не имелось. Твоя голова пошла волдырями, а Клавкина — нет. Она была более стойкая к экстремальным мерам.

Папа был тогда молод и крепок, и ему тяжёлый труд был нипочём. Я всеми силами старалась справиться со своими обязанностями, но привыкнуть к простой деревенской жизни без удобств цивилизации так и не смогла, хотя в Елабуге условия жизни были не лучше.

У нас была одна уборная на весь пятиквартирный дом. Обычный сельский сортир представлял собой две холодных деревянных кабинки, в каждой — очко, а под ним — зловонная выгребная яма с насекомыми и червями — лучше не смотреть вниз — вырвет. Дома — для ночных походов по нужде — было специальное отхожее ведро, которое папа каждое утро выливал в упомянутую выгребную яму. (Кстати, я тебе запрещала пользоваться этой уборной, а ты, упрямая девчонка, всё равно туда забегала.)

Готовили пищу на примусе или керосинке. У нас была печка-буржуйка, но только для отопления. Стирали бельё в цинковом тазу или корыте, оттирая грязь на стиральной доске. О прачечных в Шаховской не слыхивали. Я все ногти себе обломала. Были и другие «прелести» сельской жизни. Всего не упомнишь.

Ты воспринимала нашу деревенскую жизнь без претензий, как данность. Раз такие «удобства», значит, так и надо, другого не полагается. Тебе деревня даже пошла на пользу. Свежий воздух, изумительная природа средней полосы, зимой катанье на санках, летом — походы в лес по грибы, ягоды и орехи, купанье в пруду, поездки на речку Рузу. В Шаховской ты закалилась и редко простужалась. Обзавелась подружками, друзьями и не кичилась своим столичным происхождением и московским выговором. Среди твоих друзей был один чудесный интеллигентный, воспитанный мальчик, чуть постарше тебя, сын местного врача-терапета. Мне казалось, что вы симпатизировали друг к другу... Помнишь его?

* * *

Мамочка, дорогая, я всё помню: и Дуню, и Клавку с Тоней, и влюблённого в меня мальчика — сына местной докторши, и кур-несушек, и сад-огород, и ещё много чего из нашей сельской жизни. Вам с папой было тяжело, а мне легко и вольготно. Шаховская оставила в моей памяти только светлые дни, несмотря на бедность и даже убожество нашего быта и весьма скудный рацион питания. Я даже написала воспоминания о нашей жизни в Шаховской, опубликовала их в американском журнале и нашла по Интернету своих сельских подружек. Представляешь, они вспомнили меня, и мы с ними переписываемся. А Шаховскую не узнать! Теперь это весьма современный районный центр с мощёными улицами и красивыми домами, в которых живут зажиточные люди. Вот такая метаморфоза.

6

Я привыкла к маминой исповеди и со страхом думала о том, что будет со мной, если мама больше не придёт. (Её воспоминания слились с моими, возникла иллюзия маминого воскрешения.) А ведь такая ночь непременно наступит, ибо нет ничего постоянного и вечного в нашей жизни. Мне стало казаться, что если мама «покинет» меня, то и я покину этот мир... Я не была готова к уходу, мне ещё многое предстояло сделать на этом свете. Я каждый раз благодарила Господа за мамины приходы и про себя умоляла маму: «Не оставляй меня, пожалуйста!»

* * *

— Когда тебе исполнилось семь лет, надо было тебя определить в школу. Само собой, в местную школу я свою дочь записывать не хотела. И Миша был со мной абсолютно согласен. Появилась веская причина вернуться в Москву назад к цивилизации. Наконец-то я вздохну свободно. Ни огорода, ни кур, ни резиновых сапог, ни позорного сортира, ни... ещё много чего. Ан нет! Не совсем свободно. Всё думала: а как же я оставлю Мишу одного? Как он без меня справится? И, не дай бог, заведёт себе кого-нибудь в помощь, какую-нибудь деревенскую красотку-медсестричку из местной больнички... Но я отмела эту печальную мысль, ибо в то время наши отношения были на пике любви. Нам было тридцать лет или чуть больше. Наоборот! Временная разлука только усилила, обострила наши чувства.

Итак, мы с тобой уехали, а папа остался, но, слава богу, только на несколько месяцев. Он уже сполна «отдал долг» родине и партии, проработав в МТС два с половиной года, и местный райком милостиво отпустил его в Москву для воссоединения с семьёй. Вот и пригодилась моя московская прописка.

Не успел папа вернуться в Москву, как мы получили радостную весть: моим родителям (твоим дедушке Авелю и бабушке Розе) после долгих хлопот разрешили приехать из Варшавы в Москву (по гостевой к дочери). Стояла зима 1955 года. Я и Миша поехали на Белорусский вокзал встречать моих родителей. Мы не виделись с ними восемнадцать лет. Я уехала в СССР тринадцатилетней девочкой, а встречала их на вокзале взрослая тридцатидвухлетняя замужняя женщина. Родители были ещё совсем не старые: маме — пятьдесят два года, отцу — пятьдесят восемь. Они находились в полном расцвете своей актёрской карьеры. Мы с Мишей и дядей Сеней стояли, ждали прихода варшавского поезда. Я — в аргентинской скунсовой шубе и пуховом платке, папа — в тулупе, который ему прислала из Каунаса моя двоюродная сестра Оля, дочь среднего сына прабабушки Лии. (Они нам с папой часто присылали посылки, в том числе продуктовые. Оля и её муж были деловыми людьми. Они умели жить и выживать в разорённой войной Литве. Правда, Оля потом за это «умение выживать» поплатилась. Но это — отдельная история.)

Встреча с родителями на вокзале была трогательной. Я, конечно, сразу узнала папу с мамой и бросилась их обнимать. Сначала папу, потом маму. Даже тут на вокзале, после стольких лет разлуки с родителями, я автоматически сначала бросилась к папе, так как безумно его любила, а потом — к маме. (Прости меня, мамочка!) Они меня тоже узнали (по фотографиям, которые я им посылала). Несколько минут мы обнимались, целовались и плакали радостными слезами, не веря, что наконец наша встреча спустя столько лет свершилась.

Потом мы взяли такси, поехали на Спиридоновку и запорошённые снегом ввалились в квартиру. Это было что-то! Соседи, в полном шоке, выстроились вдоль стен нашего весьма обшарпанного коридора. (Ремонт общей площади давно не делали.) Такую яркую, воистину голливудскую парочку они увидеть не ожидали. Фёкла, возможно, думала, доносить в КГБ или нет, но рассудив, что приезд заграничной родни легален и за окном не 1937 и даже не 1953 год, от доноса воздержалась. Другие соседи — Теплицкие — тоже встали по стойке смирно с застывшими полуулыбками. В воздухе запахло завистью, банальной, всеохватной человеческой завистью, которую соседи не могли в себе побороть. Как же так? Бедняжка сирота Муся — вовсе не бедняжка и не сирота. У неё имеются родители, да ещё какие, яркие артисты, нестарые, сияющие здоровьем, шикарно с заграничным лоском одетые, к тому же абсолютно раскрепощённые, со свободой в жестах и разговорах.

Авель и Роза невозмутимо прошествовали мимо соседских смотрин в наши апартаменты.

— Здравствуйте, товарищи! — поприветствовал Авель соседей. — Спасибо за тёплый приём! Всем желаю хорошего вечера и доброй ночи!

— Здравствуйте! — ответил нестройный соседский хор.

Мне никогда не забыть этих завистливых, недоброжелательных взглядов соседей. Они навсегда оставили тёмные, болезненные пятна в моей душе. У меня возобновилась мания преследования.

На время пребывания папы с мамой у нас в квартире бабушка Даша и Соня перешли жить к добрым соседям с верхнего этажа и друзьям Наумовым. Спасибо им! Что было делать! Иначе бы нам всем в двух комнатках не разместиться. Когда бабушка Даша и Соня переселились к Наумовым, мои родители решили, что нам с Мишей принадлежат две комнаты: большая и маленькая. И жутко расстроились, узнав, что мы втроём ютимся в крохотной комнатёнке, а в большой комнате проживают бабушка Даша и Соня. Вообще, наш убогий быт привёл родителей в печальное расположение духа. «Мусе с Мишей и Люсеньке надо непременно переехать к нам в Варшаву!» — изрёк в итоге дедушка Авель. Мы с Мишей только рассмеялись, понимая, что сие предложение абсолютно прожектёрское...

Мы проводили дни в походах по московским театрам и гостям: дядя Сеня, тётя Тамара, Инна с мужем Егором, Федя с женой Тасей — все приглашали нас к себе, всем хотелось провести время с Авелем и Розой, послушать их истории, рассказать в ответ свои, получить сувениры.

Мои родители пробыли у нас где-то две недели, одарив всех членов семьи подарками и пообещав прислать мне с тобой приглашение на лето в Польшу. Но не всё было так просто. Как говорится, скоро сказка сказывается, да не скоро дело делается... В Польшу в гости мы в конце концов поехали, но только через четыре года.

* * *

После отъезда моих родителей обратно в Варшаву в нашей семье произошли важные события. Соня вышла замуж за Зиновия (кстати, он был тоже из Вильны, и познакомила их я), и они обменяли наши две смежные комнаты в центре Москвы на две раздельные комнаты, тоже в общей квартире на четвёртом этаже в доме без лифта в рабочем районе недалеко от метро Электрозаводская. За нашим домом был уютный зелёный дворик с клумбами, газонами и качелями. А за двориком — высоченный забор с проволокой, которым был огорожен мыловаренный завод («мыловарка»), так что экология в районе нового жилья была соответствующая...

Хуже варианта обмена не придумаешь. Зяма и Соня могли бы подыскать что-нибудь поближе к центру, с лифтом и без отвратительного запаха «мыловарки». Но всё делалось в спешке, так как Соня уже ждала ребёнка, и они с Зямой больше не могли жить в проходной комнате, да ещё вместе с бабушкой Дашей. К тому же бабушка внезапно тяжело заболела, и её положили в больницу на обследование.

Оказалась запущенная, неоперабельная онкология. Зная, как ты любишь бабушку, мы от тебя всё скрывали. Мне казалось, что ты тогда любила бабушку больше, чем нас с папой. (К стыду своему, я даже ревновала тебя к бабушке.) Неудивительно: ты для неё была истинным светом в окошке. Когда мы с Мишей учились, давали частные уроки и развлекались с друзьями, бабушка сидела с тобой дома, растила тебя до шести лет. Она тебя обожала и иначе, как «моя голубоглазая Любушка», не называла. Ты, естественно, отвечала ей взаимной любовью и называла её «моя ба». Ведь дети любят тех, кто не только их любит, но и заботится о них: кормит, поит, водит гулять, читает на ночь сказки.

Бабушкину смертельную болезнь мы от тебя скрывали, но проститься с бабушкой, не раскрывая тебе тайну её страшного недуга, в больницу привели. Никогда не забуду этого кошмара городской больницы. Огромная палата, человек на десять-двенадцать. Все онкологические больные, высохшие, серые лицом, безнадёжные, доживающие на обезболивающих уколах свой срок. Бабушка при виде тебя обрадовалась, оживилась, у неё заблестели глаза.

— Любушка моя! Как же я рада, что ты пришла! — сказала она, заплакала и прижала тебя к себе. Ты не осознавала обречённость ситуации и спросила:

— Ба! Я так соскучилась! Когда же ты выздоровеешь и вернёшься домой?

— Скоро, очень скоро! Ещё недолго осталось подождать, — ответила бабушка Даша, видимо, имея в виду свой финальный уход. (В те времена от больных скрывали онкологический диагноз. Но бабушка Даша была по профессии врач, хоть и дантист, и предполагала, что ей осталось совсем недолго жить на этом свете. Не увидит она, как ты взрослеешь, не узнает, кто родится у её дочери Сони...)

В апреле 1955 года бабушку выписали из больницы домой умирать. Никаких хосписов в те времена не было. Ровно через неделю бабушка скончалась. Бедная, она жутко мучилась и кричала. Боли были невыносимые, и её преданная младшая сестра, тётя Шура, дежурившая около бабушкиной постели дни и ночи, едва успевала колоть ей обезболивающие уколы морфина. Кто-то нам помог достать его за большие деньги.

Ты в это время жила у моей школьной подруги Любы. Мы тебе ничего не говорили о смерти бабушки, не знали, как сказать, чтобы не ранить твоё любящее детское сердечко. Но ты случайно услышала о её смерти в неосторожном разговоре тёти Тамары с какой-то родственницей. Тебе было семь лет, вроде уже не совсем маленькая девочка... Ты залезла под стол, не хотела ни с кем говорить, долго там сидела и плакала. Твой детский мир распался на белое и чёрное, в нём появилась смерть. Прежде ты с ней сталкивалась только в сказках.

Похоронили бабушку Дашу рядом с дедушкой Александром в Донском колумбарии. Ещё одна семейная урна с прахом, ещё одна надпись...

* * *

Бабушка Даша, родная, тёплая, любимая! Прошло много лет, но я всё ещё помню прикосновение её мягких рук и ласковое обращение «Любушка моя». Никто и никогда меня так больше не называл. Да и, наверное, никто не любил меня, как она. Хотя... мама... потом... Впрочем, трудно судить. Как рано ты ушла, моя ба! Прости, что я так давно не навещала тебя в Донском! У меня уже больше нет сил лететь через океан.

7

Последняя ночь исповеди.

— Итак, мы въехали в одиннадцатиметровую комнатку в новой коммуналке. В квартире были ещё две комнаты, больше нашей. В одной поселились Соня с Зямой и новорождённым сыном Сашенькой, которого назвали в честь дедушки Александра. В другой обретались старожилы — семейство Кутиных, пять человек — бабушка Авдотья, её дочь Ангелина с мужем Ярославом и двумя детьми (Таней от первого брака и Витькой — от второго).

Кутины жили в тесноте, обиженные на весь белый свет и на нас, соседей-евреев. Прежде всего, потому что мы евреи. Ну и по другим причинам. Мы не так теснились, как они, у нас были лучше профессии и соответственно больше денег, да ещё и родственники в Польше — со всеми вытекающими отсюда последствиями: постоянные посылки из-за границы с красивыми вещами. Отсюда возникла жуткая затаённая зависть, хотя я постоянно что-то из своих новых вещей дарила Ангелине. То нейлоновые трусики (которые считались тогда писком моды), то нейлоновую кофточку, то шерстяную.

Но жизнь так устроена, что зависть подарками не заглушить. Чем больше даришь, тем больше от тебя ждут подарков. Думаю, от этой чёрной зависти моя гипертония усилилась. Мы с Мишей хотели ещё одного ребёнка. Когда тебе исполнилось десять лет, а мне — тридцать пять, я снова забеременела. Но у меня началась сильная эклампсия, давление зашкаливало, и ничего не помогало. Наш семейный врач, кузина Нина, решила, что нельзя рисковать моей жизнью, я не перенесу беременности и надо делать аборт. Я поплакала-поплакала и согласилась на прерывание беременности. Ты, конечно, ничего не знала ни о моей беременности, ни об аборте. Зачем десятилетней девочке такие взрослые медицинские детали и печальные известия!

После этого злосчастного аборта я вконец разболелась. Нервный срыв, головные боли, спазмы желудка, бессонница. По-видимому, меня постигла божья кара. Надо было рискнуть родить ребёнка. Но что сделано — то сделано. Обратного хода нет!

Летом мы всей семьёй (включая моих родителей, которые прибыли из Варшавы) поехали отдыхать и лечить нервы на Балтику в Палангу. По соседству сняла квартиру моя двоюродная сестра Оля со своим семейством и сыновьями. Мы дружили, и вы, дети, тоже.

Паланга тогда ещё не была обустроена. Ни ресторанов, ни магазинов, просто деревенские дома, которые местные литовцы сдавали дачникам. Но как же там было красиво! Дикие песчаные дюны, чистейшая морская вода и сосновый бор. Правда, вода холоднющая — 10 градусов по Цельсию. Твой рисковый папа сразу полез в воду и схватил радикулит, тем самым испортив себе половину отпуска.

А мы в воду не лезли, ждали, когда она нагреется. Долго пришлось ждать. Но на пляж ходили каждое утро, кроме дождливых дней. Загорали в дюнах, зарывались в песок и блаженствовали. Гуляли по сосновому бору, собирали ягоды, грибы. Однажды набрели на танк, самый настоящий боевой танк, оставшийся в лесу после войны. Почему-то его никто не убрал. А ведь со времени окончания войны прошло уже тринадцать лет! Видимо, про этот танк просто забыли. А может, оставили как своеобразный памятник или для устрашения... Только кого стращать, не ясно.

Бабушка Роза, моложавая, энергичная, несколько раз в неделю ходила на местный рынок и покупала там молочные продукты на завтрак и ужин. Обедали мы в частной дешёвой еврейской столовой, не очень-то опрятной. Помню, хозяин столовой перед обедом подходил к каждому столику и спрашивал: «Калтэ или хайсэ?», что на идише означает «холодное или горячее»? Он имел в виду суп: холодный свекольник или бульон с фрикадельками. (Каждый день одно и то же. Скудный выбор.) В общем, так как не было разнообразия, а также приятных вкусовых ощущений, бабушка решила, что больше мы в эту едальню ни ногой и она сама будет готовить обед. Это, конечно, было мужественное решение с её стороны. Но она оказалась не только прекрасной актрисой, но и отличной поварихой. Все были довольны и нахваливали бабушкину стряпню.

В целом, если не считать папиного радикулита и твоей ангины, отдых в Паланге пошёл нашей семье на пользу. Мы провели в прекрасной Паланге два месяца и отдохнули душой и телом. Нервы мои угомонились, давление стабилизировалось, я перестала думать о нерождённом ребёнке и успокоилась. На время.

* * *

— С тех пор почти каждый год мы с тобой проводили летние месяцы с дедушкой и бабушкой: то на курортах Польши (Свиноустье, Цехоцинек, Срудборов) то на подмосковных дачах по Казанской дороге. Иногда к нам присоединялся твой папа.

В 1960 году нам наконец-то дали (от папиной работы) отдельную квартиру на Пресне, правда, однокомнатную и тоже на четвёртом этаже, и тоже в доме без лифта. Но отсутствие соседей явилось настоящим благословлением божьим. Не надо было ни с кем делить ванную, уборную, кухню и коридор. Не надо было ни с кем дипломатично, без скандалов выяснять отношения, никого не задабривать подарками, ни перед кем не лебезить (лишь бы было тихо).

Ты поступила в шестой класс местной районной школы. И там встретила В. Но о нём мы с тобой уже вспоминали. Повторяться не буду.

Я продолжала заниматься переводами с польского и английского. Переводить переводила и весьма неплохо, но пристраивать в журналы не умела и ничего переводами не зарабатывала. Надо было как-то перестраиваться, искать постоянную работу. В толстые и тонкие журналы редактором меня не брали. Не было соответствующего блата, да и пятый пункт подкачал. В итоге, пришлось оставить мечты о литературной карьере. А мои близкие университетские подруги литературно-переводческую и редакторскую карьеру всё-таки сделали. Конечно, было жутко обидно, ведь по способностям я была ничуть не хуже. Но такая уж мне досталась доля.

Моя подруга Бася (ещё по Вильне) работала в нашем Краснопресненском районе учителем английского языка и методистом. Она устроила меня преподавать английский язык в школу-восьмилетку недалеко от нашего дома. Так в 37 лет я стала учительницей да ещё и классным руководителем одного из пятых классов. Классный руководитель — совершенно новое для меня амплуа. Родительские собрания, вызов родителей нерадивых учеников, беседы с двоечниками. Всё как полагается.

Работа учителя мне нравилась, особенно, когда я чувствовала отдачу, когда мои подопечные говорили по-английски грамматически правильно, да ещё с хорошим произношением. Ученики меня полюбили. Девочки на мне буквально висли. Мальчики встречали улыбкой. Я не была строгой, ученики этим пользовались.

У меня была ставка: довольно много часов. Иногда я заменяла свою напарницу Г. М. Иногда она подменяла меня. (Мы друг друга выручали и подружились.)

Мне было нелегко. Ранние вставания шесть дней в неделю, потом в любую погоду пешком до трамвая, далее поездка в трамвае — правда, короткая. (За годы сиденья дома с переводами я от этого обычного трудового режима отвыкла. Пришлось перестраиваться.) Здоровье у меня хромало, и я перенапряглась. В классе часто было шумно, ребята галдели. У меня снова начались головные боли и, несмотря на таблетки, сильно подскакивало давление. Я проработала в школе шесть лет и поняла, что больше не смогу, не выдержу на прочность. Врачи пугали меня ранним инсультом. Надо было менять работу.

* * *

В 1966 году случилось сразу два радостных события. Нам дали от папиной работы двухкомнатную отдельную квартиру. В Измайлове на Пятой парковой, на последнем этаже в старом трёхэтажном доме. (Эти дома строили после войны пленные немцы.) Хоть дом и был старый, но крепкий, со всеми удобствами, балконами и прибамбасами в виде лепнин на потолке. Отдельные комнаты для нас с папой и для тебя. Мы ликовали.

Вторым радостным событием было твоё окончание школы и поступление в МГУ на славянское отделение филфака. Ты — молодец, прорвалась сквозь глухую стену антисемитизма и процентной нормы. Ты — боец, папина дочка.

Параллельно с радостными событиями случилось горе. Я заболела непонятно откуда взявшейся редкой грозной болезнью — склеродермией. У кого-то она сначала проявляется на теле, у кого-то — на лице. Мне не повезло: у меня начали появляться шрамы на лбу и на голове. Я тогда даже не понимала печальную перспективу своего дальнейшего существования. Эта коварная болезнь сначала атакует одну часть тела, потом дремлет какое-то время, а потом распространяется по всей соединительной ткани внутренних органов... И спасенья от неё нет!

Я ходила к врачам-специалистам, мазалась какими-то мазями, принимала какие-то таблетки, но всё напрасно. Это системное заболевание тогда не умели лечить. Да и спустя двадцать лет так и не научились.

Несмотря на болезнь, я продолжала работать. Мне нужно было отвлечься от грустных мыслей и одновременно заработать стаж к пенсии. Я устроилась, конечно, по знакомству, английским и немецким редактором в издательство «Высшая школа». Наша редакция помещалась на Пресне на улице Павлика Морозова. Судьба меня снова привела на Пресню. Поездка из Измайлова до Пресни занимала больше часа тремя видами транспорта. Трамвай, метро и снова трамвай. Благо, так как в редакции было мало места, шумно и душно, нам всем давали домашние дни — для более продуктивной работы. Я с утра до позднего вечера редактировала учебники, вгрызалась в текст. Ошибки в те времена были недопустимы. А если, не дай бог, пропустить авторский политический ляп, полагалось делать «выдерку».

Я корпела над текстами учебников, а моя склеродермия распространялась дальше. Дошло до того, что мне тошно было смотреть на себя в зеркало. Глаза бы мои туда не глядели. Вы с папой, конечно, очень за меня переживали, но помочь ничем не могли и глубоко постичь мою печаль, когда моё красивое лицо ещё молодой женщины (мне было чуть за сорок) постепенно превращалось в уродливое, тоже не могли. Я вас не виню. Как бы кто кого ни любил, печаль у каждого своя. Ну не может никто и ни к кому влезть в душу и в мозг и до конца понять и разделить горе другого, пусть даже любимого человека. Мы рождаемся на божий свет в одиночестве, болеем и умираем также в одиночестве.

Однажды я почувствовала, что внутри что-то надломилось и я не хочу больше ни бороться, ни вообще жить. Наглоталась снотворных. Меня откачали. Положили на лечение с диагнозом депрессия. Лечили несколько месяцев, выписали. Я снова начала работать, и через несколько лет снова случился рецидив: я перерезала себе вены. Меня нашла на полу наша добрая домработница А. А. и вызвала «скорую». И опять больница, опять лечение. Я хотела умереть, но каждый раз меня спасали и умереть не давали. Вот такая судьба.

* * *

— В 1971 году в Варшаве от инфаркта умер мой отец. Слишком много прекрасных, но и надрывных для здоровья ролей сыграл. Всегда на подъёме. Сердце не выдержало. Мы с папой поехали в Польшу его хоронить. Я как-то нашла в себе силы для этой поездки: очень любила своего отца. Похоронили дедушку Авеля, знаменитого актёра и режиссёра, в Варшаве на еврейском кладбище рядом с могилами двух других крупных деятелей еврейского искусства: режиссёра А. М. и основательницы Еврейского театра в Польше Э. Р. К.

После смерти дедушки бабушка впала в депрессию. Долго болела, пока мы не забрали её к себе в Москву. Слава богу, нам очень скоро дали уже трёхкомнатную отдельную квартиру, правда, в не обустроенном тогда и дальнем районе Бескудниково. Вокруг дома не асфальтировано, кругом стройка, грязь по колено (как в Шаховской), до магазина далеко, до метро ехать сорок минут автобусом. Но мы были счастливы. И я на какое-то время вроде даже задвинула свои печальные мысли в дальний угол. На какое-то время…

Я продолжала ездить на работу на Пресню, теперь уже из Бескудникова. Два часа в один конец! Папа тоже ездил на работу на Пресню. Видно, эта Пресня нам была суждена судьбою. Ты жила своей молодой жизнью, преподавала чешский язык на курсах иностранных языков при Министерстве Внешней Торговли, потом в МГУ. И всё почасовиком за мизерную плату — 1 рубль в час. Не брали евреев в те годы на престижные работы в штат — и всё тут. Твой кадровик говорил тебе:

— Ну возьму я тебя в штат, а ты вдруг соберёшься и в Израиль уедешь, и меня за это по головке не погладят. Прости, Люся, не могу.

Потом ты вышла замуж за сына наших соседей по Спиридоновке Гену Теплицкого и забеременела. А я ослепла на один глаз, так как вовремя не сделала операцию по удалению глаукомы. Мне было страшно. Склеродермия да ещё слепота. А вдруг я и на второй глаз ослепну? Я снова впала в депрессию и пыталась выброситься из окна двенадцатого этажа. Меня сняла с подоконника всё та же преданная нашей семье

А. А. Опять «скорая помощь», снова больница... Но ты уже была на восьмом месяце беременности и меня навещать не приходила. Представляю, в каком состоянии была твоя нервная система. Я думала только о себе и предала тебя. Прости меня, если можешь!

Когда я вышла из больницы, ты уже была с двухмесячным сыночком на руках. С работы тебя уволили, но ты по этому поводу не очень-то переживала. Ты вся была в материнстве. И Гришка был такой хорошенький и разумненький.

Рождение внука спасло меня. Я ушла на раннюю пенсию, удачно сделала себе операцию на другом глазу в знаменитой клинике Фёдорова и воспрянула духом. Депрессия моя отступила. Я почувствовала, что нужна тебе, внуку, семье. Мне было пятьдесят четыре года, по тем советским временам — пожилая женщина. Я уже не так сильно переживала по поводу своего обезображенного шрамами лица. Моя внешность перестала меня волновать, ну, почти перестала...

Я успокоилась и закрывала глаза на папины любовные интриги. Думала: пусть себе потешится. Что с того? Он ведь меня всё равно любит как близкого человека и никогда не бросит, и позаботится обо мне... до самой моей смерти.

Но в 1977 году ещё оставалось девять лет до моего ухода.

Ваша жизнь с Геной была неровной: то примирения, то дикие ссоры, да ещё с рукоприкладством. Гена оказался хамом и мерзавцем. Папа на какое-то время отказал ему от дома. Мы с папой прекрасно понимали, что ты вышла замуж не за того, кого любила, и вообще, мягко выражаясь, не за того, с кем можно было построить нормальную жизнь. Но молодой еврейской семье построить нормальную жизнь в Советском Союзе в то жуткое время не только бытового, но, в первую очередь, государственного антисемитизма было чрезвычайно трудно.

Вы решили уехать в Америку. Мы бы с папой и бабушкой Розой тоже с вами поехали (у нас имелись приглашения на всю семью), но я и бабушка были слишком больны и слабы для такого тяжёлого и фатального шага и, если бы поехали, то, скорее всего, отдали бы концы где-то в Италии или Австрии, даже не достигнув Америки.

Представляю, что творилось у тебя на душе. Нет, даже трудно было представить. Ты замкнулась, не делилась со мной своими мыслями и переживаниями. Не рыдала у меня на плече. Просто молча готовилась в дорогу: собирала документы и вещи. Видимо, молчание помогало тебе держаться на плаву. Если бы ты разговорилась, то рассиропилась бы и никуда бы не поехала. Я понимаю тебя и не упрекаю за эту суровость, неласковость и прощаю тебя. Да и не за что прощать! Я ведь в своё время тоже уехала от родителей. Потому что так было надо!

Мы с папой и бабушкой понимали, что расстаёмся с вами, возможно, навсегда. Я ночами плакала в подушку, а днём припудривала лицо и не подавала виду. Кто же в 1977 году мог предположить, что в мае 1985 года начнётся перестройка и всё круто поменяется!

В мае 1979 года вы отправились в эмиграцию. Я прожила ещё семь лет. Смыслом моей жизни стала переписка с тобой. Я жила от одного твоего письма до другого. От одного телефонного разговора до другого. Сама писала тебе каждую неделю. Но ты отвечала гораздо реже, и письма твои были короткими. (У тебя просто не было ни времени, ни сил для подробных описаний вашей жизни.)

Правда, иногда ты посылала нам ваши фотографии. Мы наблюдали, как растёт, развивается Гришка и как меняешься ты, превращаясь из домашней маменькиной и папенькиной дочки во взрослую, самостоятельную женщину, решительно и твёрдо строящую новую жизнь для себя и сына.

В 1981 году от сердечного приступа скончалась бабушка Роза. Она очень тосковала по Гришке, своему первому и единственному правнуку. Ещё одна урна с прахом прибавилась в нашем семейном захоронении Донского колумбария.

В 1985 году ты прислала мне приглашение, и я подала документы в ОВИР для поездки к тебе по гостевой. Я понимала, что очень слаба и вряд ли перенесу полёт, но несмотря на это всё же надеялась на чудо свидания с тобой перед моим уходом. Напрасно надеялась. Мне отказали без всякой причины. Не сильна была ещё в то время эта перестройка. Больше многообещающих шумных речей и треска по радио и в прессе, меньше коренных изменений и добрых дел.

Всё же перед моим уходом в твоей жизни произошло несколько радостных для тебя и для всех нас событий: ты окончила Институт Пратта и стала работать американским библиотекарем. Ты решительно развелась с Геной и встретила Диму. Твоя американская жизнь налаживалась. Значит, твой отъезд не был напрасным.

Я умерла в марте 1986 года. Коварная склеродермия вконец разрушила моё тело.

Я надеюсь, что твоя дальнейшая жизнь со вторым мужем Димой и моим обожаемым внуком Гришенькой сложилась хорошо. Не знаю, как сложилась папина жизнь, нашёл ли он женщину, с которой смог в любви и согласии скоротать оставшиеся годы. Во всяком случае, со своей заоблачной высоты я молила и молю об этом Всевышнего.

Вот и вся моя исповедь.

Я ухожу в свой мир. А ты смотри, держись там на Земле и не спеши на встречу со мной. Успеешь.

Люблю тебя, дорогую мою девочку.

Твоя мама.

* * *

Мама больше не приходила. Я пишу эти строки, а за окном середина декабря, самые короткие дни и самые долгие ночи. Но ещё неделя-две — и ночи пойдут на убыль. Мама простила меня, и мои дни станут светлее…

ЛЕТНИЙ РОМАН

Счастье — не стабильное состояние,
а лишь зыбь на воде.

Эрих Мария Ремарк

В то памятное лето Наташе только-только исполнилось двадцать два года. Она окончила четвёртый курс Романо-германского отделения филфака МГУ по специальности английский язык, английская и американская литература, отлично сдала сессию и блаженно сибаритствовала во время летних каникул, раздумывая, к какому бы морю — Чёрному или Балтийскому — поехать на сей раз отдохнуть вместе со своей неизменной спутницей — школьной подругой Катей. Наташин отец по работе был связан с туристической отраслью по всему Советскому Союзу и каждый год без особого труда бронировал дочери номера в лучших гостиницах страны.

Пока Наташа решала, где бы им отдохнуть нынешним летом, неожиданно позвонила Катя и буквально огорошила подругу сообщением, что она через три недели выходит замуж и просит Наташу быть свидетельницей на её, Катиной, свадьбе.

— Ну ты даёшь, Катюша! Близкая подруга называется! Через три недели ты выходишь замуж, а я ничего не знаю. И ещё хочешь, чтобы я была твоей свидетельницей! Какая скрытность и какая самонадеянность! А если я не смогу? Если у меня другие планы? Я хочу поехать к морю и, между прочим, как всегда, рассчитывала на твою компанию.

— Ой, прости, пожалуйста, Натуся! Прости, прости! Я вообще никому не говорила про свадьбу, боялась сглазить. Только сегодня начинаю звонить родственникам и друзьям и рассылать приглашения. Тебе звоню одной из первых. Ты же мне не откажешь? Ты просто не можешь мне отказать! Сейчас лето, все мои институтские и школьные подруги разъехались кто куда. Мне в свидетели и попросить больше некого, разве что какую-нибудь чокнутую мамину подругу. Но это же будет стыдно перед новой роднёй. А к морю ты и в августе успеешь поехать. Даже лучше. Будет прохладнее. Почти бархатный сезон.

— О господи! В общем, Катюха, надо было бы тебя проучить за такое позднее приглашение. Но я добрая и покладистая. Ладно! Фиг с тобой! Буду я твоей свидетельницей, так уж и быть. А кто он, твой жених? И почему такая прямо-таки скоропалительная свадьба? Нельзя подождать до осени, когда народ вернётся в город после каникул и отпусков? Признавайся! Что случилось? Ты подзалетела?

— Ты нисколько не оригинальна. Все задают мне один и тот же вопрос. Да нет же! Я, слава богу, не беременна. Просто пару месяцев назад я познакомилась с парнем... на одной вечеринке. Так получилось. Что называется, нас свела судьба. Его зовут Виктор. Он в этом году окончил Бауманский. Молодой специалист, как говорится. Мы действительно полюбили друг друга. Такое бывает не только в кино и в романах. Витя мне сделал предложение. Я согласилась. У нас дома, ты же знаешь, с моими предками никакого житья нет. Предки мои упрямые, старорежимные. Я же всё делаю не так, не по их понятиям. И одеваюсь не так, и слишком много косметики накладываю, и стрижка моя «вульгарная» им не нравится, и в отличницы я, увы, не выбилась, и домой прихожу поздно. В общем, постоянные попрёки и критика. Надоело до чёртиков! Надо заводить собственную семью, выходить замуж, линять из этой «хрущобы»-малогабаритки и переезжать к мужу. Правда, живёт он тоже вместе с родителями. Но есть ещё запасной вариант. Витина бабушка. Если я не уживусь с его предками, переедем к бабушке. Я с ней уже познакомилась.

Бабуля — просто чудо! Из старой интеллигенции. И мы друг другу очень даже понравились. Правда, живёт она в ветхом доме, который подлежит сносу. Когда будет этот снос, неизвестно. Может, через несколько месяцев, а может, через год. Две проходные комнатёнки. Ванной нет. Горячей воды тоже нет. Куча соседей. Словом, все «прелести» жизни в коммуналке да ещё без удобств. Поэтому Витина бабушка — запасной вариант.

— Понятно. Обстоятельства у тебя — прямо-таки форс-мажор. Ладно, уговорила. Ну что мне с тобой делать? Отказать? Ты же меня не простишь. Буду я твоей свидетельницей. Присылай открытку: где, когда и во сколько я должна быть?

— Ой, спасибочки! Я знала, что ты мне не откажешь. Всё. Целую, убегаю по предсвадебным делам. Предки мои скупятся и даже не дают денег на портниху. Словом, представляешь, я сама шью своё свадебное платье. (Кому другому рассказать — не поверят!) Но ты же знаешь, шить я умею. Сегодня же вышлю тебе открытку с официальным приглашением. Всё, Натусик! Пока-пока! Жду!

Времени на походы по магазинам для покупки нарядного платья у Наташи не было, да и в те годы в обычных универмагах, в ГУМе и ЦУМе, мало что можно было купить из приличных нарядов. Разве что достать случайно. Как тогда говорили, схватить. (За исключением «Берёзки». Но у Наташи не было сертификатов.) Катя умела шить. Она мечтала стать модельером. Великолепно владея выкройкой и старой доброй швейной машинкой «Зингер», она могла сварганить классный наряд. Наташе сие искусство было неведомо. Она умела разве что подшить подол платья или юбки вручную, заштопать дырку в носке и пришить оторвавшуюся пуговицу. (Наташа была филологом до мозга костей. Они с Катей были очень разные, но дружили ещё с первого класса, когда сидели за одной партой.) Словом, пришлось Наташе усиленно порыться в своём гардеробе, где она, к несказанной радости, нашла давно сшитое в ателье, аж в десятом классе, но всё ещё весьма эффектное, маленькое парчовое платьице синего цвета, подчёркивающее Наташины голубые глаза. Как же оно теперь пригодилось! И туфельки нашлись: серебристые полубосоножки на небольшой платформе. И сумочка под цвет босоножек. Словом, Наташа оказалась полностью экипирована к свадьбе. Всё примерила, оглядела себя в большом трюмо со всех сторон и осталась собой вполне довольна.

Утром в день свадьбы Наташа полетела в парикмахерскую, где из её длинных каштановых волос соорудили высокую причёску. В общем, Катину свадьбу Наташа встретила в полной «боевой» готовности.

Во дворце бракосочетания Наташа познакомилась с Юрой, который был товарищем жениха по институту и тоже свидетелем на свадьбе. Юра оказался симпатичным среднего роста брюнетом, очкариком. Мягкий, тихий голос, светлая улыбка, хорошие манеры. Серьёзный, вдумчивый взгляд тёмно-карих глаз из-под очков, казалось, обволакивал девушку, изучал... Наташе Юра сразу понравился — как свидетель, и только. Пока...

Юра пришёл на свадьбу один. («Странно! Такой милый парень, и ни девушки, ни жены. Слишком серьёзный или в перспективе закоренелый холостяк», — решила Наташа.) Она тоже пришла на свадьбу одна. В то время место кавалера (возлюбленного, ухажёра, поклонника) у неё пустовало. Во дворце бракосочетания они оба поставили свои подписи, скрепив таким образом брак Кати и её мужа Вити. Свадьбу благополучно отпраздновали не в ресторане, без особой помпы, без пышного банкетного зала и оркестра, простенько — на квартире родителей жениха. Однако холодные закуски, выпивка, горячее и свадебный торт из ресторана «Прага» были отменного качества. Тут уж родители с обеих сторон явно постарались не ударить в грязь лицом перед гостями.

Детали свадебного праздника — тосты и традиционные крики «горько!» — Наташа не помнила, а помнила только, что она сидела за столом рядом с Юрой и весь вечер с ним танцевала под магнитофонные записи любимых молодёжью мелодий. Юра вёл себя скромно, целоваться и обжиматься не лез, когда во время танцев приглушали свет. Он не был пьян, но всё же под конец веселья оказался слегка под хмельком, как и случается на свадьбе. Наташа тоже выпила пару рюмок, хотя к алкоголю на вечеринках обычно не притрагивалась, так как от спиртного её всегда тошнило и болела голова. На сей раз, к счастью, выпивка пошла, что называется, впрок —

всё обошлось без неприятных последствий. Разве что чуть кружилась голова, но мир виделся исключительно в розовых красках. Юрины прикосновения ей были приятны. Очередной танец заканчивался, а Наташе всё ещё не хотелось возвращаться к столу. Юра испытывал те же чувства и снова приглашал её на танец. Хозяева и гости, заметив их нарастающую симпатию, перешёптывались, но от более громких комментариев воздерживались. Только Катя игриво подмигнула Наташе и даже погрозила пальцем, мол, подруга, не увлекайся…

«Почему это? Юра один, и я одна. Хочу и увлекаюсь, и никто не может мне запретить!» — подумала Наташа и ответно игриво улыбнулась Кате.

Застолье и танцы закончились поздно ночью. Метро было уже закрыто, и Юра пошёл пешком через всю Москву провожать Наташу, так как денег на такси ни у него, ни у неё не было. К тому же июльская ночь, опустившаяся на раскалённый за день город приятной прохладой, была настолько хороша, что не хотелось запихивать себя сразу в транспорт. Оба свидетеля были молоды, и ни затянувшаяся свадьба, ни алкоголь не убавили им энергии.

Хотелось гулять по улицам Москвы. Они долго брели по ночному городу из дальнего района к центру, пока наконец не дошли до Белорусского вокзала, где просидели на скамейке в зале ожидания до шести утра. Как-то всё спонтанно получилось. Их притягивало друг к другу. Юра привлёк к себе Наташу, обнял её и поцеловал лёгким, почти воздушным поцелуем. Эта невесомая ненавязчивость была ей приятна. Она ему ответила. Потом они ещё до открытия метро нежно целовались и обнимались, как влюблённые подростки. На прощание Юра попросил у Наташи телефончик, но своего почему-то не дал. Ну не дал и не дал. Наташа не стала настаивать. Мало ли какие на то имелись причины… Может, он жил в новостройке и в его доме ещё не установили телефоны. Словом, Наташа не хотела быть навязчивой.

Потом выяснилось, что живут они в одном и том же, Первомайском, районе. Только Наташа — у метро Первомайская, а Юра — у метро Измайловская. Вот такое получилось совпадение, почти прямое попадание. Их дома разделяла всего лишь одна остановка метро, или пятнадцать минут прогулки пешком. На станции Белорусская кольцевая они сели в полупустой поезд, доехали до Курской и, перейдя на станцию Курская радиальная, доехали каждый до своей остановки. В вагоне Наташа дремала на плече сонного Юры.

— Я тебе завтра, нет, уже сегодня, позвоню. Ведь сейчас уже сегодня. Вчера закончилось вчера, — сказал Юра заплетающимся языком.

Наташу не удивило его несколько путаное обещание. У неё самой язык заплетался:

— Да, да! Ты правильно сказал. Сегодня уже не вчера. Вчера было хорошо, но оно закончилось. Конечно, позвони. Я буду ждать, вот только выспаться надо, — сказала она и помахала ему рукой, когда он выходил на станции Измайловская, а сама подумала: «Знаю я, как ты позвонишь. Все вы одинаковы, молодые специалисты... Специалисты давать пустые обещания! Горазды целоваться и обниматься, а на что-то более серьёзное у вас пороху не хватает».

* * *

Но вечером того же дня Юра, к Наташиному удивлению, всё же позвонил, и они, выспавшиеся и отдохнувшие, пошли в кино на семичасовой сеанс смотреть новый фильм «Бег», снятый по мотивам произведений Булгакова. Так начался их летний роман, который продлился... Но не будем забегать вперёд.

Спустя пару дней после знакомства Юра неожиданно признался Наташе, что он женат и у него грудной ребёнок. Скрывать своё семейное положение дольше было бы уже просто неприлично. Юрина жена не пришла на свадьбу, так как была кормящей матерью, и ей было не до свадеб и вообще не до каких-либо сборищ.

— Я знаю. Я — настоящий подлец, который обманывает свою жену и оставляет дома грудного ребёнка, — сказал Юра. — Но моя жена после родов так переменилась. Она превратилась в нервную, даже злобную мегеру, которая вся погружена в заботы о сынишке и кормление грудью. Ходит распустёхой. Я её не узнаю. Она меня в упор не видит и позвала на подмогу свою мать. Тёща поселилась у нас в гостиной, и, кажется, надолго. Характер у неё — не приведи господи. Как зыркнет пронизывающим оком, так словно по стенке размажет. Одно слово — тёща! Они не подпускают меня к ребёнку, так как я, видите ли, могу принести в дом инфекцию. Я чувствую себя никому не нужным приживальщиком. Вернее, нужным только в день моей зарплаты. Даже в продуктовый магазин они меня не посылают. Боятся, что куплю несвежие продукты. В общем, в собственном доме я стал, что называется, persona non grata. Прихожу домой, и сразу хочется бежать куда глаза глядят. И вот вдруг появляешься ты, как свет в окошке. Я влюбился и окончательно потерял голову. Такие дела. Если хочешь, можешь послать меня ко всем чертям. Я пойму и не обижусь.

— Я... я не могу послать тебя, как ты говоришь, ко всем чертям... Я вообще не могу тебя послать... — тихо призналась Наташа, опустив голову. — Но почему, почему ты мне сразу не сказал, что у тебя жена и ребёнок? Это нечестно. Я бы не стала с тобой встречаться. А сейчас... сейчас уже для меня слишком поздно. Ты... я, в общем, тоже потеряла голову. Я понимаю, что совершаю подлость, но не могу от тебя отказаться. Я не знаю, как назвать то чувство, которое испытываю. Влюблённость, любовь? Давно ничего подобного не испытывала. Наверное, я люблю тебя, милый Юрочка, чужой муж. Вот... — выпалив сие отчаянное признание, Наташа замолчала. Потом в довершение добавила: — Если для тебя моя любовь слишком обременительна, давай прекратим встречаться. Расстанемся прямо сейчас, без обид — и дело с концом.

— Нет! Я не хочу с тобой расставаться. Ты такая, такая... — Юра не смог подобрать определения для Наташиных особых качеств, которые привлекали его в девушке, смутился, запнулся и в итоге произнёс, умоляя: — Наташенька, не бросай меня, пожалуйста! Ты сейчас для меня — всё. Понимаешь?

— Понимаю, — ответила Наташа. В действительности она мало что понимала, так как весь их диалог казался ей нереальным. Слишком быстро разворачивались события...

«Неужели это происходит со мной, с нами? Ещё пару дней назад мы даже не знали друг друга! И вот теперь это признание в любви. Наваждение, сон, судьба?» — подумала она и положила руки Юре на плечи:

— Обними, поцелуй меня, Юрочка! Будь что будет. Я не хочу строить какие-либо планы. Давай жить сегодняшним днём, а завтрашний день сам о себе позаботится, как говорил...

— Иисус Христос. Я читал Евангелие. Моя бабушка была верующей. Она крестила меня и в тайне от моих партийных родителей водила с собой в церковь, когда я был маленьким. А я изменяю своей жене. Вот такой я «истинный» христианин в кавычках. Моя бабуля, наверное, в гробу переворачивается. Нет, она была добрая, понимающая! Она бы простила меня. Ну всё, хватит об этом! Сегодня такая хорошая, нежаркая погода. Давай пойдём в Измайловский лесопарк.

Утром в Измайловском лесу было мало народу. (Да и во всей Москве летом обычно бывает мало народу. Народ разъезжается кто куда: к морю, в горы, на дачу, на курорт, в деревню, чтобы только скрыться от жары, пыли и загазованности большого города.)

Они встречались почти каждый день под часами на углу Первомайской и Пятой Парковой. Юра приезжал с самого утра, где-то к десяти. Гуляли в Измайловском лесу, перекусывали в летнем кафе, ходили в кино на дневные сеансы, занимались любовью в Наташиной квартире (когда её родители были на работе) или просто лежали в лесу на спине, касаясь друг друга телами, — на пляжном одеяле, которое Наташа предусмотрительно приносила из дому.

Она смотрела, как плывут по небу тяжёлые облака, то сливаясь друг с другом, образуя причудливые узоры, то разбиваясь на более мелкие, лёгкие облачка, улетающие друг от друга каждое своей небесной дорогой. «Так и мы с Юрочкой: сначала соединимся, а потом, в конце концов, разбежимся в разные стороны. Но я не хочу сейчас об этом думать и портить себе настроение!» — размышляла Наташа.

— Ты так пристально смотришь на небо, Наташ. Видишь там что-то особенное?

— Да, облака летят по небу, как мы бежим по земле. У каждого облачка свой срок и своя судьба. И у нас тоже.

— Никогда об этом не думал. А ты случайно не пишешь стихи?

— Случайно... пишу.

— Покажешь как-нибудь?

— Может быть…

— А о нашей любви напишешь?

— Не знаю… если получится, напишу.

— А я вот стихов не пишу. Обычный технарь, который влюбился в поэтессу.

— Ты не обычный, ты мой любимый технарь, — Наташа приподнялась, сняла Юрины очки и поцеловала его в глаза.

— Наташ, нельзя целовать в глаза. Это к разлуке.

— Разлука, ты разлука! Чужая сторона. Никто нас не разлучит… — пропела Наташа и добавила, — если мы сами того не захотим.

— Я не хочу с тобой разлучаться, Наташенька. Ты, ты… в этом купальнике такая соблазнительная. Давай пойдём к тебе домой. Иначе я за себя не ручаюсь… — полушутя сказал Юра.

— Давай! — просияла Наташа.

* * *

По легенде для своих домочадцев, Юра проводил отведённые для молодого научного сотрудника библиотечные дни, соответственно, в Государственной библиотеке научно-технической литературы. Наташа, свободная от занятий, вкушала беззаботную любовь на фоне студенческих каникул. Когда родители спрашивали, чем она занимается целыми днями и почему не захотела этим летом куда-нибудь поехать, Наташа туманно объясняла, что, во-первых, уже начала собирать материалы для дипломной работы, а во-вторых, ездит с друзьями в Серебряный Бор купаться. Подобралась хорошая компания. Ну а к морю можно съездить и в августе.

Наташа не обманулась в Юриной любви. Он оказался спокойным, ласковым, нежным и молчаливым. Именно эти качества она искала в партнёре. Страсти-мордасти и высокопарные признания и клятвы её не привлекали. Молодые любовники вообще мало говорили, как бы боясь спугнуть неверным словом своё зыбкое, тайное счастье. Наташа вся светилась от любви и постоянно думала о Юре, когда его не было рядом. Она просыпалась и засыпала с мыслями о нём. Это было какое-то волшебное наваждение.

Постепенно они всё больше привязывались друг к другу, хотя оба знали, что их запретная любовь обречена и к хеппи-энду не приведёт. Юра серьёзно увлёкся Наташей, но отнюдь не собирался разводиться с женой и бросать ребёнка. Он запутался, попал в любовный капкан, из которого не видел, да и не искал выхода. Наташа это прекрасно понимала и не задавала ему провокационных вопросов, чтобы не мучить ни его, ни себя. Кроме того, всё тайное в конце концов становится явным, и что тогда? Они не хотели знать, что будет тогда. Для них обоих существовало только «сейчас и теперь».

Незаметно пробежал июль, наступил август. Наташа, разумеется, ни к какому морю не поехала. Жара постепенно спадала. Лето устремилось к концу. «Скоро, скоро пожелтеет листва в Измайловском лесу, земля остынет, наступит промозглая, дождливая осень, и тогда не очень-то полежишь, обнявшись, на прохладной влажной траве. И одеяло не спасёт от сырости», — с грустью думала Наташа.

Неотвратимо приближался сентябрь. Наташу ждал ответственный пятый курс, защита диплома, экзамены и распределение. А Юре в НИИ, где он работал, дали понять, что свободное летнее расписание в сентябре закончится, сотрудникам будет предоставлен только один библиотечный день в неделю, и остальные дни и часы надо будет проводить в стенах института, работая над очередным проектом.

* * *

В конце августа Наташе неожиданно позвонила Катя. После свадьбы молчала всё лето и вдруг прорезалась, да так настойчиво...

— Привет, подруга! Что случилось? Как провела лето? Съездила к морю? — Катя забросала Наташу вопросами.

— Привет, привет! Я не звоню, потому что не хочу нарушать своими звонками твой медовый месяц. Ты бы ведь тоже могла позвонить, между прочим. — Наташа старалась уйти от ответа о море. Даже своей лучшей подруге рассказывать, как она провела лето, Наташа не могла, а сразу обманывать не хотела.

— Я не звонила, потому что меня не было в Москве. Мы с Витей провели две недели в деревне у моих родственников, собирали грибы и ягоды. В этом году столько черники уродилось! Потом ездили на недельку к Витиным родным в Одессу. Одесса — сказка. Пляж, тёплое море. Ходили на знаменитую одесскую барахолку «Толчок». Ох и прибарахлились же мы там! Представляешь, модные заграничные тряпки прямо с корабля из-за моря. И не так уж и дорого. Вот вернулись пару дней назад. Витя вышел на новую работу по распределению. А тут вдруг звонит Юрина жена Валя и спрашивает, не знаем ли мы, где это Юрка всё время пропадает. Говорит, что в Научно-технической библиотеке, но Витя там несколько раз был и его не видел. Может, ты знаешь? Ну так, случайно... Может, вы где-то пересекались? Вы так мило ворковали на моей свадьбе, этакие голубки-свидетели, что я подумала... Впрочем, неважно, что я подумала.

— Не понимаю, почему ты меня спрашиваешь о Юре. Откуда мне знать? Ну ворковали мы на твоей свадьбе, танцевали, выпили слегка... Свидетели всё же. Юра был очень мил. Что из этого? Поворковали и разъехались по домам. Понятия не имею, где он пропадает. Меня тоже не было месяц в Москве. Я ездила в Адлер с моей однокурсницей Алёной. Ты её не знаешь, — на всякий случай добавила Наташа. — Мы прекрасно провели время. Утром купались, загорали, днём спали, а вечером гуляли по набережной и даже ходили на танцы с курортниками. Ещё вопросы есть?

— Понятно. На море, так на море. Адлер — не Пицунда, но тоже неплохо. Вопросов больше нет! Но ты какая-то сегодня сердитая. На тебя не похоже. В общем, повторяю, если ты (совершенно случайно) узнаешь что-то про Юру, позвони мне, пожалуйста. Валя нервничает. У неё молоко пропадёт.

— Непременно! Если что-то случайно узнаю (хотя вряд ли), обязательно тебе позвоню. Нельзя, чтобы у Юриной жены пропало молоко! Ой! Прости, пожалуйста! Не могу больше говорить, у меня на плите картошка жарится. Боюсь, сгорит. Всё, Кать, пока, пока!

На следующий день при встрече с Юрой Наташа рассказала ему о Катином звонке. Юра погрустнел и ничего не ответил, только развёл руками, мол, что тут скажешь? Да и что он мог сказать, не покривив душой? «Давай расстанемся»? «Я тебя больше не люблю»? «Моя жена подобрела»? «Я люблю свою жену и крошечного сыночка»? Истина была в том, что Юра любил обеих женщин, только по-разному. Валентину и маленького Вовку он любил как приложение к себе, нечто знакомое, привычное, удобное, от которого можно на время уйти, отдохнуть, когда поднадоест или насытит, словно обед. А Наташу — как отвлечение, развлечение, уход от того привычного и обыденного или дополнение к нему, как изысканный десерт к обеду. И от этого приятного, сладкого, тающего во рту десерта совсем не хотелось отказываться.

Если продолжать оперировать кулинарными терминами, то для Наташи Юра был и обедом, и десертом. У неё не было второго, запасного варианта любви. Юра не был Наташиным первым мужчиной, но когда она начинала копаться в прошлом и сравнивать свои былые университетские романы с чувством глубокой нежности, которую испытывала к Юре, то признавалась себе, что до Юры по-настоящему никого не любила.

В послеобеденные часы, когда Наташа не спешила на свидание с Юрой, она обычно прогуливалась в одиночестве по Измайловскому бульвару, благо он проходил рядом с домом. Уже который раз Наташа замечала на скамейке молодую миловидную полноватую женщину. Женщина мерно покачивала коляску с ребёнком и что-то тихо напевала. Одета она была просто, в цветную ситцевую юбку и белую блузку; длинные светлые волосы небрежно завязаны хвостиком. На усталом лице ни следа косметики. Под глазами тёмные круги, выражение лица задумчивое и грустное-грустное. «Эта женщина всё время одна. Наверное, мать-одиночка. Мужики — гады. Отлюбят своё, сделают ребёночка женщине и сматывают удочки», — со смесью сочувствия и гнева подумала Наташа.

Однажды Наташа не удержалась и подсела к женщине на скамейку, предварительно спросив разрешения:

— Добрый вечер! Если я присяду здесь, не помешаю?

— Да ради бога! Присаживайтесь, пожалуйста! Вы мне не мешаете, — безразлично ответила та.

— У вас кто? Мальчик или девочка? — задала Наташа обычный в такой ситуации вопрос.

— Мальчик у меня, Вовочка, трёхмесячный, — сказала с гордостью молодая мамаша и сразу просияла улыбкой. Потом добавила: — Я — Валентина. А как вас зовут?

— Меня зовут Наташа, — представилась Наташа. Верх коляски был откинут, и она увидела ребёнка, одетого в лёгкие ползунки по случаю жары. Малыш не спал и мирно посасывал пустышку. Он был ухоженный и такой миленький, чистый ангелочек: щёчки розовые, глазки карие — любо-дорого смотреть.

— Какой хорошенький! — не удержалась от похвалы Наташа. — Не бойтесь! Я не сглажу.

— А я и не боюсь. Я в эти дурацкие приметы не верю.

— Валя, у вас такой славный малыш. Радоваться надо, молодая мамочка, а вы почему-то мне кажетесь грустной. Я уже который день за вами наблюдаю.

— Да, мне не очень-то весело... — сказала Валентина и замолчала.

— Ну ладно! Я пойду. Не знаю, почему вы грустите, но не отчаивайтесь. Всё в жизни меняется. Я уверена: настанет день — и вы будете улыбаться, — ответила Наташа и продолжила свой вечерний моцион.

На следующий день повторилась та же история. Наташа вышла пройтись по бульвару и увидела на лавочке печальную Валентину с коляской.

— Добрый вечер, Валя. Что-то вы снова грустите...

— Вы правы. Грущу. У меня, видите ли, семейные проблемы. Муж то работает, то в библиотеке, то поехал на пикник с друзьями. Совсем не помогает, — неожиданно разоткровенничалась Валентина. Ума не приложу, что делать!

— То на работе, то в библиотеке, то с друзьями, говорите... Это как-то неправильно, нехорошо, особенно, когда в семье грудной ребёнок и надо жене помогать, — сказала несколько рассеянно Наташа, и в голове её мелькнула странная мысль, скорее, зыбкая ассоциация... Говорить с новой знакомой больше не хотелось. — Простите, я совсем заболталась. Всего доброго! Мне пора уходить. А вам — приятного вечера! — Наташа резко оборвала разговор и быстрым шагом направилась к дому.

«Валентина, Вовочка, муж то на работе, то в библиотеке, то с друзьями», — мысленно повторяла про себя Наташа, и неприятные параллели и подозрения прокрались в её голову.

Она плохо спала последующую ночь и при встрече с Юрой спросила, нет ли у него с собой фотографий жены и ребёнка. Юра удивился такому внезапному Наташиному любопытству, но всё же достал портмоне и показал Наташе фото Вали и Вовочки, в которых та узнала свою новую знакомую с Измайловского бульвара и её малыша. Это совпадение так сильно подействовало на Наташу, что она, сославшись на головную боль, неожиданно быстро попрощалась с Юрой и пошла домой.

Дома Наташа заперлась в своей комнате и долго плакала, лёжа на диване, отвернувшись к стене. Несколько раз настойчиво звонил телефон.

— Наташенька, это тебя. Приятный мужской голос, — сказала мама.

— Мамочка, у меня голова раскалывается. Спроси, кто. Я потом перезвоню.

— Таинственный молодой человек. Не хочет называться. Сказал, что знакомый, — ответила мама.

Это, видимо, был Юра, но Наташа к телефону так и не подошла. Что она могла ему сказать? Что она в растерянности? Одно дело крутить роман с женатым мужчиной, не зная лично его законную супругу. Совсем другое — увидеть воочию эту печальную женщину и крошечного ребёнка. «А что если бы я была на месте этой Валентины, и меня обманывал бы муж? Каково бы мне было? Скверно! Очень скверно! А что чувствует Юра, изменяя жене и оставляя грудного ребёнка? Помнится, в начале нашего романа он назвал себя подлецом. Но, похоже, успокоился и больше таковым себя не считает. Привык лгать? Но я же люблю его, люблю таким, какой он есть. И я совсем не хочу от него отказываться. Что же мне делать? Что делать?» — мучительно думала Наташа.

Наташа ощутила себя гадкой обманщицей, как будто вымазалась в грязи. Она больше не витала в эмпиреях. Спустилась с небес на землю. Она продолжала любить Юру, но какой-то горькой любовью.

Наревевшись, Наташа немного успокоилась и решила сделать перерыв в их отношениях, чтобы подумать и разобраться в нём и в себе. Она вытерла слёзы и умыла лицо холодной водой. Учебный год ещё не начался. Надо было чем-то заняться, чтобы вышибить хоть на время клин клином и не впасть в депрессию.

И тут Наташе неожиданно подфартило. Наутро ей позвонили с филфака и предложили поработать недельку переводчицей с англоговорящим писателем-коммунистом из Индии. Надо было встретить писателя в Шереметьево, отвезти его в гостиницу, провести обзорную экскурсию по Москве и потом сопровождать его в поездке по Киргизии: сначала в город Фрунзе, а затем — к красотам горного хребта Ала-Тоо и на озеро Иссык-Куль. Само собой, к писателю был приставлен никому не известный преподаватель с филфака, видимо, «человек в штатском». Наташа охотно согласилась поработать переводчицей, ухватившись за эту поездку, как за спасительную соломинку. В Киргизии она никогда не была, и поездка обещала быть увлекательной.

На следующий день позвонил Юра, обеспокоенный тем, что Наташа не отвечала на его звонки. Она на сей раз подошла к телефону и, как ни в чём не бывало, поговорила с ним; не вдаваясь в подробности, рассказала, что едет переводчицей с писателем-индусом на озеро Иссык-Куль. Добавила для пущей важности, что эта поездка обязательна и зачтётся ей как часть студенческой преддипломной практики. Отказываться нельзя.

— Понимаю. Буду ждать и скучать. Наташенька! Смотри не влюбись там в какого-нибудь лихого киргиза-наездника или пастушка овец, — пошутил Юра.

— Даю торжественное обещание ни в кого не влюбляться. И ты смотри, храни мне верность. Я тоже буду скучать по тебе, Юрочка. Вернусь через неделю. Позвони. Люблю, целую, — прощебетала Наташа и подумала: «Какой абсурд! Как он может хранить мне верность, когда у него есть жена, и он, неверный муж, изменяет ей со мной!»

* * *

Писатель из Индии, господин Гупта, оказался приятным, исключительно вежливым мужчиной лет сорока. «Человек в штатском» постоянно присутствовал, оформлял все документы и предъявлял билеты, иногда улыбался, иногда вставлял пару английских фраз в разговор писателя с Наташей. В общем, не мешал. Наташа болтала с индусом о том о сём и переводила, если гость высказывал какие-либо пожелания во время очередной экскурсии или задавал вопросы обслуживающему персоналу по ходу поездки.

Наташа попала в Киргизию впервые. Город Фрунзе не произвёл на неё никакого впечатления. Абсолютно безликий город, возникший в голой степи. Прекрасны были лишь аллеи высоченных, стройных пирамидальных тополей. Казалось, они верхушками упирались в облака. Наташа попросила «человека в штатском» сфотографировать её и индийского писателя на фоне тополиной аллеи, подумала: «Как жаль, что здесь нет Юры и он не видит всю эту экзотику!» Юры не было рядом, но он как бы виртуально присутствовал. Наташа постоянно задавала себе вопросы, что бы сказал Юра о киргизских реалиях, и сама же на эти вопросы отвечала.

Горы Ала-Тоо, подножья которых были покрыты деревьями и травой, а вершины — вечными снегами и ледниками, поражали какой-то величественной, достойной кисти художника-пейзажиста, красотой. Огромное озеро Иссык-Куль, светло-голубое, искрящееся на солнце, обрамлённое горами и полупустыми песчаными пляжами — краса и гордость Киргизии — было оснащено всего одной двухэтажной деревянной гостиницей. (Видимо, туризм в этих краях ещё только зарождался.) В ней-то наши гости и заночевали.

Наташа долго не могла уснуть. «Как бы нам было хорошо с Юрой провести ночь в этой уютной гостинице на берегу озера! — мечтала она. — Юра, Юрочка, как ты там проводишь время без меня? Наверное, Валя прибрала тебя к рукам, и ты становишься примерным мужем и отцом...»

Наутро подали лёгкий завтрак (чай с булочкой), после которого все трое — писатель, «человек в штатском» и Наташа — поехали на восточный базар. Боже, сколько было там красивых и на вид сочных фруктов! Наташа никогда не видела таких огромных красных яблок. Не удержалась и купила одно, тщательно вымыла водой из бутылочки и надкусила. Яблоко оказалось вязким и ватным на вкус. «Вот так и любовь моя, как это наливное яблочко. Внешне притягательно прекрасна, а испробуешь — одно разочарование...» — пришла в голову грустная мысль.

После базара писатель, «человек в штатском» и Наташа пошли прогуляться вдоль озера. Здешняя природа была настолько хороша, что не хотелось возвращаться в гостиницу. Прогулка затянулась на два часа, до второго завтрака. Местный повар угостил приезжих киргизским национальным блюдом из баранины — бешбармак. Это блюдо полагалось есть руками, но Наташа попросила, чтобы не смущать индийского писателя, принести столовые приборы.

Господин Гупта с удовольствием отведал бешбармак, запив его местной минеральной водой. Он мало говорил, больше улыбался, много фотографировал озеро, песчаные берега и горы вдалеке, а также молодую жену администратора гостиницы, одетую по случаю приезда заграничного гостя в киргизский национальный костюм. Не оставил он без внимания и устилавшие полы в номерах гостиницы яркие ковры шырдак, делая путевые заметки в блокноте. Киргизская экзотика ему явно пришлась по вкусу. Индийский гость был доволен поездкой и постоянно восклицал: «O, yes! This is absolutely beautiful! Splendid! I am going to write a story about it, Natalie. And you will be my main heroine[1]».

Такой прекрасный отзыв о поездке означал, что Наташа и «человек в штатском» успешно выполняли свою миссию.

Наташа была польщена:

— Thank you, Mr. Gupta! Please, do not forget to send me the English translation of your story[2]!

— Of course, my dear! I will not forget[3].

За разговорами с заграничным писателем Наташа неожиданно поймала себя на мысли, что с самого утра только один раз вспомнила о Юре. Видимо, пирамидальные тополя, устремлённые вершинами в небо, горы, озеро и лестный отзыв писателя о ней постепенно отодвигали Наташину

---

[1] Это просто прекрасно! Великолепно! Я собираюсь написать об этом рассказ, Натали. И вы будете прообразом моей главной героини (*англ.*).

[2] Спасибо, господин Гупта! Пожалуйста, не забудьте прислать мне ваш рассказ в английском переводе (*англ.*).

[3] Конечно, моя дорогая. Я не забуду (*англ.*).

любовь на задворки памяти. Наташа вдыхала чистейший горно-озёрный воздух и впадала во временную ремиссию от недуга-наваждения, называемого «запретная любовь».

В голове складывались начальные строчки стихотворения:

Тех дней голубой Иссык-Куль
Я пью из бездонной пиалы.
Джигитам грустить не пристало,
И ты обо мне не тоскуй!

«Какой бред я сочиняю! При чём тут джигит? Я же пишу о Юре!» — рассудила Наташа и забраковала стихотворение. Дальше строки не складывались. Слишком много было впечатлений. «Вот вернусь в Москву, исправлю и допишу», — решила она.

* * *

— Ну, как ты съездила в Киргизию? Какие впечатления? — спросил Юра по телефону, когда Наташа вернулась в Москву.

— Всё прекрасно, Юрочка! Впечатления остались незабываемые, на всю жизнь. Горы, чистейший воздух, небесно-голубое озеро Иссык-Куль, высоченные, удивительно стройные пирамидальные тополя, киргизское национальное блюдо из баранины — бешбармак. Ты когда-нибудь ел бешбармак? Очень вкусно. Нет, конечно, не ел. Киргизия — настоящая экзотика. Советую тебе как-нибудь слетать в те края. Отдохнёшь душой и телом и на время забудешь все проблемы... Знаешь, только не перебивай меня, пожалуйста, я подумала и решила прервать наш с тобой... э-э... летний роман, — она специально назвала их любовь летним романом, чтобы придать оттенок некой эфемерности этому, на самом деле, глубокому чувству. — Нет-нет, я всё ещё люблю тебя и буду помнить наши прогулки, твой голос, твои руки и.., словом, всё, что между нами было. Но я больше не хочу мешать твоей семейной жизни. После поездки в Киргизию у меня наступило, как бы это сказать, прозрение и даже раскаяние. Горы, озеро, чистая экология целебным образом подействовали на меня, очистили что ли... Я, хоть и не хожу в церковь, как ходила твоя бабушка, но поняла, что крутить любовь с чужим мужем — это грех. Тебе, Юрочка, очень повезло. У тебя добрая и красивая жена и очаровательный малыш. Береги их!

— Да, моя жена — красивая женщина — и в последнее время она значительно подобрела, как-то смягчилась. Но ты-то откуда всё это знаешь? Ты ведь с ней не знакома. И я тебе ничего такого не говорил.

— Я твою жену, конечно, не знаю. Откуда мне её знать? Ты же на свадьбе был один. Я просто видела фотографии. Помнишь, ты сам мне их показывал? И я предполагаю, что она добрая, если терпит твои постоянные отлучки, поздние приходы домой и до сих пор тебя не выгнала. Поверь! Я искренне желаю вам счастья. Прошу тебя! Не звони мне больше, пожалуйста!

— Но почему, почему не звонить? Какое такое вдруг прозрение? О чём ты? Нам с тобой было так хорошо! Признайся! Ведь правда? Что изменилось? Не понимаю. Объясни, пожалуйста! — Наташин монолог буквально огорошил Юру. Девушка была ему дорога, и он не хотел вот так просто отпускать её.

— Я же объяснила. Да, нам с тобой было очень хорошо! И, если честно, мне ещё никогда ни с одним мужчиной не было так хорошо! Но... Мне больно всё это повторять. Просто не звони, и всё! Только иногда, самую малость, вспоминай обо мне. Так будет лучше для всех нас, — подытожила Наташа и, не дождавшись Юриной реакции, повесила трубку, сама удивившись своей решительности.

— Что я наделала, глупая! Своими руками разрушила своё счастье... — подумала Наташа. Она собралась было потом заплакать, но слёз не было. Осталась какая-то тихая, умиротворённая печаль.

* * *

Наташа, хоть и сама порвала отношения с Юрой, в глубине души всё же надеялась, что он позвонит, и вздрагивала от каждого телефонного звонка. Но Юра больше не звонил. Зато через какое-то время позвонила Катя и так, между прочим, радостно доложила Наташе, что Юра опомнился, исправился: вовремя приходит домой и, как примерный муж и отец, помогает жене с ребёнком.

— Зачем ты мне всё это рассказываешь, Катюша? Какое это имеет ко мне отношение? Что мне Юра, и что ему я? — спросила Наташа, но всё же добавила: — Впрочем, я очень рада за Юру и его жену.

— Зачем рассказываю? Сама не знаю. Так, для общего сведения, — пояснила Катя с хитринкой в голосе. Видно, что-то знала или о чём-то догадывалась. — Натусь! Мы перебираемся жить к Витиной бабушке. У свекрови оказался нелёгкий характер. Мать-командирша. Совсем меня затюкала. И молчать дольше не могу, и перечить ей не хочу. А знаешь что, приезжай как-нибудь в гости. Посидим, поболтаем, вспомним наши поездки на море. Да, совсем было забыла: свадебные фотографии готовы. Там и вы с Юрой есть... Такие нарядные, красивые и... счастливые. Можем подарить тебе парочку фоток на память.

— Свадебные фотки? Я с Юрой? Обязательно приеду! Когда? — вырвалось у Наташи. Ей захотелось иметь Юрину фотографию, там, где они вместе и, как сказала Катя, «нарядные, красивые и счастливые». Чтобы так, иногда поглядеть на него и на себя и вспомнить то жаркое лето...

* * *

«Юра стал примерным мужем. Значит, я всё сделала правильно, вернула мужа и отца в семью! Это было какое-то наваждение, летний роман. Наваждение проходит, и летние романы, так или иначе, имеют свойство осенью заканчиваться. Их сдувает ветром, словно сухие, ломкие листья, и смывает дождём», — с обречённостью подумала Наташа и посмотрела в окно. Она испытывала двоякое чувство: печаль об утраченной любви и одновременно облегчение, избавление от тяжести обмана. Там, за окном, как бы в подтверждение Наташиных мыслей, царствовала осень: накрапывал дождь, и сердитый ветер кружил в воздухе и швырял вниз опавшие листья, которые продолжали на земле танцевать свой прощальный осенний танец.

Наташа долго стояла у окна, размышляя над своей печальной судьбой, как в песне из популярного кинофильма «Дело было в Пенькове»: «Парней так много холостых, а я люблю женатого».

Неожиданно раздался телефонный звонок. Она сняла трубку, машинально сказала: «Алё!»

Ответом в трубке было молчание.

— Алё! Алё! Говорите! Вас не слышно, не слышно, — надрывно повторяла Наташа.

В трубке упорно молчали.

В те годы определители номера звонка в телефонных аппаратах ещё не были установлены, и кто звонил, можно было только предполагать, гадать и догадываться...

СОПЕРНИЦЫ

И наша жизнь стоит пред нами,
Как призрак на краю земли...

Ф. И. Тютчев

В конце 70-х Татьяна вместе с мужем, свекровью и малолетним сыном эмигрировала из Союза в Америку. С тех пор прошло много лет. Большая часть Татьяниной жизни была прожита в Штатах. Свекровь умерла, дожив до глубокой старости. Муж тоже умер. Много и тяжело работал и заработал обширный инфаркт. Не спасли. До старости не дожил. Сын вырос, завёл свою семью, уехал в другой город. Татьяна, проработав тридцать лет медсестрой в городской больнице, вышла на пенсию.

Со вторым замужеством у Татьяны так и не сложилось, хотя было несколько достойных бойфрендов и даже претендентов не только на её сердце, но и на руку. Сама виновата. Не хотелось начинать заново семейную жизнь, которая в зрелом возрасте, сопряжённая с богатым опытом и осознанием прошлых ошибок, превратилась бы в «разбор полётов». Это уже дополнительный стресс. А Татьяна жаждала покоя. И она его получила. В избытке. Жила одна, в хорошем районе Бруклина, в небогато, но уютно обустроенной кооперативной квартире, окружённая книгами и воспоминаниями, с которыми хотела, но так не сумела расстаться.

Сын звонил редко, приезжал в гости и того реже. Обычная история детей иммигрантов, рождённых или выросших в Америке. Как только птенцы отращивают крылья, они вылетают из родового гнезда, вкушают свободу от родительской опеки и не хотят возвращаться к родным пенатам. Тот ребёнок и подросток, которого Татьяна обожала и который любил мать, трансформировался в чужого делового, рассудочного человека. Обидно, горько, но Татьяна смирилась, ибо она не могла изменить то, что изменить было невозможно.

Иногда состояние стабильного покоя оборачивалось мучительной тоской и безысходностью, аж выть хотелось. И тогда Татьяна уезжала в турпоездки галопом по Европам. А ностальгия по юности гнала её в Москву. Там она встречалась с оставшейся горсткой одноклассников и родственников, испытывая иллюзию возврата в молодые годы.

-Планируя свой последний приезд в Москву, Татьяна заранее ничего не сообщила Вадиму, решила сделать ему приятный юбилейный сюрприз. Шестьдесят лет всё-таки! Но так уж получилось, что на сей раз судьба сделала сюрприз Татьяне. Сюрприз страшный. От одноклассников Татьяна узнала, что Вадима, её некогда нежно любимого мальчика, больше нет: заболел скоротечным раком и через несколько месяцев умер. Похоронен на их семейном участке (вместе с родителями, дедушкой и бабушкой) на Ваганьковском кладбище.

Так бывает, люди смертны, и часто смерть настигает свою жертву внезапно, как бандит из-за угла.

Несколько дней Татьяна не могла прийти в себя. Она не плакала, слёз не было. А выплакала бы своё горе, может, и легче бы стало. Женщина словно окаменела, сидела, уставившись в одну точку, в квартире подруги Риты, у которой остановилась, и думала о том, что те, кто её любил и кого любила она (муж и Вадим) ушли в мир иной. Значит, скоро наступит и её, Татьянин, черёд отправляться вслед за ними. Ибо она привыкла всю жизнь находиться в состоянии влюблённости. А раз предмета влюблённости больше нет, следовательно — и незачем жить. Татьяна не спала ночь, не отвечала на телефонные звонки друзей и не знала, что ей теперь делать в Москве. Без Вадима Москва для Татьяны опустела. Пребывание здесь потеряло для неё всякий смысл. Она думала, не обменять ли билет и не вернуться ли в Нью-Йорк как можно скорее. Но потом всё же решила перед возвращением в Штаты сходить на кладбище, на могилу Вадима. Подруга Рита по-прежнему жила на Пресне. До Ваганькова в прямом смысле — рукой подать.

Стоял тёплый сентябрьский день. Листья на деревьях наполовину пожелтели, но ещё не опали. Город проснулся в тонкой прохладной дымке, сквозь которую чувствовалось приближение осени. Будто она приостановилась на пороге и раздумывает, войти в свои права или ещё немного обождать.

Рита не хотела отпускать Татьяну на кладбище одну, но та заупрямилась.

— Ты прости меня, Ритуля, но я пойду на его могилу одна. Мне сопровождающие в этом деле не нужны. Не переживай за меня. Ни обморока, ни сердечного приступа не будет. Обещаю.

По дороге Татьяна зашла в цветочный магазин и купила букет сиреневых астр — символ осенней грусти. Перед входом на кладбище, в офисе, Татьяне дали карту Ваганькова с координатами могилы Вадима. Она брела по узким аллеям и вспоминала, как давным-давно, в школе, мальчишки бегали на Ваганьково, пролезая через дыру в заборе, ломали там ветки черёмухи и сирени и дарили любимым девочкам. Такой был у них в классе ритуал.

Но черёмуха цветёт в конце мая, а сирень — в начале июня. Всё это давно отцвело, как и моя жизнь, — думала Татьяна.

Ваганьковское кладбище растянулось на юго-востоке Москвы огромным городом мёртвых. Татьяна долго блуждала среди могил. Остановилась перед памятниками Владимиру Высоцкому и Андрею Миронову. На фоне ореола их популярности и славы прошли Танины юность и молодость.

Наконец Татьяна нашла могилу Вадима. За свежевыкрашенной оградой — аккуратный холмик недавно насыпанной земли с крестом и фотографией уже не молодого, но и не пожилого Вадима, того мужчины, с которым она встречалась в свои первые приезды в Москву. Рядом с могилой — клён, ещё не растерявший свою листву. Памятник пока не поставили. На холмике лежали венки и букеты не успевших увянуть цветов. Розы, астры, васильки. Видно, на эту могилу приходили часто...

Татьяна положила свой букет астр под фотографией Вадима и присела на деревянную скамейку.

— Ну вот и свиделись, Вадик! — сказала Татьяна. — Думаю, что это наша с тобой последняя встреча в Москве. Сюда я больше не приеду. Без тебя мне в этом городе делать нечего. Следующее свидание будет у нас на том свете...

Татьяна сидела на скамейке, смотрела на портрет Вадима и вспоминала историю их любви с седьмого класса... и после школы. Она была настолько погружена в воспоминания, что не заметила, как к могиле подошла полная пожилая женщина в чёрном, с растрёпанными ветром наполовину седыми, наполовину выкрашенными в блонд волосами и бледным опухшим, в красных разводах от слёз лицом.

— Кто вы? Что вы здесь делаете? Мы с вами знакомы? — строго и как-то нервно спросила женщина Татьяну и просверлила её острым взглядом прищуренных то ли от солнца, то ли от близорукости глаз.

Та от неожиданности вздрогнула, повернулась к женщине лицом. Смутилась, как будто её застали за каким-то тайным или запретным делом:

— Я... я... — Таня, одноклассница Вадима. А вы, видимо, его жена Соня. Так ведь?

— Да! Я — его жена. А вы, Таня, насколько я помню по рассказам мужа, наверное, его первая любовь... Видите, я в курсе.

— Она самая, первая любовь. А я и не скрываю. У всех людей была когда-то первая любовь. А у кого её не было, того Всевышний, можно сказать, обделил.

— Так, оставим философию. Скрывай не скрывай, от меня всё равно не скроешься. Как вы здесь оказались? Откуда вы узнали о смерти моего мужа? Вы же вроде в Америке живёте, — сказала Соня и устало рухнула на другой конец скамейки. На её лице отразилось недовольство и нескрываемая неприязнь к этой «незваной иностранной гастролёрше», присутствие которой нарушало Сонино личное пространство, как бы претендуя на её собственного мужа, хоть уже покойного.

«Только её мне здесь сейчас и не хватало», — с раздражением подумала Соня.

— Как я здесь оказалась? — от волнения Татьянин голос дрожал. — Я вообще-то москвичка, как и вы, и иногда приезжаю в родной город. Имею право. У меня, видите ли, здесь остались друзья и родственники. Вот пару дней назад я прилетела и... узнала от знакомых, что Вадима больше нет. И я глубоко сочувствую вашему горю, Соня. Я понимаю, что такое потерять мужа. Я тоже вдова.

«Раз вдова — сидела бы лучше дома в Нью-Йорке и горевала на могиле своего мужа, чем таскаться по могилам чужих мужей», — хотела сказать Соня, но благоразумно промолчала. Она не знала, как и что говорить этой элегантно одетой русской американке, которая своим неожиданным присутствием испортила очередной Сонин приход на могилу Вадима. Соня приходила сюда почти каждый день, приносила свежие цветы и мысленно разговаривала с мужем, рассказывала ему о делах семейных, о детях и внуках. Так она коротала вдовьи дни.

— Вы понимаете? Сомневаюсь. Если бы понимали, не оказались бы здесь сейчас вместе со мной. Ушли бы сразу что ли, увидев меня, — резко сказала Соня.

Татьяна покраснела, осознав неуместность своего присутствия вместе с Соней у могилы Вадима и неловкость возникшей ситуации, опомнилась и несколько охладила свой пыл.

— Соня, вы, пожалуйста, не беспокойтесь, я сейчас уйду, не буду вам мешать.

— Вы уже помешали. Да сидите уж, раз из Америки приехали, — неожиданно смягчилась Соня, оценив вежливость и тактичность Татьяны. — Так вот вы какая, оказывается! Моложавая, стильная, всё ещё красивая. Впрочем, я, пожалуй, была покрасивее вас да и ростом выше. Это горе меня к земле придавило... Когда-то в молодости Вадим мне о вас рассказывал, — добавила она, прищурившись на солнце и переведя пристальный, до неприличия въедливый взгляд на Татьяну.

— Рассказывал? И что же он вам обо мне рассказывал? В какой связи? Любопытно узнать... после стольких лет.

— Не так уж и много... Ну, что вы его первая любовь, что у вас был школьный роман, который прервался, когда Вадик в девятом классе переехал на новую квартиру и перешёл в другую школу. Там, в этой школе, мы с ним и познакомились и полюбили друг друга. Что вроде вы с ним больше не встречались и даже не перезванивались... Да, вот ещё что. И это важно! Почему-то после окончания одиннадцатого класса и трёхлетнего перерыва вы ему неожиданно позвонили и пригласили на свой день рождения. С чего это вдруг вы прорезались и решили вспомнить первую любовь? Тут уже я встала на дыбы и не пустила его.

— Что? Что вы сказали? Повторите! — Татьяна не верила своим ушам.

— Повторяю. Я его не пустила на ваш день рождения, — отчётливо сказала Соня.

Какое-то время Татьяна молчала, ловила ртом воздух, потом всё же ответила Соне:

— Ах вот оно что. Вы его просто взяли и не пустили... Так сказать, держали на коротком поводке. Мол, Вадик, к ноге! А я-то, дурочка, всё недоумевала, почему он не только не приехал, но даже не поздравил меня с днём рождения и не извинился. Это было на него совсем не похоже... Он любил меня и очень нежно, трепетно ко мне относился.

«Вот тайна и раскрылась. Она его не пустила, женила на себе, и он на несколько лет исчез из моей жизни. Потом, правда, он появился снова... но уже в другой роли», — мысленно подвела итог Татьяна.

— Да, вот так взяла и не пустила! Тем более что, как вы изволили сказать, он трепетно к вам относился. А что бы вы хотели? У нас была любовь в самом разгаре и даже день свадьбы уже назначен. Если бы он поехал к вам на день рождения, это могло бы как-то нарушить все наши планы. Говорят, старая любовь не ржавеет. Я боялась, не хотела рисковать. И правильно сделала. Он к вам не поехал. Мы поженились и прожили с Вадимом сорок два года, вырастили двоих детей. У нас трое внуков.

«Господи, надо немедленно прекратить эту банальную перепалку соперниц, тем более что Вадим мёртв и делить нам некого, разве что символ!» — подумала Татьяна.

— Да, да! Соня, вы были умной, предусмотрительной девушкой и всё сделали правильно. — В голосе Татьяны всё ещё звучала ирония. — Вы боролись за своё счастье. Мой день рождения без Вадима сыграл решающую роль в наших судьбах.

Вы получили Вадима, так сказать, в полную собственность. И наши жизни пошли пс разным руслам.

— И что же, вы не довольны своей судьбой? Вы благополучно уехали в Америку, а мы тут пережили перестройку, беспредел девяностых, путчи, кризис и еле-еле выкарабкались на поверхность из этого кошмара. У Вадима был тяжёлый период. Он потерял почву под ногами и начал пить. Я спасла его!

— Я благополучно уехала в Америку? Знали бы вы, через что мы прошли в начале эмиграции!

— Ну, наверное, у вас были свои трудности. Но важен результат. По вашему виду не скажешь, что вам плохо живётся в Америке.

— Да, я выстрадала и построила свою новую жизнь. Но и вы с Вадиком быстро очухались, поднялись, и, говорят, он стал крутым бизнесменом. Однако до олигарха всё же не дотянул.

— Ваша ирония здесь, на могиле моего мужа, не уместна.

— Простите, Соня! Меня занесло. В общем, что было, то было. И я ни о чём не жалею! Ни о чём!

— Не жалеете, значит. Америка, новая любовь, муж, новая жизнь! Понимаю, Вадим — ваша первая любовь, но... ведь столько лет прошло с тех пор! Целая вечность! Вадика больше нет. Казалось бы, кто и что он для вас сейчас? Просто память о влюблённом подростке! Нет, не просто... Вы приехали сюда, на его могилу, и, вот вижу, цветы принесли. Странно всё это! Тут какая-то тайна. Колитесь, Таня! Когда вы в последний раз виделись с моим мужем? Уж теперь-то на его могиле вы можете сказать правду.

— В восьмом классе на выпускном вечере! Это была наша последняя встреча, — твёрдо сказала Татьяна. В ней боролись два чувства: чувство мести бывшей сопернице, которая в юности отняла у неё Вадима, и сострадание к убитой горем женщине, которая прожила с мужем столько лет и теперь не знает, что делать с оставшейся вдовьей долей. Сострадание победило.

«Прости меня, Вадик, за эту невольную ложь во спасение! Кому теперь нужна горькая для Сони правда! Ни мне, ни Соне, ни, тем более, тебе. Ты ведь и сам хотел сохранить наши встречи в тайне. Так и будет. Клянусь тебе!» — подумала Татьяна. И от этой клятвы у неё потеплело на душе...

— И вы вообще больше с ним не встречались, не перезванивались и не переписывались?

— Именно так! Не встречались, не перезванивались и не переписывались.

— Я вам не верю! Вы лжёте. Мой Вадик был интересным мужчиной, с положением, деньгами и... любовницами. И — чего уж теперь молчать! — он был жутким бабником и сердцеедом...

«Я об этом догадывалась, — подумала Татьяна. — Но он был чужим мужем, и меня даже это не останавливало».

— Да, я знала о его любовных похождениях, — продолжала в сердцах Соня. — Впрочем, и весь город об этом знал. Мы ссорились, я даже несколько раз прогоняла его из дому или сама от него уходила, но потом всё же, в конце концов, прощала его и возвращалась домой... Очень его любила и не представляла себе жизни без него. Хотя наша жизнь была отнюдь не сахар. Вечные длительные заграничные командировки и всё больше в жаркие страны. А я до обморока не переношу жару. У меня от жары повышается давление. Кондиционеры в то время были редкостью. И мне хотелось домой — в нашу благоустроенную квартиру на Ленинском проспекте и на тихую подмосковную дачу. В нашу тёплую весну, нежаркое лето и золотую осень. Но я, как преданная жена, всегда ездила с ним, была рядом. А вы, вы приезжаете из Америки, за тысячи километров, приходите на его могилу, сидите тут, горюете. И говорите мне, что между вами, кроме невинных поцелуев в школе, ничего не было. Не верю я вам, и всё!

— Не было! Больше ничего не было. Можете мне не верить. Это ваше дело, — стояла на своём Татьяна.

— Да, это моё дело, мой муж и моя будущая могила. Мы жили вместе и вместе будем в земле лежать. И никого всё это не касается, — сказала уже более спокойно Соня.

Какое-то время обе женщины сидели молча на скамейке, уставившись на портрет Вадима. Мягкие сентябрьские лучи солнца освещали его красивое лицо, ещё не тронутое болезнью. Татьяне вдруг показалось, что Вадим улыбнулся ей, заговорщически подмигнул и произнёс в её, Таниной голове: «Умница моя! Спасибо, что сохранила нашу тайну».

«Я умею любить и молчать!» — мысленно ответила ему Татьяна.

— Ой! Что же я тут сижу с цветами? — вдруг спохватилась Соня. Она неожиданно легко подняла со скамейки своё полное тело, подошла вплотную к могиле, заботливо поправила портрет и крест. Поцеловала портрет, потом аккуратно положила рядом с Таниным букетом сиреневых астр свой букет — астр бордовых и, повернувшись лицом к Татьяне, тихо сказала:

— Так, значит, вы тоже вдова. И давно?

— Да, уже скоро десять лет.

— И как вы справляетесь с одиночеством? У вас есть дети, внуки?

— Да, есть сын и двое внуков. Но они далеко, в другом штате. А я в Нью-Йорке — одна. Сначала было очень горько и больно. Потом постепенно я привыкла к одиночеству. Смирилась. Продолжаю жить, путешествую. Вот приехала в Москву... Пройдёт несколько лет, и вы тоже привыкнете. Супруги только в сказках умирают в один день (если, конечно, они не попадают в смертельную аварию.) А в реальности почти всегда один умирает первым, оставляя партнёра или партнёршу в одиночестве, с сознанием вины, что сам остался жить. Вдовья доля незавидная. Одиночество, безысходность, беззащитность, жизнь на семи ветрах.

Они опять помолчали. Соня успокоилась, снова присела на скамейку вполоборота к Татьяне, достала из сумочки расчёску и пудреницу, пригладила волосы, припудрила лицо и посмотрела на свою «соперницу» уже не враждебным, а мирным и даже несколько смиренным взглядом:

— На семи ветрах, говорите. Очень верно сказали. Я и есть теперь на семи ветрах. И никому до моего горя нет больше дела. Дети и внуки погрустили и успокоились. Работают, учатся, влюбляются. Их жизнь продолжается, а моя... Ну, да бог с ней, с моей жизнью! А знаете что: мы весной будем ставить Вадику памятник. Я уже и дизайн выбрала. Если хотите, приезжайте. Я не против. Напишу вам на фейсбуке заранее, когда будет открытие памятника.

Татьяна обомлела и даже как-то оробела от Сониных слов, подумала:

«А ведь она — добрая женщина, эта Соня, и была Вадику преданной женой. Я бы всё равно не смогла терпеть его романы и вечные командировки в Азию и Африку. Хорошо, что он тогда не пришёл на мой день рождения... Судьба правильно распорядилась».

— Спасибо за приглашение, Соня! Я постараюсь приехать, если, конечно, обстоятельства позволят. Ну, мне пора! Оставлю вас с ним наедине. До встречи весной, — сказала Татьяна, подошла к Соне, наклонилась и, сама не ожидая от себя, обняла её. Соня не оттолкнула бывшую соперницу и тихо заплакала. Подул ветер, и на могилу Вадима посыпались багряно-жёлтые кленовые листья. Осень вступила в свои права.

КВАРТЕРОНКА

Лишь жить в себе самой умей —
Есть целый мир в душе твоей ..

Ф. И. Тютчев

1

Я помню себя где-то с трёх-четырёх лет. Мы жили вместе с мамой и бабушкой в квартирке (с двумя крохотными спальнями) городского комплекса для малоимущих. Одинаково уродливые, безбалконные, краснокирпичные дома наводили уныние. Постоянно живущих лиц мужского пола в нашей квартирке не водилось. Словом, ни папы, ни дедушки, ни старшего брата, ни младшего. Я была единственным ребёнком в этой, как теперь говорят, неполноценной, сугубо женской семье.

Однако мужчины (мамины бойфренды) у нас всё же частенько появлялись. На время. Как приходили, так и уходили. Иногда оставались на ночь, на пару дней, реже задерживались на месяц. Не везло маме на постоянного друга.

У мамы была своя спальня. А я спала в одной комнате с бабушкой. Наиболее щедрые кавалеры приносили подарки для мамы и гостинцы для меня. Мама свои подарки при нас с бабушкой не разворачивала. Сразу удалялась с ними в спальню и там рассматривала или примеряла: дешёвую бижутерию, кофточку, нейлоновый шарфик, сильно пахнущие цветочные духи... Мне обычно дарили игрушки или сладости, которым я шумно радовалась. Один из бойфрендов даже как-то раскошелился на большую заводную куклу в коляске и с комплектом одежды. Кукла была чернокожая с бантом в кудрявых волосах. Когда её заводили ключиком в спине и держали за ручку, она передвигала ножками по полу и произносила нечто в роде «уа-уа».

Бабушке не приносили ничего, видимо, предполагая, что старуха (которой, кстати, не было в то время и пятидесяти лет) и так обойдётся. Мол, пусть радуется, что до сих пор жива, бодра, на своих ногах и даже может обед приготовить и погулять с ребёнком, то бишь со мной. И что мама не планирует в будущем отдать бабулю в дом престарелых.

Нашу семью по праву можно было назвать цветной, а точнее — разноцветной. Бабушка отличалась воистину тёмной кожей, предельно тёмной, цвета ночной тьмы без фонарей или чёрного кофе без примеси молока. Рассматривая старые фотографии, могу сказать, что даже в молодости она едва ли была хорошенькой. Типично негритянские черты лица: большой рот с пухлыми губами, широкий плоский нос, печальные глаза, радужка которых почти сливалась со зрачком, и густая шевелюра непослушных волос, вьющихся мелким бесом. Ни толком причесать их, ни уложить. Разве что иногда подстричь. За всю жизнь я не встретила негритянок (или, как теперь политкорректно говорят, афроамериканок) чернее моей бабушки.

Мама уродилась гораздо светлее. Цвет её кожи можно было назвать кофейным с изрядным количеством молока. Мамины черты лица (губы и нос) были значительно тоньше и изящнее бабушкиных, и волосы её не вились мелким бесом, а ниспадали крупными кольцами и волнами до плеч. Мама была хорошенькой и сексапильной мулаткой, родившейся у бабушки от случайной связи с богатым белым мужчиной, в семье которого бабушка служила горничной (как мне потом, когда я повзрослела, рассказала мама). Просто в один прекрасный день молодая чернокожая горничная подвернулась хозяину дома под разгульно-ласковую пьяную руку. Нехитрое молодое дело было сделано.

Что касается меня, то цвет моей кожи был на удивление белым, и здоровый румянец покрывал по-детски пухлые щёчки. Небольшой чуть вздёрнутый носик, тёмно-карие глаза и густые волнистые чёрные волосы. Черты моего лица можно было назвать вполне европейскими и, если не знать мою родословную, то меня, не задумываясь, следовало причислить к белой расе. О таких, как я, говорили: «She can pass» (Она сойдёт за белую). Словом, когда бабушка прогуливалась со мной по нашему микрорайону, незнакомцы принимали её за мою чернокожую няню и восклицали: «Как, наверное, приятно быть бебиситтером такого очаровательного ребёнка!» Бабушка сначала не знала, как реагировать на такой сомнительный комплимент, злиться ей или радоваться. Потом всё же злилась, но постепенно привыкла к подобным ремаркам, и они её уже нисколько не обижали. Наоборот, когда бабушку расспрашивали обо мне, она с гордостью объявляла во всеуслышание, что я — её родная внучка. Хотите верьте, хотите нет! Вот такая игра природы!

Я получилась так называемой квартеронкой, плодом недолгого маминого школьного романа с белым парнем из весьма благополучной семьи, который в маму влюбиться — влюбился, но жениться на мулатке всё же не решился. Во-первых, тогда (в начале 60-х годов) были другие, менее либерально-демократические времена, и смешанные браки, хоть и существовали, но не приветствовались ни белыми, ни чёрными, так как вызывали конфликтные ситуации и социальные проблемы. Во-вторых, окончательной причиной его отказа жениться на маме послужила моя бедная, ни в чём не повинная, кроме тёмного цвета кожи, бабушка. Родители молодого парня, увидев мою чёрную, как вакса, бабулю, попросту испугались дальнейших генетических последствий (а вдруг родятся такие же чёрные внуки?) и решительно заявили своему сыну: «Не бывать этому браку!» Мой биологический отец не хотел идти против воли родителей. Обрюхатив мою мамочку в выпускном классе средней школы, он сделал своё дело, погрустил и, как говорится, был таков. Обычная американская история...

Итак, вопреки опасениям моих деда и бабки со стороны отца, я родилась белокожим ребёнком, и назвали меня соответственно Лили (имея в виду белую лилию). Ни мой биологический отец, ни его родня о моей дальнейшей судьбе ничего не знали, так как после моего рождения мы переехали из Вашингтона в Бруклин, штат Нью-Йорк, и наши следы затерялись в большом городе. К слову сказать, впоследствии никто никого и не разыскивал: ни мы его, ни он нас. Мы ему были не нужны и какой-либо помощи и поддержки от него не ждали.

Где-то лет до пяти разница в цвете кожи между бабушкой, мной и мамой не смущала меня. Я хоть и чувствовала странность ситуации, но воспринимала нашу разноцветность как природную данность и вопросов не задавала. В пятилетнем возрасте я, как и все американские дети, поступила в подготовительный класс публичной школы, и вот тут-то сам собой возник вопрос, к какой расе мне себя причислить и с кем дружить. Для начала я решительно спросила маму:

— Кто я, белая или чернокожая? И почему я не похожа ни на тебя, ни на бабушку? Ты меня удочерила? Я что... тебе не родная дочь?

— Ты мне самая что ни есть родная. Твой отец — белый, поэтому ты получилась такая светлокожая. Но всё же для тебя будет лучше считать себя чёрной. В твоей жизни будет меньше вопросов и проблем. Белые тебя всё равно не примут в свой семейный круг. Помяни моё слово. Если же примут, то это будет редкое исключение из правил. Запомни это, пожалуйста, и веди себя соответственно.

Больше мама мне ничего объяснять не стала, да и мала я была для более детальных объяснений. Я выслушала мамины объяснения и напутствия и... затаилась. В глубине души мне хотелось быть белой, тем более что до пересечения с моими бабушкой и мамой учителя и соученики меня так и воспринимали. Я сознательно предпочитала белый цвет кожи чёрному. И не удивительно! В нашем классе белые дети были, как правило, из благополучных, полноценных и более обеспеченных, чем чернокожие, семей и соответственно лучше и чище одеты. (Впрочем, я, будучи единственным и обожаемым ребёнком, не могла пожаловаться на бедность в одежде. Несмотря на скромный заработок — моя мать работала обычной продавщицей в магазине Macy's — меня одевали чисто, красиво и со вкусом, и выглядела я, как куколка с витрины.)

* * *

В связи с моим квартеронским происхождением (с одной стороны) и белокожим обликом (с другой), я не вписывалась ни в белую, ни в чёрную расовую группу и научилась пользоваться этим исключительным положением в своих интересах. В школе я сходила за белую девочку и больше общалась с белыми детьми, а дома во дворе (где все соседи знали мою семью) дружила и играла с чернокожими. Таким образом, я приучилась лавировать, хитрить и врать с самого раннего детства. Вначале эта двойственность мне нравилась и даже казалась увлекательной игрой. Но где-то к старшим классам средней школы, когда почти все школьники разбились на парочки: бойфренд — гёрлфренд, моё неопределённое положение стало меня тяготить.

Я была хороша собой, и претендентов на мою дружбу-любовь было хоть отбавляй, как белых, так мулатов и чернокожих. Мне хотелось иметь в бойфрендах непременно белого парня, и нравился один, которому нравилась я. Его звали Роберт, сокращённо Роб, или Боб. Это был симпатичный светлый шатен с голубыми глазами, высокий, спортивной комплекции. Я согласилась пойти с Бобом в клуб потанцевать, и мы хорошо провели время. Несколько раз ходили в кино и на домашние вечеринки одноклассников, целовались и обнимались в темноте. Объятия шли по нарастающей, но до интима пока дело не доходило. Я, хоть и таяла от его прикосновений, но, наученная горьким опытом моей мамы, берегла свою девственность, как самое драгоценное, что имела. Первое время мы не копались в наших родословных. Не было особой нужды. Но потом наступил такой момент, когда ситуация потребовала от меня раскрыть всю подноготную и выложить карты на стол.

Приближался мой день рождения — шестнадцать лет (*sweet sixteen*), и мама с бабушкой решили сделать мне приятное, отметив эту знаменательную в жизни девушки дату не дома, а в ресторане. Я всячески отбрыкивалась от идеи празднества, предчувствуя, что знакомство Боба с моей семьёй может загубить наш роман, но всё же понимала, что рано или поздно придётся мне ему признаться, что я — квартеронка:

дочь мулатки и белого, скажем, бывшего маминого мужа или друга, который нас бросил, и его местонахождение нам не известно. (Может, он обретается где-то на земле, а может, уже и на небе.)

Признаться рано или поздно! Но лучше рано, то есть чем скорее, тем лучше. И вот наступил подходящий момент...

Конечно, можно было избежать неприятного признания и просто пригласить Боба на мой день рождения, на котором его будет ждать этакий сюрприз в виде моей мамы и бабушки... Я представила себе шоковое состояние Боба при знакомстве с моей бабушкой. Вернее, попыталась представить, и мне, что называется, поплохело. В общем, я решила схитрить, совершив самое настоящее предательство по отношению к моей любимой бабуле. Я познакомлю Боба с мамой-мулаткой (пусть он переварит сначала эту информацию). А про бабушку шепну Бобу на ухо, что это моя старая няня. (Да простит мне Всевышний этот грех!) Официально представлять их друг другу не стану.

Мне было очень противно принимать такое решение, но раскрыть сразу все карты своему бойфренду я не решилась.

День рождения решили отметить в местном китайском ресторанчике. Недорого и хорошо. Нам даже отвели небольшую комнату для *privacy*. Китайскую еду любят все. Мы привезли праздничный торт и воздушные шарики. Включили музыку. Всё как полагается. Я пригласила несколько подруг и одноклассниц. Каждая пришла со своим парнем. Белые вперемежку с чернокожими и китайцами. Полный расовый букет. Во главе стола сидела я — именинница. По правую руку от меня — мама, рядом с ней — бабушка. По левую сторону от себя я посадила Боба. Разодетая в новое шифоновое платье розового цвета с открытым вырезом — продукт магазина Macy's — я выглядела сногсшибательно. Высокая причёска, высоченные каблуки, на шее тонкая золотая цепочка с маленькой жемчужиной, жемчужные серьги. Ювелирка — подарок объединённых накоплений и усилий мамы и бабушки. Я получила много комплиментов от подружек и их парней. Говорили, что хоть сейчас снимай меня для обложки глянцевого журнала. Взволнованная, я щебетала на ухо Бобу всякую чепуху, типа:

— Как тебе нравится моё новое платье и причёска?

— Очень нравится. Ты выглядишь классно! Настоящая принцесса из сказки, — ответил Боб и добавил так, между прочим: — Ты мне не говорила, что твоя мама — мулатка.

— Не говорила? Разве? Ну и что такого? Не считала нужным. Да ты и не спрашивал. А это имеет для тебя какое-то значение? Мне казалось, что ты — не расист.

— Конечно, я не расист. Но всё же... ты должна была сказать. Скрывать своё происхождение и религию — самое плохое дело. А кто эта чёрная старушенция, которая сидит рядом с твоей мамой?

— Почему старушенция? Ей всего-то пятьдесят два года. Это... это моя няня. Мама всегда работала. Меня вырастила няня. Она приехала из деревни. У неё своей семьи нет, поэтому она живёт с нами, — уверенно врала я. — Моя няня замечательная! Она такая добрая! Я её очень люблю. Чёрные няни самые лучшие в мире! Ты читал книжку Маргарет Митчелл «Унесённые ветром»? Или хотя бы фильм смотрел с Вивьен Ли и Кларком Гейблом?

— И читал, и смотрел. Няня — так няня. Ладно! Проехали. — Боб замолчал и заметно скис. Похоже, он мне не поверил.

Не поверил, и не надо. Чёрт с ним! И зачем он вообще спросил про «чёрную старуху»? Мог бы и промолчать. Значит, моё происхождение его сильно беспокоит. Что ж, очень жаль, но, видно, придётся мне его бросить. Но не сегодня. Завтра. Сегодня мой день рождения, и я буду веселиться, — подумала я и продолжала улыбаться Бобу и другим гостям, делая вид, что всё прекрасно и ничего не произошло.

Еда была отменная. Я получила кучу поздравлений и подарков. Официанты внесли торт со свечами. Гости спели «Happy birthday to you!», и я, как полагается, задула свечки. Играла музыка, все танцевали. Боб после кратковременного замешательства пригласил меня на медленный танец, как и положено бойфренду. Мы танцевали в обнимку. Руки Боба сомкнулись на моей талии, мои руки обхватили его за шею. Вроде всё шло, как по протоколу любящих сердец. На показ, для гостей. На самом деле в руках Боба не было прежней нежности и тепла, он был задумчив, не улыбался. Холодом повеяло на меня от этих его искусственных объятий. Интуиция подсказывала мне, что это наш последний вечер вместе и последний танец. И я снова подумала о том, что придётся мне его бросить. Бросить первой, непременно первой, и не ждать, когда он бросит меня. От этих мыслей стало грустно на душе, но я держала себя в руках и продолжала натужно веселиться.

Я как в воду глядела. После дня рождения наши свидания с Бобом постепенно сошли на нет. Я ему не звонила, не хотела терять лицо, наткнувшись на отказ. Он мне всё же один раз позвонил (из вежливости, так как был из приличной семьи), сказал, что очень занят, серьёзно готовится к экзамену SAT, хочет получить высокий балл для поступления в престижный колледж. Поэтому мы не сможем встречаться так часто, как раньше. Я сказала в ответ, что всё понимаю и не сержусь. И вообще, я тоже готовлюсь к SAT, и у меня совсем нет свободного времени. В общем, мы разошлись, что называется, культурно и без взаимных упрёков. Но я получила хороший жизненный урок.

Мама, заметив, что я почти всё свободное время провожу дома за книгами и перестала ходить к друзьям на вечеринки, спросила:

— Что-то ты никуда не ходишь? Решила серьёзно готовиться к поступлению в колледж? И где твой Боб? Или вы разошлись, и он уже не твой?

— Да, мамочка! Во-первых, я решила серьёзно готовиться к SAT. И, во-вторых, Боб уже не мой. Я... бросила его. Он мне... э-э-э... не подходит по цвету кожи.

— Ну, что ж. Молодец! Одобряю. Ты взялась за ум. Грызи науку, может, повезёт, и добьёшься в жизни большего, чем я. А что касается бойфренда, помни: ищи его среди своих, если не хочешь разочарований, — мама обняла меня и поцеловала.

— Да, мама! Я помню твою историю и... то, что я — квартеронка, хоть и получилась с белой кожей. Зачем ты только связалась с моим белым отцом? Почему ты не искала бойфренда среди своих? Теперь я — ни то, ни сё. Какое-то белое пятно на чёрном фоне. Это клеймо не сведёшь, как татуировку. Оно на всю жизнь!

— Лили, мне кажется, ты преувеличиваешь проблему. Ты у нас красавица, старой девой точно не останешься. Найди себе мулата, квартерона и успокойся, наконец!

— Ты не понимаешь, мама! Тебе хорошо! Сразу видно, что ты — мулатка, цветная. А я? Кто я? Принимают меня по цвету, а относятся ко мне по моему происхождению. Будь оно всё проклято!

— Ты должна успокоиться, Лили, иначе ты сойдёшь с ума. У тебя развивается настоящая паранойя на расовой почве. Мы не в XIX веке живём. Оглянись вокруг. В конце концов, сейчас много смешанных браков.

Я хотела сказать маме, что если сейчас так много смешанных браков, отчего же мой отец на ней не женился? Но вовремя прикусила язык и ничего ей не ответила. Хватило ума и такта промолчать. Заперлась в ванной, чтобы меня никто не трогал. Сделала вид, что принимаю душ. Бабушка слышала этот наш разговор, расстроилась и грустно так сказала:

— А всему виной я и моя чёрная кожа! Проклятие!

— О господи, мама! Что ты такое говоришь! Да ты самая лучшая из нас. Я и Лили, мы тебя так любим! — Мама обняла бабушку, и они обе заплакали.

Ни мама, ни бабушка не знали, что и я плакала, беззвучно прореве́ла в подушку полночи, прежде чем прийти к окончательному решению поставить крест на белых бойфрендах. Да и на бойфрендах вообще! Зачем мне любовь, когда от неё одно расстройство?!

2

Больше мы с Бобом не общались. Если случайно пересекались в школе, просто говорили друг другу «hi!» (привет!) и шли каждый своей дорогой. Через пару месяцев я увидела его в обнимку с белой девицей по имени Джейн. Быстро же он переориентировался! Я критически оглядела его новую пассию. Ничего особенного: обычная блондинка (скорее всего, натуральная, прямо белёсая), голубые глаза, остренькие черты лица, веснушки, худенькая (ни бюста, ни попки), блёклая, неприметная. Настоящая *plain Jane*. Но чистокровно белая, ирландских, немецких или польских кровей. Тут ошибки быть не могло. Я делано приветливо помахала им, изобразив нечто вроде улыбки, мол, рада за вас, желаю счастья. А внутри у меня всё кипело. Господи, ну почему так несправедливо устроен мир? Ведь если сравнить нас, я гораздо красивее, ярче, сексапильнее. Она — бледная лесная поганка, а я — спелая ягода. Казалось бы, я должна была возненавидеть всех белых парней за выбор Боба, но моя ненависть перекинулась на белых девиц. И впоследствии — на белых женщин. Это из-за них мои беды, мои неудачные романы с белыми мужчинами. Это они своим существованием ограничивают мои возможности выйти замуж за белого парня и создать белую семью. Я не хотела себе признаться, но у меня была подсознательная мечта создать белую семью, и этой мечте, видно, не суждено было осуществиться.

После разрыва с Бобом я долгое время, вызывая недоумение окружающих и друзей, была без бойфренда. «Ай-ай-ай! Такая красивая девочка и одна!» Охотников до моего расположения и юного тела было много. Подкадривались парни как чёрные, так и белые, и мулаты разных оттенков кожи, и даже китайцы и арабы. В нашей школе кого только не было! Истинное многообразие рас и этнических групп. Но я не спешила, всем давала от ворот поворот. Выбирала не сердцем, а умом. Хотела сделать единственно правильный выбор, чтобы потом не раскаиваться, рыдая в подушку.

Я много занималась, хорошо сдала SAT и поступила в недешёвый университет на севере штата Нью-Йорк. Мне, как перспективной студентке, к тому же из малоимущей афроамериканской семьи, предоставили полный *scholarship* и всевозможные гранты. Мама мечтала, чтобы я выучилась на MD (врача). Этот путь был долог и тернист. Сначала колледж, потом медицинская школа, потом интернатура. С ума сойдёшь, пока выучишься, да и конкуренция слишком большая. Я сомневалась, стоит ли мне даже пытаться. «С меня хватит и высшей медсестринской должности RN[1]», — объяснила я маме. Но мама вбила себе в голову, что её дочь должна стать врачом — и всё тут. Подумав, я всё же согласилась попытаться.

Я уехала на север штата Нью-Йорк и поселилась в общежитии при университете. По-прежнему много занималась, с каким-то даже болезненным увлечением грызла науку.

---

[1] Registered Nurse.

Я хотела доказать себе и другим, что за моей хорошенькой мордашкой и сексапильными формами кроется серьёзная, умная девушка. Бойфрендов не искала, они, как и в старшей школе, сами «охотились на меня». А я, как ненормальная, первым делом смотрела на цвет их кожи, решив, что мой избранник должен быть, так же, как и я, на четверть чёрным. Мы должны быть равными расовыми партнёрами. Конечно, я не спрашивала парня сразу: «Кто ты? Какой в тебе процент белой и чёрной крови?» Но если мой потенциальный бойфренд был чуть темнее, чем я, он уже изначально мне не подходил, и я буквально шарахалась от него, как от прокажённого. Я изучала психологию и понимала, что со мной творится что-то неладное, но ничего не могла поделать с этим наваждением, грозящим перейти в помешательство.

Я не видела ни дня, ни ночи, только учебники, тесты и лабораторные работы. Похудела, побледнела. В итоге моя кожа стала ещё белее. Какой там бойфренд! Я даже не завела себе подруг. Когда я приехала домой на летние каникулы, мама и бабушка, увидев меня, испугались: так я исхудала.

— Боже мой! Что с тобой стало? От тебя осталась ровно половина. Учение убьёт тебя. Может, бросить к чёрту эту идею стать врачом? Выучись на медсестру, стань RN! Отличная профессия и хороший заработок, — причитала мама.

— Нет, мама! И не уговаривай! Я буду врачом, и точка. Я уже даже решила, какую специальность выбрать. Гинекология и акушерство. Буду лечить женщин и помогать им рожать детей.

А бабушка только руками развела, заплакала и пошла в наш католический храм молиться Господу, чтобы он меня спас, сохранил и направил.

Я была непреклонна и продолжала учёбу в том же темпе и с тем же рвением, разве что стала больше обращать внимание на то, чем я питаюсь. Начала принимать витамины и всякие разные питательные добавки. В итоге прибавила несколько фунтов веса и уже не выглядела болезненно исхудавшей.

Мои старания и бабушкины молитвы помогли. После четырёхлетнего обучения в университете я сдала экзамены, выдержала огромный конкурс и поступила в Бруклинскую медицинскую школу[1]. Это была моя женская и расовая победа квартеронки. Я попала в почти полностью мужское царство. Среди студентов и профессуры были белые и чёрные мужчины, азиаты (индусы, пакистанцы и китайцы), считанное количество белых девушек и ни одной чернокожей, кроме меня. (По крайней мере, я ни одной не заметила.)

Отпраздновав победу, я немного притормозила, передохнула, потом сделала глубокий вдох и, выдохнув, снова погрузилась в науку.

Мужской пол ещё больше, чем в университете, одаривал меня своим вниманием. Я была молода, хороша собой, и зов плоти не давал мне покоя. Выбор у меня теперь был колоссальный. Но я по-прежнему осторожничала, не желая впутываться в сложные расовые отношения. Говорила себе: «Потерпи ещё пару лет, ты столько терпела, многого достигла и не имеешь права бросать все свои достижения под колёса неуправляемой повозки, именуемой страстью».

На последнем курсе медицинской школы я всё-таки не удержалась и завела служебный роман с белым мужчиной, старшим интерном гинекологического отделения больницы, в которой проходила практику. Его звали... Ричард. (Почти что Роберт!) Тридцатилетний мужчина, симпатичный, успешный. Он долго меня обхаживал, помогал в работе с пациентами, объяснял, опекал. Скажу вам, совсем неплохо, когда любовники имеют общие профессиональные интересы!

Так я в конце концов и наступила второй раз на те же грабли: сдалась и откликнулась на ухаживания белого. Он, как и Роберт, не догадывался, что я квартеронка, принял меня за свою. Я ничего о своём происхождении не рассказывала. Решила: если наш роман будет прочным, просто приведу Ричарда как-нибудь к себе домой. Пусть мои мама и бабушка будут для него сюрпризом. Я сумела пережить один удар судьбы, как-нибудь переживу и второй.

Ричард снимал студию неподалёку от больницы. Привёл меня к себе. Его комната отнюдь не напоминала холостяцкую берлогу. Всё сияло чистотой и порядком. И я подумала: «У такого мужчины должно быть всё расставлено по местам как

_____

[1] State University of New York Brooklyn School of Medicine.

внешне, так и внутри». Обнаружив, что я — девственница, он страшно удивился и обрадовался, назвав меня «редким явлением в современном безумном мире, помешанном на сексе».

— Как тебе, такой красотке, удалось остаться невинной, дожив до двадцати семи лет? Нехватки в ухажёрах ведь точно не было?!

— Ухажёров было предостаточно. Просто не попадался стоящий парень, мужчина. Не хотела пачкаться, размениваться. Кроме того, я всё своё время отдавала учёбе.

— Значит, мне повезло! Мне просто очень повезло, — сказал Ричард и погладил меня по голове, как гладят ребёнка.

Ричард был, как и я, местный. Его семья жила где-то в Бруклине. Он о своей семье почти ничего не рассказывал, только упомянул как-то, что его вырастила бабушка. Да я и не спрашивала. Боялась, что, если начну копать, он в ответ на мои раскопки станет расспрашивать о моей семье. Чтобы избежать подробных расспросов, я рассказала ему вкратце, что мой отец нас бросил и я живу с мамой и бабушкой. Никаких расовых деталей.

Мы встречались почти каждый день в госпитале. Я иногда оставалась на ночь у него в студии. Мы полюбили друг друга, а общая профессия только скрепила наш союз. Если бывает на свете счастье, то можно сказать, мы были по-настоящему счастливой парой. Я не думала о будущем, жила сегодняшним днём, часом, минутой...

Как-то раз мы дежурили вместе в отделении акушерства. Ночью привезли роженицу. Она стонала, что-то шло не так. Схватки то усиливались, то затихали, а потом и вовсе прекратились. Её измученное, мертвенно-бледное лицо показалось мне знакомым, но я никак не могла вспомнить, откуда я знаю эту женщину. Зато я сразу узнала её мужа. Им оказался мой бывший бойфренд Роберт. За десять лет он мало изменился, только слегка пополнел и возмужал.

Роберт был опечален критическим состоянием своей жены, даже смахивал с лица слёзы и всё твердил: «Ну сделайте же что-нибудь! Облегчите её мучения!» Он, конечно, не вспомнил, не узнал меня среди медицинских работников, которые хлопотали вокруг его жены. (Нас было четверо: акушер-гинеколог, Ричард, я и медсестра.) И неудивительно, что не вспомнил, будучи в таком полушоковом состоянии. К тому же во мне, серьёзном медработнике в форме и шапочке, скрывающей длинные волосы и половину лба, трудно было отыскать черты той шестнадцатилетней беззаботной девчонки. А мне так хотелось, чтобы он вспомнил, кто я, чтобы он оценил то, чего я достигла в жизни, чтобы он восхитился мной и, может быть, пожалел, что мы тогда расстались. «Ну, узнай, узнай меня!» — повторяла я про себя. Не то, чтобы во мне вспыхнули былые чувства. Отнюдь нет! У меня был теперь любимый и любящий Ричард, престижная профессия и новая жизнь. Просто меня на какой-то момент охватило гаденькое злорадство. Что ж, он — предатель и расист, пусть теперь раскается, пострадает, помучается. И поделом ему! Но всё же я была врачом, хоть пока и практиканткой, и сумела побороть в себе это подлое торжество.

Узнав Роберта, я узнала и его жену. Да, это была та самая некогда худенькая бесцветная блондинка Джейн, с которой у него завязался школьный роман после моего злополучного празднования *sweet sixteen*. И странное дело, при виде её страданий и беспомощности вся моя тайная злость и нелюбовь к белым женщинам магически испарилась. Паранойя исчезла. Я оттаяла. Я была счастлива с Ричардом, а счастье убивает злобу. Мне было искренне жаль бедную Джейн. «Господи! Что они медлят? Нечего размышлять! Надо срочно делать кесарево», — только успела подумать я, как хирург-акушер словно озвучил мою мысль:

— Быстро готовьте операционную. Будем делать кесарево. Надеюсь, что мы ещё не упустили время и сумеем спасти и женщину, и ребёнка. Вы её муж? Вы согласны на кесарево? Если да, подпишите бумаги. Лили, принесите нужную форму.

Роберт пробормотал «да». Я побежала за бумагами и протянула их ему на подпись. Пристально посмотрела ему в глаза, а он смотрел куда-то в себя, механически подписал всё, что нужно, не читая, вернул мне бумаги, потом мельком взглянул на меня, как на безликого медработника, и снова не узнал.

— Оставайтесь здесь и ждите! — сказала я и побежала в операционную. Присутствие на операции кесарева, наблюдение и готовность к ассистированию входили в мой тренинг. Слава богу, мы всё успели вовремя. (Ещё немного — и мы могли бы потерять выбившуюся из сил роженицу.) У Роберта и Джейн родилась здоровая девочка. Джейн спокойно спала под сильной дозой наркоза. Выражение её лица было умиротворённым, как будто Джейн уже знала, что все мучения позади и она стала матерью.

— Пойдём, Лили, сообщим молодому папаше радостную весть, — сказал Ричард.

— Пойдём! — ответила я.

Мы вышли из операционной. Роберт, ещё не знавший о том, что у него родилась дочь и что здоровью его жены ничто больше не угрожает, беспокойно мерил шагами длинный коридор. Увидев нас с Ричардом, он бросился нам навстречу, чуть не сшиб меня с ног и только и смог пробормотать:

— Ну, что? Как?

— Всё в порядке. Операция прошла успешно. Поздравляю вас с рождением дочери! Девочка здоровенькая. С ней всё в норме, — сказал Ричард и добавил: — Если есть какие-либо вопросы, можете спросить доктора Лили. А я пойду, меня ждут другие пациентки.

Ричард ушёл, оставив меня наедине с Робертом. «Какой молодец! Он назвал меня доктором Лили, таким образом, сам, не ведая того, поддержал перед Робертом мой профессиональный имидж», — отметила я про себя.

— Ваша жена, она тоже в полном порядке, она спит. Всё хорошо! — сказала я.

— О господи! Какое счастье! Спасибо, спасибо! — воскликнул счастливый отец, пожал мне руку и посмотрел на меня благодарным внимательным взглядом, как будто это я сделала операцию и спасла его семью. Мне показалось, что в его глазах мелькнуло узнавание. И тут я не выдержала и спросила:

— Роберт, Боб, ты узнаёшь меня? Это же я — Лили, твоя бывшая одноклассница и первая любовь. Мой день рождения в китайском ресторанчике, наш последний танец... Вспоминай!

— Лили, это ты? Не может быть! Тебя не узнать. То есть ты по-прежнему красивая, но такая взрослая, серьёзная, уверенная в себе. Ты стала врачом? А была просто хорошенькая игривая девочка. Кто бы мог в то время такое предположить!

— Да, я уже почти дипломированный акушер-гинеколог. Прохожу здесь практику. И всё это благодаря тебе.

— Благодаря мне? Почему? Я же бросил тебя тогда, предал. Ты вроде бы должна меня ненавидеть... Не понимаю.

— А тут и понимать нечего. После того как ты променял меня на Джейн, я ни о каких бойфрендах и думать не могла. Вся ушла в учёбу. Решила себе и другим доказать, что смогу стать врачом. И стала. Так что ещё раз спасибо тебе!

— Вот оно как всё обернулось... Прости меня! Я был молодой дурак... Недооценил тебя. А ты оказалась настоящим драгоценным камнем. Хочу назвать свою дочь твоим именем — Лили. Это красивое имя. Не возражаешь?

— Неплохая идея. Моё имя будет в твоей семье постоянно на слуху. И ты никогда, никогда меня не забудешь. Удачи вам! Надеюсь, маленькая Лили вырастет красивой, умной и целеустремлённой. Прощай!

— Прощай, Лили! Я уверен, ты станешь отличным врачом.

* * *

Роберта я больше не видела, а Ричард вскоре сделал мне предложение, на которое я ответила, что люблю его, но мне надо всё же немного подумать.

— Хорошо! Ты думай, но прежде, чем дашь окончательный ответ, я хочу познакомить тебя с моей бабушкой.

В одно из воскресений мы поехали в гости к его бабушке в Бруклин. Дверь нам открыла пожилая чернокожая женщина.

— Познакомься, Лили. Это моя родная бабушка. Она меня вырастила. Мои родители рано разошлись, разбежались в разные стороны, и мама подкинула меня бабушке на воспитание.

— Так ты...? — только и смогла я произнести. У меня, что называется, челюсть отвисла.

— Да, да, я на четверть чернокожий, то есть квартерон, хоть этого по мне и не видно! Надеюсь, тебя это не смущает?

— Смущает ли это меня? Абсолютно нет! — я улыбнулась. — Наоборот! Я очень даже рада. Знаешь, у меня тоже есть такая же любимая темнокожая бабушка. Я просто не успела тебе об этом рассказать. И ещё... я уже подумала и решила. Я согласна выйти за тебя замуж.

ИЗ ЖИЗНИ ХОУМАТЕНДА

Что ни день, как поломя со влагой.
Так унынье борется с отвагой.

А. К. Толстой

Мне завтра стукнет сорок восемь лет. Голова почти вся седая, правда, я усиленно продолжаю красить волосы, чтобы сохранить хоть какой-то имидж некогда привлекательной молодой женщины, который отражался в зеркале, когда я смотрела в него лет десять назад. Морщинки у глаз не разгладишь никаким кремом и не замажешь хоть самой дорогой жидкой пудрой. (А пластическую операцию я, сами понимаете, финансово не потяну. Да и боязно!)

Но это всё мелочи, по сравнению с моим не очень-то крепким здоровьем. В нашем суровом и влажном дальневосточном климате у меня развился артрит, который частенько напоминает о себе ночными болями и утренней скованностью. Да, у меня ещё все прелести гастрита и склонность к гипертонии, когда сильно понервничаю. А нервы шалят почти каждый день. Такая вот жизнь. В итоге я сижу на таблетках, понижающих давление и убивающих кислоту. Словом, полный букет возрастных недомоганий и заболеваний.

Я с тоской осознаю, что большая часть жизни прожита. А моя женская доля приказала долго жить несколько лет назад, когда я выиграла эту желанную грин-карту и приехала в Америку на заработки. Несмотря на все болячки и заболевания, я собрала последние силы и истрёпанные нервы в крепкий сибирский кулак и поехала на поиски лучшей жизни, ибо у нас под Хабаровском жизнь становилась всё тяжелее. Работу по специальности после сорока пяти найти было трудно, почти невозможно. А я ведь неплохой бухгалтер, да ещё со стажем. И даже если вдруг повезёт и найдёшь работу вроде бы по специальности, платят теперь сущие гроши.

С мужем я развелась давно. Поженились мы в далёкой юности. Первая любовь, ещё со школы. Он по-своему продолжал любить меня и исправно выполнял супружеский долг, когда я позволяла ему это делать. А допускала я его до своего тела нечасто, так как почти сразу же после свадьбы муж стал в наглую погуливать и частенько выпивать с приятелями. Не потому что разлюбил меня. И не потому что я не выполняла функции жены и потом матери нашей единственной дочери. Я была прекрасной, заботливой, верной женой, изобретательной и экономной хозяйкой и нежной матерью. Такую, как я, ещё поискать надо! Просто у моего мужа был изначально, что называется, «вольнолюбивый» характер и соответствующий мачо настрой. Мол, мужику всё позволено! (В юности я этого не замечала. Пелена влюблённости застилала глаза и туманила рассудок.) Бабы и выпивка у него были на уме и в крови, и я ничего, абсолютно ничего не могла с этим поделать.

В итоге, мы прожили с ним десять лет в постоянных упрёках, ссорах и примирениях, порядочно истрепав друг другу нервы и издёргав скандалами нашу дочку, которая любила и маму, и папу. В конце концов мне такая супружеская жизнь осточертела. Жалко стало себя и девочку, и я решила с мужем развестись. Он не очень-то и сопротивлялся. Видимо, понял, что наш союз зашёл в тупик. Поэтому развелись мы, можно сказать, мирно, без эксцессов.

Дочка, разумеется, осталась со мной и с бабушкой (моей мамой), которая приехала к нам жить из посёлка, потому что деревенский быт в нашем некогда богатом рыболовецком совхозе на Амуре в последние годы совсем разладился, и мама чуть ли не голодала. При советской власти и в первые годы перестройки мы жили весьма неплохо. Доход от улова и продажи кеты, горбуши и красной икры государству давал нам достаток и даже возможности путешествовать. Мы ездили по тур-путёвкам в Китай, Корею и в Японию, покупали там красивую одежду и любовались восточными достопримечательностями.

Не знаю, как так получилось, но постепенно мужское население нашего посёлка стало исчезать: алкоголь и наркотики делали своё дело. Алкоголь был местный, наркотики шли из Китая. В сорок пять мужик уже был не мужик, а развалина, а в пятьдесят чаще всего отходил к праотцам. Женщины тяжёлым рыбным промыслом не занимались.

Несколько промышленных комбинатов выбрасывало в реку Амур всякую хрень. Рыба шла на нерест, дохла, её швыряло на камни и песок. Постепенно наш берег покрывался гниющими трупиками бесценной рыбы, которую для продажи никто уже не прибирал и не разделывал. Ну, жители посёлка, конечно, брали себе кое-что на засол и копчение, не думая о том, что могут отравиться. Голод не тётка. Многие заболевали.

Муж после развода уехал на Камчатку к другой женщине, завёл там новую семью и, соответственно, алименты мне платил через пень-колоду. То густо, то пусто. Можно было, конечно, подать на него, разгильдяя и предателя, в суд. Но что ты с него, пьяницы и гуляки, возьмёшь! Поэтому я решила в суд не подавать, чтобы зря не трепать себе нервы.

В общем, благосостояние нашей неполноценной, исключительно женской семьи полностью зависело от моего заработка, так как мамина пенсия в нашем регионе представляла собой насмешку государства над его пожилыми и престарелыми гражданами.

Иногда мне удавалось получить работу по контракту, но контракты имеют свойство заканчиваться, и тогда оставалась только мамина пенсия. Словом, мы перебивались с хлеба на квас. Не по любви, а, скорее, от отчаяния и чтобы доказать себе, что я ещё женщина, я заводила любовников. Я была весьма привлекательной: высокий рост, большие карие глаза, правильные черты лица. Мужики, соответственно, на меня клевали: и стар, и млад. Только что с того толку! Все они были, как говорится, абсолютно негодными кадрами для создания семьи. Можно было, конечно, вторично «сходить» замуж, но я не хотела менять шило на мыло. Не желала подбирать никому не нужное барахло.

Дотянув до сорока шести лет, я поняла, что так существовать больше не могу. Надо что-то предпринимать, чтобы и жить безбедно, и скопить нужную сумму на покупку кооперативной квартиры — моего, так сказать, финального причала. Задумала купить квартирку не в Хабаровске, а в Москве или хотя бы в Московской области. Знаю, квартиры там дорогие, зато пенсии выше и порядка больше.

Между тем дочь выросла, уехала к мужу во Владивосток и родила сына. Мама моя, сердечница, умерла от инфаркта. Никто и ничто меня больше не привязывало к месту и к семье. Да и самой семьи не стало. Развалилась она.

В это время как раз разыгрывалась лотерея на грин-карты в США. Моя бывшая одноклассница и подруга надоумила меня принять участие в этой лотерее. Я особо ни на что не надеялась, но удача на сей раз была на моей стороне. Я неожиданно выиграла столь желанную грин-карту. Ну а потом уж поступила, как многие наши отчаявшиеся и отчаянные женщины: пошла в агентство по трудоустройству за границей, которое за определённую мзду проложило мне дорогу в Америку.

* * *

В городе Бруклине, штат Нью-Йорк, я прошла ускоренный курс профессии хоуматендента[1] по уходу за пожилыми и больными (как здесь наши русскоязычные говорят, хоуматенд) и мне сразу дали *case*[2]: «двадцать четыре на семь» (что означает работать сутками — семь дней в неделю) с проживанием. Честно говоря, я не очень-то представляла себе, как можно работать, не отдыхая, всю неделю и днём, и ночью, но всё же взять этот case согласилась, так как проживание вместе с моей подопечной давало мне огромную экономию на съёмной квартире. А съёмные квартиры в Бруклине отнюдь не дешёвые и дорожают с каждым годом.

Одинокая девяностолетняя старушка — бездетная вдова, у которой я должна была работать, жила в квартире с двумя спальнями в комплексе для малоимущих. (Муж-инвалид умер.

---

[1] От *home attendant* — домработница (англ.).

[2] Дело, случай (англ.).

Осталась вторая спальня.) Словом, у меня даже была своя собственная комната, чему я была несказанно рада. (А большинство моих товарок-хоуматендш должны были спать у своих подопечных в проходной гостиной на диване.) В общем, вначале мне казалось, что всё складывается наилучшим образом.

Мою клиентку звали Раисой. Она была маленькой, худенькой, некогда интеллигентной женщиной, которую схватил в свои клешни безжалостный недуг под названием болезнь Альцгеймера. (Как мне сообщили в агентстве, в Союзе Рая работала старшим редактором в некоем престижном московском издательстве. Она окончила московский иняз имени Мориса Тореза и редактировала учебники на английском языке.) Но подлый «Альцгеймер» не щадит никого: ни малограмотных, ни шибко грамотных. Учёные всего мира провели много исследований этой смертельной напасти, но, мне кажется, так и не поняли, как от неё уберечься.

Я, само собой, подготовилась и прочла об этой «чуме нашего века» кучу дополнительной интернетовской литературы. Кроме того, на курсах хоуматендов получила чёткие указания, как ухаживать за такого рода больными. «Подумаешь, „Альцгеймер!“ — говорила я себе. — Если я справлялась с пьяницей-мужем двухметрового роста, то как-нибудь справлюсь с маленькой, худенькой Раей».

Рая не была лежачей больной, она ковыляла по квартире: семенила маленькими шажками, держась за стены, или катила перед собой ходунки с сиденьем. Видимо, до меня у Раи сменилось несколько хоуматендов, и она привыкла к тому, что в доме появляются новые лица. Поэтому при виде меня явного недовольства она не проявила. Ну, ещё одна женщина по уходу!

Я вежливо представилась Рае, назвав своё имя — Галина, которое тут же вылетело из бедной Раиной головы, абсолютно не способной запоминать новую информацию. Обращалась она ко мне вежливо на «вы», но никогда не называла го имени, и я никак не могла понять, узнаёт она меня или каждый день воспринимает как новое лицо. Впрочем, это было не столь важно.

В первый же день я рьяно принялась за дело: отмыла запущенную Раину квартиру и заодно и саму Раю. (Я была буквально помешана на чистоте, что некогда выводило из себя моего неряшливого мужа.) Мыться старушка очень даже любила. Я сажала Раю на специальный стул в ванной и мягкой губкой протирала её дряхлое тельце. Рая попискивала от приятных ощущений, когда я тёрла ей спинку, и что-то напевала. Она просто позволяла мне мыть своё тело, не обращая на меня никакого внимания. Словно я была робот или дух. О чём она думала в процессе мытья, было мне неведомо.

Я хорошо готовлю. Даже мой придирчивый муж это отмечал. Когда Рая спала днём, я бегала в ближайший супермаркет и со скоростью, на которую только была способна, покупала все нужные продукты на фудстемпную карточку (карточку на продукты питания). Надо было спешить, пока Рая не проснулась и не натворила каких-либо бед. (Слава богу, днём она много спала или полулежала, уставившись затуманенным взором в телевизор.)

Каждый день я изобретала новые блюда, чтобы у Раи оставался хоть какой-то вкус к жизни. Ибо, кроме как вкусно поесть, помыться и сладко поспать, у Раечки никаких других радостей не было. Ела Раечка долго, могла сидеть за обедом часа полтора, медленно вставными челюстями пережёвывая пищу, которую я стремилась подать ей на стол в наимягчайшем виде. Когда я спрашивала Раечку, как ей понравился обед, она говорила, что было вкусно, благодарила меня, называла «милочкой», но вспомнить, что она только что съела, не могла.

В общем, с едой и мытьём мы вполне справлялись. Хуже обстояло дело с видениями и голосами, которые атаковали Раю ежедневно. Она что-то видела, что-то слышала и разговаривала со своими невидимыми мне гостями. А гости то вели с ней приятные беседы, то угрожали и приказывали воспроизвести какое-то действие. Когда приходили добрые голоса, оторвать Раю от задушевного разговора с ними было весьма трудно. Когда голоса были злые, Рая шарахалась, вскакивала и начинала усиленно ковылять по комнате, с ходунками и без.

— Раечка, ну идём же кушать! Я уже второй раз обед разогреваю, — умоляла я.

— Замолчите! Вы мне мешаете! У меня важный разговор, — огрызалась она, превращаясь сразу из вежливой добродушной старушки, божьего одуванчика, в маленькую мегеру или хищного зверька, готового к защите и нападению. Дотронься — укусит, ударит или оцарапает. (Прошлая хоуматендша рассказала, что Рая как-то раз ухитрилась засадить ей ногой в глаз. После чего пострадавшая была вынуждена бросить работу, сдать *case* мне и вернуться к себе на родину.) Я понимала возможную опасность ситуации и старалась как можно меньше досаждать старушке. В конце концов, голод брал своё, и она милостиво соглашалась присесть к столу, а затем снова прилечь.

Потом вдруг на неё что-то накатывало, и она каждый раз вопрошала грозным голосом:

— А где все? Куда они подевались?

— Кто, Раечка? Кого ты имеешь в виду?

— Ну как же? Где мои братья, сестра, муж? Мне сказали, что они должны ко мне приехать. Где они? Я пойду к лифту их встречать.

— Подожди! Давай лучше позвоним твоей племяннице Ольге и спросим у неё, — предлагала я в таких случаях. (Ольга жила рядом, в Бруклине, и была опекуншей Раи. Она вела все тёткины дела и переговоры с врачами, платила по счетам и приезжала к Рае пару раз в месяц.)

— Хорошо! Давайте позвоним Ольге. Только я забыла, кто она, — растерянно говорила Рая и смотрела на меня поблёкшими от старости пустыми глазами.

— Ну как же, Раечка? Ольга, твоя племянница. Она вчера к тебе приезжала, печенье и фрукты привезла. Припоминаешь?

— Приезжала? Вчера? Не помню. Печенье? У нас есть вкусное печенье? Я хочу чаю с печеньем. Сделайте мне, пожалуйста, чаю, миленькая моя! — произносила она ласковым голосом, видимо, изображая из себя добрую барыню. Рае хотелось сладенького, и она быстро переключалась с одной темы на другую, как будто у неё в голове снова поворачивали рычаг. Через десять минут она уже мирно пила чай, заедая его песочным печеньем с малиной и черносливом.

Как только Рая выпивала чай, у неё в голове что-то снова переключалось, и она приказным тоном заявляла:

— Всё! Собираемся и едем в Москву. Мне сказали, что надо ехать, немедленно. Потом будет поздно. У меня отберут квартиру.

Вопрос «где все?» и призыв ехать в Москву повторялись чуть ли не каждую неделю.

— Раечка! Куда ехать? Ночь на дворе. Давай лучше я тебя уложу спать, а завтра на свежую голову поговорим о Москве. Согласна?

— На свежую голову? Да, у меня голова что-то побаливает. Говорите, она несвежая? Ну ладно. — Рая зевала, клала голову на стол и мгновенно погружалась в сон.

Я легонько перетаскивала её в спальню, частично переносила на руках, частично тащила волоком, раздевала и укладывала в постель. Тушила свет. Часы в гостиной показывали десять часов.

— Вот и закончился мой рабочий день, — с облегчением думала я и мысленно добавляла: — Наступает рабочая ночь. Но, может, всё-таки удастся сегодня поспать...

Жди, дожидайся! Не тут-то было!

Помню, в этот вечер я помыла посуду, умылась, почистила зубы, прилегла на свою кровать и провалилась в сон. Проспала я где-то час-полтора. Вдруг в соседней комнате что-то застучало, заскрежетало и с грохотом упало на пол. О господи! Медлить нельзя было ни минуты. Я проснулась, вскочила как ошпаренная и открыла дверь в Раину спальню.

Передо мной предстала сюрреалистическая картина. Дали отдыхает. Голая Рая сидела на кровати и перебирала какие-то старые документы и фотографии. Специальный стул со вставляющейся в него «ночной вазой» был перевёрнут, и «благоухающее» содержимое растеклось по полу. Все ящики комода и трюмо были открыты, а Раины вещи валялись на полу, прямо в луже.

— Боже мой! Что ты наделала, идиотка, старая жопа! — Я ещё добавила парочку матерных слов. Вообще-то я не матерщинница, ругаюсь редко, только в исключительных случаях. Но тут из меня непроизвольно попёрли грязные ругательства. Выматерив Раю от души, я подошла к ней, дотронулась до её цыплячьего плечика — Рая была холодна как лёд. Губы и пальцы синего цвета, всё тщедушное тельце в мурашках. Но она была сильно возбуждена и, видимо, не чувствовала холода, так как даже не сделала попытки прикрыться одеялом. Не дай-то бог, простудится и схватит воспаление лёгких.

У стариков ведь никакого иммунитета! Надо было действовать быстро и чётко. Сначала — человек, потом — предметы. Сначала — старушка, потом — перевёрнутая «ночная ваза» и ликвидация бардака на полу.

Выпустив пар, я немного успокоилась, молча схватила Раю, потащила её в ванную, обтёрла влажной губкой, высушила полотенцем, напялила на неё памперс, майку и тёплые носки, завернула в одеяло и уложила в кровать. Рая безропотно мне повиновалась, видимо, всё же осознав, что, мягко выражаясь, проштрафилась. Она только повторяла в своё оправдание:

— Это не я. Это они.

— Они или ты — мне всё равно. Спектакль окончен. Спи теперь. А если надумаешь снова хулиганить, я вызову медицинскую перевозку, и тебя упекут в самую настоящую психушку. Ты ведь этого не хочешь?

— Не хочу в психушку! Простите меня! Они мне сказали, и я сделала, как они велели.

— Они ушли! Я их выгнала. Больше к тебе никто не придёт. Будь хорошей, послушной девочкой. Спи давай. И я пойду спать. Намаялась я с тобой.

Я надела перчатки, вытерла пол, свалила мокрые вещи в ванну. Утром разберусь и постираю. А сейчас спать, спать, спать... Нет сил что-либо делать.

Уснула я не сразу. Всё думала, сколько ещё я смогу вынести этот кошмар? «За что мне всё это послано? — и сама себе отвечала: — А ни за что! Ты хотела в Америку, хотела заработать. Вот тебе и Америка, и работа. Языка английского ты не знаешь, не удосужилась выучить. Бухгалтером здесь ты работать не можешь и ничего другого, кроме как ухаживать за больными, варить, стирать и убирать, ты не умеешь. Значит, терпи, пока терпится».

Меня обуревали противоречивые чувства. С одной стороны, отчаяние, злоба и брезгливость к вредной сумасшедшей старухе. С другой — щемящее чувство жалости к ней, такой старой, никому не нужной, больной и одинокой. Племянница Ольга — не в счёт. Она просто иногда приходит и по долгу опекунства помогает, разбирается с бумагами и страховками, платит по счетам, покупает кое-какие вещи и продукты. Ей, в общем-то, нет дела до безумной тётки. У Ольги — семья:

муж, дети, внуки, работа, проблемы, здоровье, отпуск. Словом, своя жизнь. И упрекнуть её не в чем. Хорошо хоть, она пока не сдала старуху в дом престарелых, где Рая бы очень скоро отдала богу душу.

* * *

Этой ночью мне удалось поспать аж целых шесть часов. Набушевавшись вдоволь, Рая сильно притомилась и проспала до семи утра. Ровно в семь раздался громкий стук в дверь. Рая проснулась и рвалась из своей спальни «на свободу», словно животное из клетки или заключённый из камеры. (Я запирала на ночь дверь её спальни на крепкий засов. Вдруг она проснётся, тихонько выползет на кухню и, скажем, откроет газ... или неслышно войдёт в мою комнату и стукнет меня по голове. Откуда я знаю, что ей нашептали ночью злобные голоса?)

Луч солнца проник сквозь тонкую занавеску ко мне в комнату, скользнул по моему заспанному лицу, напоминая о том, что начался новый день и пора вставать. Сейчас же, немедленно, пока крошка Раечка не разнесла дверь и не перебудила соседей снизу и сбоку. И откуда только у такой маленькой, тщедушной старушки столько сил! Видимо, чередование сна и полусознательного существования с приступами бешеной энергии тоже были симптомами этого изобретательного гада «Альцгеймера». Вот уж точно не знаешь, что и когда от него ожидать. Надо быть постоянно на стрёме. Смогу ли? Выдержу ли? Мама дорогая! Замолви там на небесах обо мне словечко!

Я быстро накидываю на себя халат и чешу к Рае, открываю дверь в её комнату, и перед моими глазами — повторение вчерашней картины, точь-в-точь. Абсолютно голая Раечка, босая, на холодном полу стоит перед дверью, горшок перевёрнут, его содержимое разлито по полу. Остаётся только руками развести. Заводиться и материться у меня с утра ещё нет сил. Да и что толку? Я вздыхаю и старушке, можно сказать, с мягким укором, выговариваю:

— Что же ты наделала, непутёвая моя девочка! Не могла подождать, когда я приду и вылью горшок в уборную? И почему стоишь голая и босая на полу? Хочешь простудиться?

— Не хочу простудиться. Это не я разлила, это они.

— Кто они? Здесь кто-то ночью был?

— Вы ничего не понимаете! Не хочу с вами разговаривать.

— Не хочешь разговаривать — не надо. Пошли мыться.

Я молча подхватываю Раю и волоку её в ванную. Вчерашняя процедура омовения, вытирания и одевания повторяется. Рая беспрекословно повинуется, видно, всё же осознав, что набедокурила.

Через полчаса умытая, одетая, укрытая одеялом Рая лежит уже в гостиной на диване. А я готовлю завтрак. Овсянка с клубникой, булочка с корицей и чай. На «десерт» — утренняя порция лекарств. Их ой как много. Что делать! Сразу два доктора прописали: терапевт и психиатр. Я бы от такого разнообразия и дозы таблеток быстро коньки откинула, а Раечка моя — ничего, проглатывает, и с неё как с гуся вода. Лекарства её только слегка притормаживают и в сон клонят. Дремлет моя девяностолетняя «принцесса», а я в это время делаю небольшую постирушку изгаженных после ночи вещей. Благо на кухне у нас имеется стиральная машина. Старенькая, но пока работает. Молю бога, чтобы только не сломалась. Потом быстро, но тщательно убираю квартиру, чтоб ни пылинки, ни соринки, ни микробов, ни вирусов. Перевожу дух и включаю телевизор, чтобы по русскому каналу узнать последние новости в России, в Америке и вообще в мире. Само собой, нигде ничего хорошего не происходит: сплошные природные катаклизмы, распространение смертельного вируса, спад российской экономики, процесс импичмента американского президента, вооружённые ограбления и убийства. Подобные новости, естественно, огорчают и одновременно (эгоистично) успокаивают: не только у меня одной такая сволочная жизнь.

Тут моя Раечка просыпается, и я, чтобы избежать дальнейших домашних инцидентов, решаю вывести мою старушку погулять, да и сама свежего воздуха глотнуть. Погоду нынче обещали хорошую, безветренную. На бордвоке — самый что ни на есть рай.

— Пойдём гулять, Раиса? — вопрошаю я строго, чтобы она не отлынивала от прогулки, прислушиваясь к голосам.

— Пойдёмте, — еле продрав глаза, подчиняется моя подопечная (гулять она любит), и мы собираемся на улицу. Наши сборы — это процесс весьма длительный. На Раечку надо напялить сто одёжек, и все с застёжками, чтобы, не дай бог, не надуло ветром с океана. Одев старушку, я выкатываю в коридор ходунки, сажаю её на сиденье и ровно за две минуты одеваюсь сама. Опять же, медлить нельзя, иначе она вспотеет.

Мы вызываем лифт и выходим на улицу. Рая, закутанная до бровей, в пуховике с капюшоном и шарфом, в тёмных очках — сущая инопланетянка — катит ходунки. Рядом я, готовая в любой момент её подхватить вместе с ходунками, если она вдруг споткнётся. А дощатый бордвок весь в дырах. (Уже который год ремонтируют, так и не доведут до нормальной кондиции, чтобы люди ноги не ломали.) Тут нужен глаз да глаз. Медленно катимся по деревянному настилу вдоль океана.

Как хорошо, что мы живём у воды! Сущая благодать! Кислород опьяняет. Волны тихо плещутся о берег. Погодка нынче уж больно хороша! Пятьдесят градусов по Фаренгейту, лёгкий бриз. Солнышко светит сквозь перистые облака. Мимо медленно «проплывают» такие же старушки с ходунками и хоуматендши, а также мелькают «бегуны от инфаркта» и любители животных — с собаками всех пород и размеров. С некоторыми знакомыми хоуматендшами я раскланиваюсь. Раечка из людей никого не узнаёт, но живо реагирует на собачек.

— Давайте заведём собачку! — просит она. — Ну пожалуйста! У меня ведь когда-то была собачка.

«Помнит ведь что-то из прошлой жизни! Господи, неужели ничего нельзя сделать, чтобы она и из настоящей своей жизни что-то запомнила! Например, как меня зовут и что она ела на обед!» — мечтаю я. На меня снова накатывает такая щемящая жалость к несчастной одинокой старухе. Я молю Господа простить меня за грубость и матерщину. Мне становится страшно. Что будет со мной, когда я вернусь в Россию, перестану посылать родне деньги и посылки, состарюсь и уже никому не буду нужна: ни дочери, ни внукам?!

Но расслабляться и поддаваться депрессии нам, хоуматендам, нельзя! Я прогоняю печальные мысли, улыбаюсь Раечке, океану, солнцу, облакам и прохожим, заряжаясь целебной морской энергией, готовая к сюрпризам нового дня, и восклицаю:

— А что? Только собачки нам и не хватает для полного счастья!

В ТЕНЁТАХ СТРАСТИ НЕЖНОЙ

ЗАПИСКИ БИБЛИОТЕКАРЯ

За один его пламенный взгляд
На колени готова упасть я.
Марина Цветаева

В отделение скорой помощи городской больницы поступила женщина с тяжёлыми ожогами лица, шеи и груди, проникающими в лёгкие. Её лицо представляло собой одну сплошную кроваво-красную маску. Женщина тяжело дышала, вернее, хрипела. Она была ещё жива, но сознание её быстро угасало. Вокруг неё хлопотали врачи и медсёстры с капельницей, мазями и обезболивающими инъекциями. Из районного отделения полиции приехал следователь. Воспользовавшись тем, что женщина была в сознании, он попросил у дежурного врача разрешения задать ей вопрос, важный для раскрытия преступления. Врач разрешил, понимая, что женщину эту невозможно будет спасти и она, скорее всего, обречена.

— Как всё произошло? Кто это сделал с вами и почему, за что? — спросил следователь.

Женщина услышала его, открыла страшную щель обожжённого рта и прохрипела:

— Это он, он...

— Кто, кто он? — следователь наклонился над ней, надеясь услышать имя или хотя бы приметы преступника. Но женщина больше ничего не смогла сказать и потеряла сознание.

Через несколько часов она скончалась... Полученные ею ожоги были не совместимы с жизнью.

* * *

Как нынче говорят с осторожной политкорректностью, сорокалетняя Джойс Уильямс была афроамериканкой (или попросту чернокожей). Среди чернокожих женщин встречаются красавицы, но Джойс не была ни красивой, ни уродливой, ни слишком тёмной и ни цвета кофе — скорее, светло-коричневой. Средний рост, непослушная копна вьющихся мелким бесом волос, с белой прядью ранней седины, которую она берегла и специально не закрашивала, так как кто-то из коллег мужского пола высказал мнение, что эта прядь придаёт ей кокетливой женственности и одновременно весомости, соответствующей её статусу и должности. А работала Джойс заведующей одним из филиалов Бруклинской публичной библиотеки. Не такая уж большая начальница, но всё же начальство, которое сотрудники, находившиеся в её подчинении, были обязаны не то, чтобы любить, но уважать и исполнять её просьбы и распоряжения. В общем, с карьерой у Джойс было всё в порядке: выше заведующей районной библиотеки она и не метила, так как не страдала излишней амбициозностью и должностью своей была вполне довольна.

Но вот с личной жизнью у Джойс не сложилось. Ни в старших классах средней школы, ни в колледже, ни в высшей школе, где она получила степень магистра по информатике и библиотечному делу, ни среди коллег, ни среди друзей-приятелей. Правда, когда-то, в ранней молодости, у Джойс была одна быстротечная, вроде взаимная любовь, которая привела к потере девственности; на том дело и кончилось. В итоге Джойс долгие годы страдала от одиночества, мечтала завести семью, детей или хотя бы бойфренда, словом, обрести обычное женское счастье. Она усердно старалась понравиться мужскому полу: покупала модную одежду в магазине Macy's, нещадно «истязала» своё тело в спортзале, а свои кудри — у парикмахера, пытаясь их выпрямить, хоть как-то подравнять и уложить. С молодыми и хорошенькими сотрудницами она была несколько строга, но в общем справедлива, так как характер имела невредный. А когда обращалась к мужчинам, становилась мягкой, как свежевыпеченный хлеб, не в меру улыбчивой и всё прощающей, словно хотела сказать: вот она я какая — милая, добрая и симпатичная, любите меня, я заслуживаю любви. Но, увы, ничего не помогало. Её будто заклинило на любовном невезении, пока однажды в библиотеке не появился новый сотрудник, тридцатипятилетний уборщик пуэрториканского происхождения, красавчик Хозе Санчес. Хозе был переведён в библиотеку к Джойс из соседней библиотеки, где в чём-то провинился. Злые языки поговаривали, что он попросту по-глупому проворовался на какой-то мелочи: тащил домой то ли туалетную бумагу, то ли моющие средства, и был пойман с поличным. В результате заработал плохую характеристику, и его перевели в другую библиотеку с четырёхмесячным испытательным сроком. Выдержит — останется на городской работе со всеми причитающимися льготами и бенефитами, не выдержит — будет уволен с «волчьим билетом». И попробуй тогда устройся на хорошую работу.

Мало того что Хозе был нечист на руку, он ещё и славился дурным, взрывным характером. На работе вечно ссорился с сотрудниками, только что не дрался. А вне библиотеки распускал кулаки. Имел несколько приводов в полицию, но каждый раз его почему-то отпускали домой за отсутствием состава преступления. Почему драки сходили ему с рук? Очень просто: попав в полицейский участок, он умел улыбнуться белозубой улыбкой кому надо. Вот такой был «ласковый зверь».

Другие злые языки добавляли, что перед переводом в библиотеку к Джойс он нагрубил начальству, когда оное распекало его за леность и халатное отношение к работе. Словом, Хозе был далеко не подарок, но уволить плохого работника, члена профсоюза, к тому же принадлежащего к этническому пуэрториканскому меньшинству, в нашем славном демократическом штате Нью-Йорк и городе Бруклине — дело сложное и тонкое, требующее осторожной многоступенчатой процедуры. Хозе всё это знал и, естественно, использовал либерально-демократическую структуру кадровой политики публичной библиотеки на всю катушку. К тому же, как мы уже отметили ранее, Хозе отличался весьма привлекательной внешностью, и многие женщины (как испаноязычные, так белые и черокожие) падали жертвой его латиноамериканской красоты. Хозе щедро раздаривал свою любовь юным девам и зрелым дамам в свободное от работы (и не только) время, невзирая на то, что был давно и прочно женатым и отцом троих детей.

Его жена, Тереза, работала клерком в одном из филиалов (семейственность была характерным явлением для такой удобной и щедрой кормушки, как Бруклинская библиотека), и, естественно, слухи о мужниной неверности быстро достигали её ушей. Первые годы Тереза переживала, возмущалась, устраивала мужу сцены ревности с истериками и битьём посуды. Сцены эти чаще всего заканчивались для неё фингалами под глазами и другими телесными повреждениями вплоть до сотрясения мозга, так как взрывной характер Хозе и его тяжёлая рука проявляли себя по отношению к ревнивой жене без снисхождения. Тереза даже несколько раз заявляла на мужа в полицию, но потом смягчалась и забирала назад свои заявления. Всё же, видимо, она продолжала его любить — по принципу — любовь зла... К тому же они с мужем наплодили троих детей, которых трудно было поднимать на одну жалкую зарплату клерка. В общем, Тереза в итоге смирилась со своей нелёгкой долей постоянно обманутой жены и больше не возникала, приняв горькую мораль разгульного мужа как безысходную данность, которая сводилась к краткому выводу: раз ты вышла за меня замуж, работай, веди домашнее хозяйство, расти детей и терпи. Принимай меня таким, какой я есть, ибо меняться я не собираюсь. А хочешь разводиться — пожалуйста, разводись, только весомые алименты ты с моей зарплаты уборщика не получишь и друга сердечного вряд ли найдёшь. Кому ты нужна-то с тремя детьми?

Прежде чем Хозе появился в библиотеке Джойс, туда прибыли его документы с характеристикой, в которой чётко были изложены рабочие и личные качества уборщика (в основном негатив) и цель его перевода — испытательный срок.

«Ну вот, опять мне подсунули проблемного сотрудника! Как будто у меня исправительное учреждение, а не районная библиотека, которую я, кстати сказать, содержу в образцовом порядке», — с тоской подумала Джойс. Но такова была воля высшего начальства, решения которого, если ты хочешь быть на хорошем счету, не оспаривай, а выполняй, причём лучше, если это делается с готовностью и даже показным энтузиазмом. Джойс была опытной заведующей библиотекой и начальству не перечила. Получив характеристику и прочие бумаги Хозе, она вызвала к себе в кабинет свою помощницу и заместительницу китаянку Мэй Линь. В таком тонком и серьёзном деле, как прохождение испытательного срока младшим персоналом, требовалась поддержка умной и осторожной Мэй.

— Ну, что скажешь, Мэй? Опять нам подсунули проблемного работничка для перевоспитания! Характеристика у него весьма скверная. Бездельник и грубиян. На вот, почитай! — и протянула Мэй документ.

Рассудительная Мэй прочитала бумагу и пожала плечами:

— Посмотрим! Может, не так страшен чёрт, как его малюют. А если у тебя возникнут с этим Санчесом проблемы, ты же знаешь, что всегда можешь на меня рассчитывать. Я тебя во всём поддержу.

— Спасибо, Мэй. Я не первый год тебя знаю, поэтому с тобой делюсь. Мы же не только коллеги, но и подруги, — и в подтверждение своих слов Джойс обняла Мэй.

* * *

Хозе перепугался не на шутку. Он понимал, что, если хочет сохранить городскую работу, на сей раз надо как-то перестроиться на более серьёзный лад. Лафа безделья и разгильдяйства закончилась. Хотя бы четыре месяца нужно продержаться, продемонстрировать рвение к работе и выполнять все указания будущей начальницы. По своим каналам он навёл справки о Джойс и узнал, что она одинокая, некрасивая, хоть и строгая, но не вредная и имеет очевидную слабину, а именно мягкосердечие и симпатию к мужскому полу. «Вот за эту соломинку надо ухватиться... Посмотрим, разберёмся, мне не впервой...» — рассудил Хозе и пригладил маленькие усики а-ля Кларк Гейбл в фильме «Унесённые ветром».

В свой первый рабочий день уборщик явился в библиотеку загодя, чистенький, свежевыбритый. Подровнял усы, даже патлы длинные укоротил в парикмахерской и слегка надушился недешёвым мужским одеколоном. Потратился для такого жизненно важного дела. Ключей от новой библиотеки и парковки у него пока не было, поэтому ему пришлось припарковать машину на улице и немного подождать перед дверью, пока придёт кто-либо из сотрудников. Где-то в полдесятого одна за другой стали подходить клерки и библиотекари. Хозе их встречал ослепительной улыбкой и радушным приветствием: «Доброе утро, мисс! Я — Хозе Санчес, ваш новый уборщик». Женщины, очарованные его безукоризненной вежливостью и мужским обаянием, улыбались в ответ. Мэй показала ему его рабочую комнату-закуток и кухню, предложила выпить кофе или чаю, ознакомиться с библиотечным зданием и подождать Джойс для дальнейших указаний.

Джойс приехала на работу перед самым ланчем, так как утром у неё было собрание в Центральной библиотеке, очередная обязательная говорильня. Она сразу прошла в свой кабинет, сняла пальто и села было за компьютер просмотреть электронную почту, как в дверь постучала Мэй и напомнила ей, что явился уборщик Хозе Санчес и ждёт её распоряжений.

— Ах, да! Санчес. О господи! Я совсем забыла. Эти бесконечные собрания вышибают меня из привычного ритма. Попроси его зайти ко мне в кабинет. Похоже, мой ланч откладывается на неопределённое время, — не успела сказать Джойс, как в дверях её кабинета возник Хозе — во всей своей почти голливудской мужественной красе.

Джойс была наслышана о его яркой внешности и любовных «подвигах», но видела Хозе впервые. И действительность превзошла её ожидания. «Уборщик! Да ему бы в Голливуде сниматься с такой внешностью! Какое несправедливое несоответствие внешнего облика и места в социуме!» — пронеслось в её голове.

— Добрый день! Садитесь, мистер Санчес! Поговорим.

— Спасибо, мисс Уильямс! К чему такие формальности? Называйте меня Хозе. На прежнем месте меня все называли просто по имени.

— Хорошо, Хозе, если вам так будет угодно. Но меня, пожалуйста, называйте мисс Уильямс. Я не терплю фамильярности.

— Конечно, мисс Уильямс! Я даже и подумать не смел назвать вас Джойс. И правда. Кто вы, и кто я? — вроде бы нарочито почтительно, даже угодливо, пробормотал Хозе и скромно опустил глаза долу, но Джойс показалось, что в его словах прозвучала некая насмешка с долей издёвки. «Ну, погоди у меня, несостоявшаяся голливудская звезда, любвеобильный кобель! Тебе придётся усмирить свой нрав и хорошенько здесь поработать, чтобы остаться в библиотечной системе!» — злорадно подумала Джойс.

— У вас было два часа до моего прихода. Надеюсь, вы успели познакомиться с сотрудниками и осмотреть библиотеку? — строго спросила заведующая.

— Конечно, я со всеми перезнакомился и даже уже приступил к работе. Опорожнил корзины для мусора, частично протёр полки с книгами в детской комнате и вымыл пол в кухне, чтобы вам приятно было там находиться. Также проверил запасы моющих средств, салфеток... ну, словом, хозяйственных принадлежностей и, так сказать, орудий производства.

— Что же, очень похвально для начала, Хозе. Вот ваша связка ключей. Они все под номерами. Список висит у меня в кабинете и в вашей рабочей комнате. У вас есть ко мне какие-то вопросы?

— Да нет, мисс Уильямс. Всё путём. Я же не новичок, — уверенно сказал Хозе и одарил Джойс своей ослепительной улыбкой.

«Он всем так улыбается, прохиндей, сердцеед, или только некоторым избранным?» — подумала Джойс и неожиданно ощутила приятное тепло в груди.

— Ну ладно, если вопросов нет, продолжайте работать, — сказала она и, не глядя больше на уборщика, уставилась в компьютер. Джойс хотела и дальше просматривать электронную почту, но не могла сосредоточиться. Обольстительная, нагловатая улыбка Хозе, словно наваждение, поселилась в её голове и упорно не желала исчезать.

«Чёрт возьми! Совсем не могу работать. Пойду лучше на кухню, достану из холодильника остатки вчерашнего ланча и поем. Хороший ланч расслабляет и успокаивает нервы», — решила Джойс.

* * *

«А Джойс — совсем не такая уродина, как мне говорили. Молодо выглядит, стройная, подтянутая, длинноногая, ухоженная... и лицо — как лицо обычной чернокожей женщины. Глаза, даже можно сказать, красивые и печальные. Одинокая, недолюбленная. Попробую, так сказать, долюбить, — размышлял Хозе, — если она, конечно, не будет против. Интересно, какова она в постели? Тут действовать надо постепенно и осторожно. Иначе всё испорчу и, как пить дать, вылечу с работы».

Хозе вернулся домой в необычно хорошем настроении, насвистывая песенку из популярного кинофильма. Он даже обнял и чмокнул в щёчку жену, погладил детей по голове и спросил у старшего сына, как дела в школе, что случалось крайне редко. Обычно, вернувшись с работы, Хозе обедал, выпивал пива и, не обращая внимания на жену и детей, вперивался в телевизор до вечера, переключая с одного спортивного канала на другой. Кроме спортивных новостей, его мало что интересовало, разве что детективные фильмы. Спать он ложился рано, в девять часов, так как надо было утром встать ни свет ни заря, чтобы к шести часам утра успеть на работу.

— Ты сегодня такой добрый, прямо любящий муж и отец! Что случилось? Не иначе, новая начальница тебя похвалила? — удивилась Тереза.

— Ещё не похвалила, но скоро похвалит, — многозначительно ответил Хозе. — Уж я постараюсь...

— Ну-ну! Смотри не перестарайся! — ехидно заметила жена, догадываясь о его планах.

— Умолкни-и-и, женщина-а-а! — как-то лениво-протяжно и отнюдь не грубо произнёс Хозе вроде бы грубые слова. Ничто не могло испортить его мирный настрой.

* * *

Джойс вернулась с работы в мрачном настроении, даже ужинать не стала, разделась и сразу бухнулась в постель. Она жила одна в небольшой кооперативной квартире, которую уже почти выплатила. Квартирка была небогато, но уютно обставлена. Джойс была помешана на чистоте, всё сияло и сверкало, как в хирургическом кабинете. Полный «церковный» порядок свидетельствовал об отсутствии детей и мужа, которые бы привнесли немного животворного хаоса в это почти стерильное жилище.

Джойс включила телевизор и рассеянно просмотрела очередную серию любовной мелодрамы. Хэппи-энд фильма нагнал на неё ещё большую тоску, напомнив ей, что у неё-то в жизни нет никакой любовной истории: ни драмы, ни мелодрамы, и на горизонте пока ничего не видно. В одиннадцать часов она выключила свет и уснула беспокойным сном. Под утро ей приснился улыбающийся Хозе. Он пытался её обнять и поцеловать. Она во сне отшатнулась и тут же пробудилась, подумав: «Снится всякая чушь! Только объятий простого красавчика-уборщика мне, интеллигентной, образованной женщине, и не хватало!» Джойс родилась на острове Ямайка в обеспеченной семье врача, приехала в Штаты получить высшее образование да так и осталась в Бруклине. Она причисляла себя к чернокожей аристократии и задирала нос перед простыми американскими чёрными, а также пуэрториканцами, мексиканцами и прочими латинос, наводнившими Америку.

Сама не зная почему, Джойс в это утро долго выбирала, что бы такое новое и привлекательное надеть. Отбросив бизнес-костюмы, она остановилась на недавно приобретённом модном платье цвета морской волны с более глубоким вырезом, чем носила обычно, и длиной слегка выше колена. «Я ведь ещё не старая, и у меня красивые ноги и грудь. Почему я должна их всё время драпировать?» Вымыла голову, накрутила непослушные кудри на крупные бигуди, высушила их феном, создавая в домашних условиях подобие аккуратно-стильной причёски. Минут пятнадцать возилась с лицом, покрывая его неброским слоем косметики, даже по-негритянски полные губы слегка подкрасила, ведь нынче такие губы в тренде, и многие белые женщины их специально накачивают ботоксом и разными другими «инъекциями молодости и красоты». В итоге Джойс внимательно осмотрела себя в зеркале и осталась собой довольна. «А я ещё вполне, вполне! Не красавица, но молодая и привлекательная афроамериканка!

Ещё не поздно, может, и на мою долю найдётся приятный и достойный мужчина…»

На работу она приехала на час раньше обычного, с намерением (пока остальные сотрудники не явились со своими просьбами и проблемами) спокойно просмотреть электронную почту и ответить на запросы и приказы высшего начальства.

Когда Джойс открыла ключом дверь и проследовала к своему кабинету, откуда-то сверху со второго этажа через перила лестницы до неё донеслось дружелюбное и несколько бесцеремонное приветствие Хозе:

— Доброе утро, мисс Уильямс! Вы сегодня классно выглядите! Хоть в кино снимай в главной роли!

— Доброе утро, Хозе! — ответила она суховато-вежливо, однако при этом покраснела. Хотела резко добавить, что не нуждается в его комплиментах, но почему-то промолчала. В кабинете Джойс, снова глянув в зеркало и пригладив волосы, села к компьютеру и принялась просматривать электронную почту и сортировать её по принципу важности и неотложности ответов. Где-то через полчаса в дверь её кабинета постучали.

— Войдите! — нервно отреагировала она, подумала: — Ну вот, с самого утра не дают работать.

— Извините за беспокойство, мисс Уильямс! Я вот хочу вас угостить домашним яблочным пирогом с корицей. Моя жена вчера вечером испекла. Ну, когда вы пойдёте на брейк пить кофе. Очень вкусный пирог получился. Попробуйте! — Хозе протянул Джойс пирог, завёрнутый в фольгу.

Джойс слегка растерялась, но пирог всё же взяла, положила на стол:

— Спасибо, Хозе! Обязательно попробую. Но мне ещё рано на брейк. Надо кое-что доделать.

— Понимаю! Извините ещё раз за беспокойство! — сказал Хозе, улыбнулся, словно обжёг Джойс своей улыбкой и удалился, бесшумно-вежливо закрыв за собой дверь.

«А он совсем не похож на грубияна и нахала, каким мне его охарактеризовали. Вежливый и доброжелательный. Если будет нормально работать, дам ему удовлетворительную характеристику», — решила Джойс.

В полдесятого в библиотеку стали приходить сотрудники, а Джойс пошла на кухню на брейк. Отметила, что Хозе уже успел сварить кофе. И кофе получился первоклассный, видимо, уборщик не поскупился, купил на свои деньги отменный сорт кофейных зёрен, смолол их в кофемолке и умело, по-шефповарски его сварил. Пирог действительно оказался отменным, и Джойс с удовольствием уплела целых два куска, отметив про себя, что она так мастерски печь не умеет. И неудивительно. Для кого печь-то! Ведь у неё нет семьи, никого, никого здесь нет! Родители, сёстры, братья и племянники — все остались на Ямайке.

Целый день Хозе трудился, как говорится, в поте лица, и больше они с Джойс не пересекались.

А на следующее утро Джойс снова приехала на работу раньше обычного и неожиданно для себя согласилась выпить кофе вместе с Хозе. Они сидели на кухне вдвоём и говорили обо всём и ни о чём. Не как начальница с подчинённым, а как хорошие знакомые, даже старинные друзья. Хозе подливал Джойс кофе и угощал её каким-то особым пуэрториканским печеньем. Печенье таяло во рту, и Джойс тоже постепенно таяла...

Она теперь почти каждый день приходила на работу раньше обычного. Это вошло в привычку. И Хозе со своей ласковой и одновременно обжигающей улыбкой тоже становился её привычкой. Джойс понимала, что надо прекратить эти ранние приходы на работу и кофе-брейки с уборщиком. Что она попадает, уже попала под силу его мужского обаяния, и это становится даже опасным для её эмоционального настроя и репутации, что она катится в пропасть. Понимать-то понимала, но ничего не могла с собой поделать, и утренние кофе-брейки продолжались.

В один из таких дней, когда они сидели за столом, пили кофе и болтали, Хозе взял её за руку и поднёс к губам. Нежно поцеловал, и Джойс не отдёрнула руку.

— Какая нежная у тебя ручка, прямо господская, Джойс. Да, ты не знаешь чёрной работы. Всё книги да книги и компьютер, — сказал Хозе и увлёк Джойс на диванчик, на котором отдыхали сотрудники во время брейков и перерыва на ланч... Джойс не заметила, что он больше не называет её мисс

Уильямс, не противилась, как под гипнозом позволила Хозе поцеловать её сначала в губы, потом в шею, потом расстегнуть пуговицы блузки и поцеловать в грудь.

— И грудь у тебя нежная, девичья, не растянутая кормлением. Ты мне очень нравишься. Понравилась с самого первого дня. Ничего не могу с собой поделать, всё время думаю о тебе. А я тебе нравлюсь? — шептал Хозе и продолжал ласкать её грудь.

— Не спрашивай! Лучше не спрашивай! — бормотала Джойс и блаженствовала от умелых ласк Хозе. У неё кружилась голова, и она не помнила, как Хозе ловко и бережно уложил её на диванчик, задрал подол платья, сорвал трусики, а потом... Потом свершилось то, что должно было свершиться. Хозе был не только сердцеедом, но и умелым любовником, что называется, собаку съел в любовных утехах. Недаром многие женщины пали жертвой его познаний в науке страсти нежной.

— Ты вся дрожишь, Джойс. Тебе понравилось? Тебе было хорошо? — спросил Хозе, лихо заправляя форменную рубашку в брюки и застёгивая ремень.

— Да! Очень! — призналась Джойс, одёргивая платье и поправляя причёску.

— Значит, завтра можем всё повторить, если ты не против. А ты ведь не против?

— Нет! То есть да! Я совсем запуталась, — сказала Джойс и добавила: — твоя победа была лёгкой, и теперь ты перестанешь меня уважать как начальницу. А я, я... Просто у меня давно никого не было, и я поддалась искушению, — у неё слёзы были на глазах. Слёзы стыда, отчаяния, наслаждения?

— Ну вот, ты совсем рассиропилась. Так, Джойс, всё, кончай эти женские штучки! Я этого не люблю. Я же сказал, что ты мне очень нравишься. Сейчас сюда люди придут. Иди к себе в кабинет. Значит, завтра здесь, в то же время, — Хозе почувствовал себя хозяином положения, и тон его сразу изменился — из уважительно-нежного перешёл на любовно-панибратски-покровительственный.

— Хорошо! — покорно согласилась Джойс и пошла к себе в кабинет. Она заперла дверь изнутри, села в рабочее кресло, расслабилась, закрыла глаза и подумала о том, что всё было хорошо, ну и ладно. Будь что будет! И лучше об этом больше не думать.

После своего грехопадения Джойс большую часть дня провела в кабинете, избегая встречаться взглядами с сотрудниками и с Хозе. Но ей пришлось всё-таки выйти к людям, и всевидящая Мэй сразу поняла, что с Джойс что-то произошло, что она в этот день какая-то необычно тихая, затаённая, то ли заболела, то ли чем-то встревожена.

— Что с тобой? Ты плохо себя чувствуешь? Заболела? Может, поедешь домой? — допытывалась Мэй.

— Тебе показалось. Со мной всё в порядке. Просто не выспалась, и... много работы. Выпью кофе, и всё пройдёт. Мэй! Можешь сделать мне одолжение? Принеси, пожалуйста, кофе сюда в кабинет.

— Да, конечно! Я сейчас, — сказала Мэй, удивившись, но выполнила просьбу своей начальницы и подруги. До этого дня Джойс всегда пила кофе на кухне, общаясь с коллегами.

* * *

На следующий день Джойс, как влюблённая девчонка, прилетела в библиотеку в полдевятого, и секс с Хозе повторился с ещё большим жаром и пылом, так как она вошла во вкус. Они встречались по утрам несколько раз в неделю. Каждый раз Джойс умирала от неожиданного женского счастья и, воскреснув, приступала к работе. Опьянённая любовью, она всё же понимала, что надо прекратить эту связь, что Хозе её сотрудник, к тому же подчинённый, что он женат, что эта аморальная страсть не делает ей чести и что, скорее всего, он её не любит, а просто откровенно использует для получения хорошей характеристики. Однако оборвать этот так называемый служебный роман была не в силах. Хозе открыл для Джойс тайны её женского тела, заворожил, и она стала послушным секс-предметом в его опытных руках ловеласа. Джойс с ужасом считала недели и дни, оставшиеся до подведения письменных итогов его работы в библиотеке: два месяца, месяц, неделя и... Как только она напишет ему положительную характеристику, он её, Джойс, конечно, сразу бросит, и тайным свиданиям придёт конец.

Всё было шито-крыто. Сотрудники ни о чём не догадывались. Только Мэй случайно застала Джойс и Хозе «на месте преступления», когда пришла на работу в неурочное время. Умная Мэй сказала «sorry!», сразу ретировалась и впоследствии никак не отреагировала на открывшуюся перед ней любовную сцену. Только иногда она бросала на свою начальницу сочувствующие взгляды, в которых красноречиво звучали вопрос и упрёк: «Зачем ты с ним связалась, с этим быдлом? Ничего хорошего из этого не выйдет. Ты симпатичная, образованная, умная и сама всё прекрасно понимаешь». Джойс знала, что её преданная помощница будет держать язык за зубами. О Хозе они не говорили.

Все сроки прошли. Хозе занервничал:

— Джойс, дорогая, когда ты собираешься дать мне характеристику? Я ведь заслужил хорошую характеристику. Правда? — лукаво спрашивал он.

— Не волнуйся! Вот на днях сяду и напишу, — отвечала она. Это «на днях» продолжалось неделю. Хозе злился. Несколько раз отказывал ей в любовных утехах под предлогом занятости. Джойс не могла уже больше тянуть время и вместе с супервайзером из Центральной библиотеки наконец написала нужную бумагу, прямо-таки хвалебный отзыв о работе и личных качествах своего любовника. Итак, испытательный срок был успешно пройден.

Хозе получил что хотел и без особых церемоний сказал Джойс, что не может так часто с ней заниматься сексом, так как сотрудники уже их, наверное, подозревают в любовной связи и слух дойдёт до жены. Они стали встречаться уже только раз в неделю, а потом Хозе и вовсе прекратил свидания с Джойс, ссылаясь на то, что будто бы всё стало известно его жене и она устроила ему семейный скандал. А он не хочет разрушать свою семью.

— Но я не могу без тебя! Давай встречаться после работы, у меня дома, — умоляла она его.

— Ничего не получится — ни после работы, ни у тебя дома! После работы я должен ехать к себе домой, пообедать и рано лечь спать. Ты забыла, что я встаю в пять утра? Всё, поиграли в любовь, и точка! Надо уметь вовремя закруглиться!

Хозе был непреклонен. А Джойс, словно под наркотиком, продолжала его преследовать, писала ему ласковые записки, назначала встречи, звонила на мобильный и даже на домашний телефон. Несколько раз Джойс нарывалась на Терезу и молчала в трубку. Хозе был в бешенстве от её назойливых домогательств, не знал, как избавиться от надоевшей ему женщины и подал прошение о переводе в другую библиотеку. Прошение приняли и, как обычно, положили под сукно. Нужно было ждать. А Джойс не унималась. В неё словно любовный бес вселился. Она по-прежнему приходила рано на работу и бегала за Хозе, как преданная собачонка. Хозе окончательно потерял терпение и в выражениях больше не стеснялся. Попросту хамил. Слово «дорогая» заменил на более крепкое...

— Я же просил оставить меня в покое. Отвяжись, сука! Господи, как ты мне надоела! Ты меня доведёшь до... Я, я... ты пожалеешь, что на свет родилась!

— Ну прости, прости меня! Я не могу без тебя. Пожалуйста, не бросай меня! — Джойс бухнулась на колени. Она впала в транс и не соображала, что делала.

У Хозе была в руках банка с соляной кислотой, которую он использовал для прочистки засорившейся канализации. Злобная гримаса перекосила его красивое лицо. Мгновение — и он плеснул кислотой в лицо Джойс. Она застонала и повалилась на пол...

Хозе, с ужасом осознав содеянное, схватился за голову, выбежал из библиотеки, закрыл дверь на ключ, сел в машину и уехал. Сначала в банк, где опустошил общий с Терезой счёт, а потом скрылся в неизвестном направлении. Растворился в огромной стране. Никто, даже Тереза, не знала, где он прячется.

В полдесятого в библиотеку приехала Мэй и нашла Джойс на полу. Сколько времени она так пролежала, никто не знал. Мэй позвонила в «скорую», которая приехала незамедлительно, но время было упущено... Видимо, слишком долго облитая кислотой Джойс находилась без медицинской помощи.

«Бедная, бедная моя Джойс! Зачем ты, глупая, связалась с этим ублюдком?» — подумала Мэй и заплакала.

* * *

Джойс умерла в тот же день. Хозе так и не нашли. Предполагали, что он под другим именем улетел в Пуэрто-Рико или в Мексику. Мэй получила повышение и стала руководить этой библиотекой. Прислали нового уборщика, на сей раз пожилого чернокожего, без проблем. О том, что произошло с Джойс, поговорили, посудачили, поохали и, как водится, перестали.

Жизнь продолжается, даже если рядом совершилось страшное злодеяние. Теперь Мэй сидит в кабинете Джойс. Перед ней на столе стоит портрет покойной начальницы-подруги. У Мэй много работы. Она целый день крутится как белка в колесе. Не так-то легко руководить районной библиотекой. Иногда во время брейка Мэй запирается в своём кабинете, смотрит на портрет Джойс, плачет, вздыхает и задаёт портрету всё тот же вопрос: «Зачем?»

ОСЕННИЕ ЦВЕТЫ

Заплаканная осень, как вдова...
Анна Ахматова

Все персонажи данного рассказа являются вымышленными, и любое совпадение с реально живущими или жившими людьми случайно.

В моей манхэттенской двуспальной квартирке полный развал, хаос. Две спальни — одно название. Комнаты маленькие. Мебель стоит впритык. По прямой не пройти. Только зигзагом, обходя препятствия. Я методично достаю вещи из шкафов: посуду, одежду, памятные альбомы с фотографиями разных лет, пластинки, кассеты с записями Гришиных песен, CD, афиши концертов, книги, сувениры, конверты с письмами... Господи! Чего только нет в моих закромах! За долгие годы жизни в Америке столько всего накопилось! Раскладываю содержимое шкафов на столе, на полу, на диване. Просматриваю, вспоминаю события, связанные с каждой вещью, улыбаюсь, плачу, утираю слёзы. Сортирую вещи. Что взять с собой в Москву, что кому-то подарить, что, может быть, продать. Только продавать я ничего не умею. Нет во мне коммерческой жилки и никогда не было. Для меня проще попереживать, повздыхать и выбросить. Да-да, просто взять и выкинуть в мусор. Например, русские книги, классику, которые мы с Гришей с такой любовью покупали и бережно хранили. Бунин, Чехов, Достоевский... Собрания сочинений, однотомники, двухтомники. Что с ними делать? Здешние библиотеки их не берут. Оставить друзьям и знакомым в подарок? Смешно! У них те же проблемы с книгами. Никому-то русская классика здесь в Америке не нужна. (Впрочем, английские книги в наше компьютерное время тоже не очень-то востребованы. Бумажный формат себя изживает... Вместе с моим поколением.) Не везти же книги назад в Москву! Перевозка с таможенными пошлинами стоит дорого. Ну привезу я их с собой, потрачу дикие (для меня) деньги. И что? Кто их там, в Москве, читать станет? Не мои внуки, продукты современного общества, — это точно!

В общем, надо взять с собой только самое необходимое. А необходимого получается много. Слишком много для моего скромного пенсионного бюджета. Упаковываю вещи в коробки, надписываю, что там внутри, перевязываю верёвкой, ставлю одну коробку на другую. Гора коробок растёт, заполоняя собой и без того малое квартирное пространство. Я вдыхаю запахи прошлого и задыхаюсь от пыли, воспоминаний и слёз...

* * *

Шёл 1999 год, когда это всё началось. Мне исполнилось пятьдесят. Возраст для российской женщины (подчёркиваю, не американки) весьма солидный, но ещё не почтенный. Выглядела я хорошо, лет на десять моложе. Развелась со вторым мужем и пока наслаждалась женской свободой, не отвечая на ухаживания поклонников из мира искусства и не только. У меня была прекрасная квартира недалеко от центра Москвы. Интересная творческая работа. Я преподавала в ГИТИСе историю театра и была вполне довольна своей жизнью. Об Америке в ту пору и не помышляла.

На одной из вечеринок меня познакомили с певцом — Григорием Н., который после двадцати семи лет жизни в эмиграции прилетел на гастроли в Россию. (Приехал один, без жены — она к тому времени умерла.) До отъезда в Израиль в 1972 году, а впоследствии переезда в Америку, Григорий Н. был весьма популярен в СССР. Прекрасный голос, особый, мягкий тембр тенора, широкий репертуар: от популярных эстрадных песен до романсов и оперных арий, красивая внешность. Словом, он был любимцем публики. Для него были распахнуты лучшие залы и эстрадные площадки. Его голос звучал по радио, концерты передавали по телевидению.

В репертуаре Григория Н. были также еврейские песни на идише, которые в начале 70-х годов в связи с ухудшением отношений с Израилем попали под негласный запрет. Другим популярным певцам еврейской национальности (кстати, они исполняли только русские песни), тоже перекрыли кислород. Столичные залы для них закрылись. Оставались гастроли в дальних провинциях. Началось время так называемого брежневского застоя. Перед Григорием встал выбор: смириться или эмигрировать. Его талант и популярность были в самом расцвете. И тут вдруг такой «удар под дых». Он посоветовался с женой, и они с гордостью и надеждой выбрали эмиграцию, о чём потом горько пожалели. А надо было смириться, преодолеть чувство обиды и попранной чести и переждать лет этак двенадцать-пятнадцать. Целых двенадцать-пятнадцать лет! Это огромный отрезок времени в артистической карьере да и вообще в жизни! Но кто же тогда, в начале 70-х годов, мог предвидеть, предположить, что рухнет СССР и для артистов откроются новые возможности и горизонты! Советский Союз казался тогда нерушимым государством, прочным монолитом на веки вечные.

За границей, в Израиле, пришлось приспосабливаться к местным реалиям. Можно было петь по-русски, по-английски и на идише. Пожалуйста! Выбор за исполнителем. Но в Израиле предпочитали иврит. Репертуара на иврите у Григория не было.

Прожив несколько лет в Израиле, Григорий получил семилетний контракт на гастроли в США. Начинать карьеру почти в пятьдесят лет на Западе, в Нью-Йорке, который являлся центром мировой культуры, при жестокой конкуренции среди звёзд из разных стран, означало огромные потери в аудитории, площадках, размахе и популярности. Однако, несмотря на предстоящие проблемы, он всё-таки поехал в Америку.

* * *

Вернёмся в 1999 год. Приехав в Москву, певец буквально ожил, воспарил. В России его ещё помнили, встречали овациями, цветами. Узнавали на улице. Глаза Григория горели. Ему исполнилось семьдесят лет, но он сумел сохранить свой бархатный голос, моложавость и обаяние. В Москве у нас с ним была лишь одна встреча, и она запомнилась нам обоим. Мы были на подъёме, говорили об искусстве, о новых возможностях для артиста. И вообще, о новых веяниях в жизни и артистическом мире.

— Вас в России всё ещё помнят и любят. Не хотите вернуться на родину? Некоторые эмигранты из артистической и писательской среды возвращаются, — довольно смело заявила я.

— Может быть, и хотелось бы вернуться, да поздновато, — сказал певец с горькой улыбкой. — Сколько лет я ещё смогу петь? Год, два, пять... А что потом? Одинокая старость и забвение в доме престарелых? А вообще-то, конечно, можно подумать.

— Думайте, только не очень долго! — сказала я. — Пока вас здесь помнят. Уйдёт наше поколение, и вы упустите последние годы вашей славы. Упущенные возможности, как и упущенное время, имеют свойство не возвращаться!

— Хорошо! Я подумаю... А вы... вы не хотели бы приехать в Нью-Йорк, скажем так, погостить? Я бы мог прислать вам личное приглашение. Сейчас это не так трудно сделать, — неожиданно сказал Григорий и посмотрел на меня с нескрываемым мужским интересом.

— Весьма неожиданное предложение, Григорий. Спасибо! Я тоже п-п-подумаю, — произнесла я, запинаясь.

* * *

Прошло полгода со времени нашей московской встречи. Я ждала, каждый день просеивала свой почтовый ящик в надежде найти извещение о заказном письме. Напрасно ждала. Никакого приглашения Григорий мне так и не прислал. Видно, жизнь его закрутила, или он просто забыл обо мне. «Мало ли женщин встретил певец на своём пути! А сколько, наверное, надавал обещаний! Ему можно. Он — знаменитость», — с грустью и разочарованием думала я.

А я вот не забыла. Мне вдруг ужасно захотелось увидеть Нью-Йорк. Меня, искусствоведа, манила архитектура и величие небоскрёбов, музеи и театры. (Я вообще мало где была за границей. Разве что ездила в молодости в Польшу и на Золотые Пески в Болгарию.) Но, как говорится, курица не птица, Польша — не заграница.

Я — женщина гордая! Напоминать знаменитому пезцу о себе — значит назязываться. А это не в моих правилах. И я стала искать другие пути попасть в этот удивительный город. И нашла.

В Нью-Йорке проживала с мужем и ребёнком дочь моей школьной подруги. И вот эта самая подруга предложила неожиданное решение моей проблемы. Она посоветовала мне поехать в Штаты по туристической визе, а потом продлить документы, остаться и устроиться работать бебиситтером в семью своей дочери. В то время это был довольно распространённый способ выехать за границу, да ещё и подзаработать.

— Я, кандидат искусствоведческих наук, преподаватель ГИТИСа, — работать бебиситтером? Как ты можешь мне такое предложить! Это, это... непрофессионально и даже унизительно. Ни за какие коврижки! — возмущённо сказала я своей подруге.

— Послушай! Не будь упрямой дурочкой! Ребёнок большой. Десять лет девочке. Она ходит в элитную частную школу. Я же не предлагаю тебе идти в няньки и менять памперсы. Считай, что ты будешь работать бонной. Вспомни российскую историю и художественную литературу. Бонна — это интеллигентная и весьма уважаемая должность. Моя дочь с мужем — очень даже состоятельные люди. Они хотят, чтобы их девочка, кроме английского, говорила на хорошем русском языке (не с бруклинским акцентом) и немного знала русскую историю и литературу. Они не доверят абы кому культурное воспитание своего ребёнка. Так что по теперешним временам это предложение ценное, уважительное и, если хочешь знать, в некотором роде почётное. Вспомни Жуковского, который был воспитателем цесаревича Александра, а тот потом стал императором Александром II.

После таких знаковых параллелей меня, естественно, долго уговаривать не пришлось. Уж очень мне хотелось увидеть Америку. Бонной так бонной. В общем, я оформила туристическую визу, созвонилась с дочерью моей подруги и полетела в Нью-Йорк.

Стояла золотая осень, тёплая, не дождливая. Самое приятное и красивое время года в Нью-Йорке. Ушла удушливая, влажная жара, а холод с пронизывающими до костей океанскими ветрами ещё не наступил. В аэропорту меня встретил водитель с машиной, и мы покатили в Манхэттен.

У моих работодателей была роскошная двухэтажная квартира в высотном доме с видом на Ист-Ривер. Приняли меня хорошо, выделили отдельную комнату. Я всё боялась, что придётся иметь дело с капризным, избалованным ребёнком нуворишей. Но и тут мне, как говорится, подфартило. Мои хозяева оказались приятными интеллигентными людьми, а их девочка — спокойным, воспитанным ребёнком. Ко мне отнеслись с должным уважением и вниманием. Моя подопечная охотно говорила со мной по-русски, не сердилась, когда я её поправляла, и прилежно училась читать и писать. Я нашла к ней подход, и мы, можно сказать, подружились. Пять дней в неделю я занималась со своей ученицей, а на уикенд была абсолютно свободна.

Вспоминала ли я о Григории и его так и не осуществлённом обещании прислать мне приглашение? Первые месяцы я была так увлечена воспитанием и обучением девочки, а также осмотром достопримечательностей Манхэттена, что не то, чтобы забыла о певце, но как-то отодвинула мысль о нём в дальний угол памяти. Потом, когда я немного привыкла к моей новой жизни, мне захотелось расширить рамки общения. Английского я не знала и, надо признаться, за последующие долгие 20 лет так его и не выучила. Всё как-то обходилась русским, так как вращалась в русскоязычной среде. А русскоязычных в Нью-Йорке уже в то время было пруд пруди.

На одном из концертов в Карнеги-холл я случайно встретила знакомого московского актёра Х., эмигранта. Об актёрской профессии ему пришлось забыть. Никаких других талантов у него не было, и он освоил процесс видеосъёмок свадеб, бар-мицв, юбилеев и прочих торжеств, чем и кормил себя и свою семью. Он-то и рассказал мне, что общается с Григорием, и даже затащил меня в гости к певцу, предварительно спросив у того разрешение.

— Гриша, как ты там, не скучаешь в одиночестве?

— Есть немного. А что? Почему ты спрашиваешь?

— Да вот хочу тебя познакомить с очаровательной женщиной. Москвичка, красавица, искусствовед, недавно приехала по туристической визе.

— Москвичка-искусствовед, к тому же очаровательная женщина — это звучит заманчиво. Кто такая?

— Пока секрет. Увидишь, будет для тебя приятным сюрпризом.

— Люблю приятные сюрпризы. Давайте, приезжайте. Да хоть сегодня вечером. Жду.

В голосе певца прозвучало даже некоторое нетерпение. Актёр X. доверительно сообщил мне, что знаменитый певец действительно скучал и, будучи вдовцом уже несколько лет, находился в поиске достойной подруги. Претенденток на звание Mrs. Gregory N. было предостаточно, но Григорий был чересчур требователен к женскому полу, так как любил свою покойную жену и потенциальных подруг сравнивал с ней. Все сравнения пока что заканчивались не в их пользу.

Мы решили не откладывать встречу в долгий ящик и приехали в тот же вечер. Гриша выглядел загоревшим и слегка похудевшим. Загар и стройность молодили его. Певец сразу узнал меня и даже просиял, не скрывая радости от новой встречи:

— Надя, как здорово, что вы всё-таки выбрались в Нью-Йорк, хоть я так и не выслал вам обещанного приглашения. Но у меня была уважительная причина. Дело в том, что после гастролей в России я поехал давать концерты сначала в Израиль, потом в Канаду. Совсем закрутился и, честно говоря, вымотался. Чувствую себя перед вами ужасно виноватым. Но вы же простите меня, правда, по доброте душевной? Вы ведь добрая женщина. А интуиция меня редко подводит.

— Не знаю, не знаю, насколько я добрая женщина, но незлая и незлопамятная — это точно. Я ещё не решила, простить вас или нет, — кокетливо отреагировала я и протянула

Григорию руку для дружеского рукопожатия, которую он по старинке неожиданно поцеловал. Лёгкое прикосновение его сухих губ было мне приятно. Я смутилась и вроде даже покраснела. В Москве мы давно отошли от этого «дореволюционного» обычая. Я не помню, чтобы мне кто-либо в последние годы целовал руку. (Поцелуи моих мужей были, разумеется, более интимными.) Григорий просто приложился к моей ручке, и я как-то сразу почувствовала себя женщиной, которая нравится, которой любуются. Певец явно любовался мной, аж весь светился.

Мы сели за стол, щедро накрытый закусками из местной кулинарии. А продукты в Манхэттене стоят весьма недёшево. Потратился Григорий. «Значит, не жадный», — подумала я. Актёр Х. достал из портфеля бутылку калифорнийского вина, я поставила на стол коробочку с итальянскими пирожными, и наша беседа потекла.

С того дня прошло двадцать лет, целая вечность. Не помню точно, о чём мы говорили. О Москве, Америке, об эмигрантской жизни... Обо всём понемногу. Помню только ясный взгляд Гришиных бархатных глаз, устремлённый большей частью на меня, и до сих пор слышу его тёплый голос. Мы засиделись допоздна. Пора было возвращаться к своим пенатам. Актёр Х. жил в южном Бруклине, в районе Шипсхед-Бей. Нам с ним было не по пути. Григорий не хотел отпускать меня одну в сабвей. Мало ли что... Вопрошающе посмотрел на меня:

— Надя, вы спешите домой, к своей воспитаннице? Завтра ведь воскресенье. У вас выходной день. Не торопитесь! Оставайтесь! Не хочу отпускать вас в ночь. У меня три комнаты. Предоставлю вам спальню. Сам лягу на диване в гостиной. Ну, как? Согласны? Обещаю, приставать не буду. Я слишком «взрослый» для пошлых приставаний, — и снова улыбнулся какой-то растерянной улыбкой. Видно, сам от себя не ожидал такого поворота и порыва...

Я сначала опешила от предложения остаться ночевать в квартире одинокого мужчины, к тому же знаменитого. Подумала: «Все они такие, звёзды на небосклоне искусства. Обещают не приставать, а сами... Впрочем, Григорий производит впечатление благородного человека. Как-то хочется

ему верить». Потом я представила себе небезопасную поездку домой в ночном сабвее… и это решило дело. Я согласилась остаться ночевать у Григория.

— Хорошо! Уговорили. Я остаюсь. Только позвоню своим друзьям-хозяевам, чтобы не волновались.

И я осталась. Неожиданно — насовсем, ибо наутро Григорий сходу предложил мне стать его женой. Мы оба были свободны, много пережили, с грузом браков, разводов и похорон за плечами. Правда, разница в возрасте была огромной — двадцать лет. Но Григорий ни внешне, ни душой не походил на старика.

— Надя, я почти старик или уже старик, но я влюбился в вас, как мальчишка, и клятвенно обещаю: я сделаю всё, что в моих силах, чтобы вы не пожалели о своём согласии выйти за меня замуж. Чтобы вы были счастливы со мной и в новой для вас стране.

Сказать, что я влюбилась в Гришу с первого взгляда, означало бы слукавить. Любовь пришла позже, а пока я, попав под обаяние знаменитого певца и красивого умного мужчины, находилась в некоем полугипнотическом состоянии. Да-да! Иначе, как состоянием гипноза, нельзя было объяснить моё согласие выйти замуж за Григория после столь краткого, двухдневного знакомства. Я не отличалась ни легкомыслием, ни авантюризмом. Как правило, идя по жизни, совершала исключительно обдуманные поступки, предварительно анализировала цель действия и возможные последствия, как позитивные, так и негативные. Я была женщиной средних лет, серьёзным человеком, уважаемым специалистом, матерью двадцативосьмилетней дочери и бабушкой двух внуков. Выйти замуж за Григория означало для меня круто повернуть накатанную дорогу жизни, предполагая, но не ведая, что ждёт меня за этим крутым поворотом. Семейное счастье с пожилым мужчиной, ни характера, ни привычек которого я не знаю? Да ещё в чужой стране, языка, обычаев и законов которой я тоже не знаю. Он обещал, что я буду счастлива. Но ведь моё счастье зависело не только от его обещаний… И всё же я решила настроиться на то, что мы оба будем счастливы.

Итак, не будучи авантюристкой по натуре, я сказала «да!», тем самым совершив, в общем-то, авантюрный поступок.

Однако у меня всё-таки хватило здравого смысла не выскакивать замуж сразу. (Из-за моего здравого смысла мне, кстати, впоследствии пришлось много страдать. Но об этом позже...) И я предложила Григорию, прежде чем регистрировать брак, пожить вместе какое-то время, узнать друг друга получше, притереться друг к другу. Это было логичное предложение, и Григорий согласился, хотя ему явно не терпелось назвать меня своей женой или хотя бы невестой.

Я решила пока не ззонить своей дочери в Москву, ничего не говорить ей о Григории и нашем скоропалительном решении пожить какое-то время в так называемом гражданском браке. Если бы я такое ей сообщила, она, скорее всего, сделала бы вывод, что её мамочка на старости лет рехнулась.

На следующий день я поехала в дом своей воспитанницы, сообщила её родителям, что Григорий сделал мне предложение и я переселяюсь к нему... в роли... гражданской жены. Я могу некоторое время продолжать занятия с их дочерью, пока они не найдут мне замену. Родители девочки, не ожидав от меня такого головокружительного поворота событий и «легкомысленного» решения, исходившего вроде бы от интеллигентной и рассудительной дамы в возрасте, буквально опешили и попытались отговорить меня от столь необдуманного, с их точки зрения, поступка. Но я стояла на своём. Мол, так получилось. Видно, Григорий — моя судьба. А от судьбы не уйти. И вообще, какие мои годы! Ещё не поздно начать новую жизнь, тем более, когда она сама летит тебе навстречу. Ну а если мне эта новая жизнь не понравится, я всегда могу дать задний ход. И... я пока «не ставлю печать в паспорте».

* * *

Так я стала третьей, пока гражданской, женой Григория Н., а он — моим третьим мужем. Мы тут выступили, так сказать, партнёрами на равных. Не знаю, о чём думал Гриша в первые дни нашей совместной жизни. Знаю только, что я никак не могла совладать с мыслями, вопросами и эмоциями, которые меня одолевали. А вопросов было много. Как будет протекать наша интимная жизнь? Во-первых, возраст и, соответственно, далеко не совершенные формы наших тел. Ну, эту проблему можно решить, погасив свет. Темнота скроет недостатки... И вообще, я не люблю секс при свете. Такая я старорежимная женщина.

Вот проведём мы первую ночь вместе, и вдруг, о ужас, почувствуем, что абсолютно не подходим друг другу... И что тогда? Стараться приспособиться или сразу разбегаться? Каковы будут мои обязанности в роли подруги известного певца? Что он от меня ожидает? Какая ему нужна женщина? Искусная любовница, знающая толк в науке страсти нежной? Домашняя хозяйка, которая обустроит его холостяцкий быт, окружит заботами, будет стоять у плиты и стряпать вкусные и питательные обеды, стирать, гладить, убирать квартиру? Заботливая жёнушка, которая будет следить за его здоровьем и диетой? (Ведь в его возрасте любой мужчина всенепременно приобрёл энное количество хворей.) Женщина на показ, элегантно одетая для парадных выходов в гости и поездок на гастроли? Дама-менеджер, которая разберёт его архив, займётся организацией концертов? Или, может быть, женщина многоликая, «многостаночница», которая будет охотно и умело совмещать в себе эти разносторонние качества и исполнять сразу все «женские роли». Мысли, мысли... Голова раскалывалась от мучительных сомнений. Смогу ли, выдержу ли, захочу ли справиться с такими многоликими ролями? И главный вопрос: смогу ли я полюбить Григория? Да, он мне симпатичен, но симпатия — это всего лишь малая составляющая любви.

Я даже слегка похудела и побледнела от напряжения. Гриша оказался не только талантливым артистом, но и умным, тонким человеком. Он заметил некую перемену во мне и озабоченность. Подошёл, обнял, поцеловал:

— Не печалься, Надюша! Я понимаю, тебе боязно начинать новую жизнь. Но ты справишься, мы вместе справимся со всеми трудностями. Всё будет хорошо. Ты не пожалеешь, что вышла за меня замуж! Ты меня ещё не успела узнать и полюбить. Пока что моей любви хватит на двоих. А потом, я знаю, я чувствую, ты меня полюбишь. Наша любовь распустится, как осенние цветы. А до зимы ещё далеко... Я несколько пафосно говорю, я же артист. Прости мне, пожалуйста, этот пафос! Я хочу завоевать твою любовь. Буду очень-очень стараться.

Я слушала его монолог, улыбалась и понимала, что судьба свела меня с необыкновенным человеком. Я просто вытянула счастливый лотерейный билет. Такое случается редко. После двух неудачных браков мне просто повезло.

* * *

Наш опыт первой брачной ночи оправдал все мои ожидания. Григорий оказался ласковым и умелым любовником, тонко чувствующим женскую душу и тело. Он в семьдесят лет сохранил свою мужскую силу и крепкое, отнюдь не дряблое тело и мог дать сто очков вперёд, скажем так, сорокалетнему потасканному повесе. Я расслабилась, раскрепостилась, перестала думать о том, что мы далеко не молоды и некоторые любовные утехи для нас — табу. Не стало никаких табу. Всё, что хотели наши тела и требовал темперамент, было дозволено...

Григорий вставал рано, старался не будить меня (я, по московской привычке, засыпала во втором часу ночи), шёл на кухню и варил себе утренний кофе. Потом где-то часам к девяти я просыпалась и готовила завтрак. За завтраком он просматривал сразу две газеты: *The New York Times* и *Jewish Daily Forward (Forverts),* которые почтальон, будучи поклонником таланта Григория, не опускал в почтовый ящик (до которого ещё надо было добраться, спустившись на лифте с 22-го этажа), а оставлял прямо под нашей дверью. Я сидела тихо и не прерывала этот ежедневный культурно-информационный процесс. После приобщения к новостям Гриша делился со мной самым важным и злободневным. (Я ведь, увы, не умела читать ни по-английски, ни тем более на идише и чувствовала себя несколько ущербной.) Гриша это очень скоро понял и подписал меня на газету «Новое Русское Слово». Это было проще, чем заняться «ликвидацией моей безграмотности».

После просмотра газет мы строили планы на день. Деловые и развлекательные. Дел с моим появлением в Гришиной жизни накопилось довольно много. Мне надо было получить номер Social Security и подать документы на грин-карту, а Грише — вписать меня в договор на квартиру и медицинскую страховку. Но прежде всего следовало официально оформить наш брак. Без официальной регистрации брака ни в медицинскую страховку, ни в квартиру вписать меня было невозможно. Григорий постоянно напоминал мне об этом, а я тянула время, объясняя ему и себе, что мы ещё недостаточно долго ели вместе пуд соли. А в действительности — чего я боялась? Наверное, осуждения Гришиного сына и близких друзей, которые привыкли к тому, что у Гриши долгие годы была другая, любимая (им, друзьями и даже публикой) жена Анна. И никто в целом мире не может и не имеет право её заменить.

* * *

Несмотря на возраст, Гриша сохранил огромную творческую энергию. Он без устали работал. У него была своя передача на русском радио. Не оставлял он и концертную деятельность. К сожалению, не в Карнеги-холл и не в NYC Center, а на менее престижных концертных площадках: в городских школах, культурных центрах Y, в библиотеках и в синагогах. Я ходила на все его концерты и помогала с рекламой и распространением билетов. Делала это охотно и даже более того — с энтузиазмом. Гришу также приглашали на русское телевидение. Русскоязычная, еврейская, да и англоязычная еврейская публика Гришу любила. Ещё бы! Певец обладал не только потрясающим голосом, но уникальной артистичностью и обаянием. Кроме того, у него был широкий жанровый репертуар на русском, английском, идише, итальянском и украинском языках. Когда Гриша пел на идише песни своего детства, пожилые еврейские зрительницы утирали слёзы и забрасывали его цветами.

Мы вели довольно активный образ жизни, ходили в театры и в Метрополитен-оперу. Часто приглашали гостей. Я умела и любила вкусно готовить разнообразные блюда. У нас всегда кто-нибудь да «столовался». Я не возражала. Так в делах и прочей суете незаметно прошёл год нашей совместной жизни. А мы ещё не расписались. Первым спохватился Гриша.

— Надюша, мы уже целый год вместе. Я надеюсь, ты не передумала выходить за меня замуж?

— Не передумала. Просто жду от тебя повторного предложения руки и сердца. Не самой же мне начинать этот щекотливый разговор?

— Так вот, я делаю тебе второе официальное предложение руки и сердца, на колени не становлюсь, так как потом трудно будет подняться, а у меня ревматизм, — пошутил Григорий и протянул мне коробочку с изящным колечком с бриллиантом. — Надеюсь, оно тебе впору.

— Спасибо! Колечко изумительное. И я согласна стать твоей женой. Потому... потому что люблю тебя, — сказала я, подошла к нему, поцеловала и неожиданно всплакнула. Вспоминая эту давнюю сцену и свои слёзы, я до сих пор не могу понять их причину. Слёзы радости? Слёзы предчувствия нашего короткого счастья?

В конце концов Григорий буквально заставил меня заняться официальным оформлением нашего брака. Надо было переводить на английский мои документы, заверять переводы. Мы заполняли десятки бумаг и таскались по разным инстанциям. К моему удивлению, бюрократия в Америке оказалась ничуть не меньше, чем в России, пожалуй, даже больше, всеохватнее и дотошнее. Грише хотелось сделать всё и сразу, он торопился, словно спешил на поезд. Поезд моего юридически полноправного проживания в Америке. Бумажный процесс отнимал много времени и нервов. Документы надо было заполнять точно, прикладывать к ним копии других документов, в том числе моих российских. Всюду были очереди. Я, привыкшая к бюрократии, к подобному тяготному процессу легализации относилась спокойно. Гришу бумажная волокита нервировала вплоть до головной боли и сердечных приступов.

— Гришенька, ну почему мы так спешим? Днём раньше, днём позже подадим эти чёртовы бумаги. Какое это имеет значение? Я же с тобой, и от тебя никуда не денусь. И ты, надеюсь, разводиться со мной не собираешься, — пыталась я юморить.

— Надюша, девочка моя, ты не понимаешь. Всё надо делать вовремя. Жизнь непредсказуема. Во-первых, могут измениться законы, во-вторых, я, мягко выражаясь, не молод, и со мной может произойти всякое... гм... непредвиденное. И что потом? Что будет с тобой?

— Ну что ты такое говоришь! Ты у меня ещё такой молодой, красивый, здоровый и талантливый! Главное — береги нервы. Мы всё делаем как надо, точно по иммиграционному протоколу, — заверяла я мужа деланно бодрым голосом. Но где-то внутри меня уже поселился чёртик беспокойства, такой маленький, назойливый и вредный…

* * *

Мы получили *marriage license* (разрешение на бракосочетание) и через неделю расписались. Церемония была сугубо гражданская, не очень торжественная, без священника и раввина. Но Гриша всё-таки настоял на том, что мне надо купить новое праздничное платье, пусть не белое, но непременно светлых тонов. Сам он надел фрачную пару, в которой давал концерты. Свидетелями были родители моей бывшей воспитанницы. Сначала они противились, так как не верили в наш союз, считая его блажью или попросту химерой, но я их, в конце концов, переубедила.

После церемонии бракосочетания мы вчетвером пошли в ресторан «Русский Самовар». Там Гриша увидел нескольких своих приятелей, которые, узнав о нашей женитьбе, искренне обрадовались и присоединились ко всей честной компании. Один из них даже произнёс краткий, но многозначительный тост: «Поздравляю вас, дорогие мои друзья! Давно пора! А то ты, Гриша, всё один да один! Так не заметишь, и жизнь пройдёт!» Потом кто-то играл на рояле, и Гришу попросили спеть несколько еврейских и русских песен. Новобрачный в этот вечер был в ударе.

Ко мне кто-то подходил, поздравлял, говорил комплименты. Гриша перезнакомил меня со всеми присоединившимися к нашей компании гостями и с гордостью повторял: «Знакомьтесь! Это моя красавица жена Надежда».

Моё тогдашнее состояние трудно описать. Не могу сказать, что я испытывала истинное счастье, неизбывную радость, скорее, находилась в некой полуреальности. Будто всё это происходило не со мной, а с какой-то другой женщиной, молодой, смелой и решительной, которая в этот день выходила замуж наперекор всем препонам, включая границы между нашими странами, разницу в возрасте между женихом и невестой и ещё «миллионом» других различий.

Словно я была всего лишь удивлённой наблюдательницей, раздумывающей о том, что порыв, толкнувший нас друг к другу, был гораздо весомее всех различий и сомнений вместе взятых.

Закончилась наша импровизированная свадьба в двенадцать ночи. Часы пробили полночь, и «Золушке с принцем» пора было возвращаться не в королевский замок, а в маленькую квартирку на берегу Ист-Ривер.

После регистрации брака мы немедленно занялись оформлением бумаг для подачи на грин-карту. Наняли адвоката, чтобы всё было точно по букве закона. Адвокат нам сказал, что должно пройти два календарных года пребывания в законном браке, прежде чем я эту грин-карту смогу получить. Время летело быстро, с ускорением, которое оно почему-то приобретает, когда ты уже далеко не молод. «Не успеете оглянуться, и желанное приглашение на интервью по поводу грин-карты прилетит к вам по почте. Не думайте о ней! Просто живите сегодняшним днём», — сказал адвокат. Мы так и сделали. Зачем думать и с нетерпением ждать того, что так или иначе само к тебе придёт?

* * *

Постепенно я стала замечать, что те небольшие залы, где выступал Гриша, до отказа, увы, публикой не заполнялись. «Ну почему, почему, почему? — спрашивала я себя. — Почему приезжают какие-то безголосые гастролёры из России с репертуаром часто дурного вкуса, и эмигрантский зритель на них буквально валом валит? А Григорий Н., золотой голос эмиграции, остаётся без должного внимания. Может быть, надо изменить репертуар?» Я всё думала и не знала, как сказать об этом Грише, чтобы он не только не обиделся на мои слова, но согласился со мной и перестроился.

— Гришенька, не сердись и не обижайся, пожалуйста, но, мне кажется, ты должен исполнять меньше эстрадных песен и больше романсов и оперных арий на итальянском. Твой золотой голос это позволяет в полном объёме. Это даст тебе возможность привлечь больше американских слушателей и выступать в престижных залах.

— Может, ты и права, Надюша. Я, конечно, могу подготовить соответствующий репертуар, но в Карнеги-холл не так просто пробиться. Насколько я знаю, список выступающих они планируют задолго, за год или даже два вперёд. Да и кто будет вести переговоры о моих выступлениях? Раньше этим занималась моя жена Анна.

— Теперь я твоя жена, и я буду этим заниматься. Найду соответствующие каналы. Не забывай, что я по профессии искусствовед, и у меня остались связи в мире искусства не только в России, но и здесь в эмигрантских артистических кругах.

— Да, милая, спасибо тебе! Но тут одних связей мало. Нужно знание английского языка...

— Не волнуйся, мы обойдёмся русским языком, а если понадобится, я найду квалифицированного переводчика. Ты подготовь репертуар, а об остальном я сама позабочусь, — сказала я с уверенностью и даже гонором, хотя сердце моё трепетало от страха, что я не справлюсь. Слишком ответственную миссию предстояло мне выполнить.

* * *

Прошло полтора года. Наша жизнь с мужем текла спокойным ручейком без особых перемен. Гриша, как и обещал мне и себе, готовил концерт оперных арий и романсов на итальянском и русском языках. Когда он репетировал в нашей маленькой комнате, которая была переоборудована под студию звукозаписи, я слушала его с закрытыми глазами и мысленно представляла, как он поёт в Карнеги-холл. Однако с планами выступления в Карнеги-холл ничего не вышло. Хотя мне всё же удалось (не без помощи некоторых влиятельных друзей) включить его выступление в программу NYC Center. А пока он по-прежнему выступал в бруклинских школах, культурных центрах Y, библиотеках и синагогах и вёл свою передачу на радио.

Во время одной из записей в нашей домашней студии я заметила, что у Гриши несколько усталый вид. Он побледнел, начал задыхаться и не смог довести запись до конца. «Переутомился. Слегка приболел. Или, не дай бог, что-то серьёзное...» — подумала я. Мы прервали запись, и я уложила его на диван. Обычно после концертов и записи у Гриши появлялся волчий аппетит, и я кормила его обильным обедом или ужином. Но в этот день он отказался от еды и даже отвернулся к стене. Почему? Чтобы я не видела грустного выражения его лица? Я укрыла его пледом, присела на край дивана рядом.

— Что с тобой, Гришенька? Тебе плохо?

— Да, милая, чувствую слабость, как будто начинается простуда. И сердце стучит в непривычном ритме. Думаю, отосплюсь, и назавтра всё пройдёт, а пока приглуши свет, пожалуйста.

— Может, ты хочешь мятного чаю или чаю из ромашки? — спросила я тревожно.

— Да нет, Надюша! Не беспокойся! Ничего не хочется. Какая-то пустота внутри. Кажется, будто я уже своё отпел в этой жизни.

— Ты просто устал, мой дорогой. Ты слишком много работаешь. Побереги себя!

— Не привык я, что называется, «беречь себя». Это так скучно. Жизнь теряет всякий смысл...

* * *

Смысл жизни Григория, как и любого певца мировой известности, состоял в работе. Здоровье его быстро ухудшилось. Поставили диагноз: почечная недостаточность, посадили на диализ. Три раза в неделю я возила его в клинику, катила прямо в инвалидном кресле, благо госпиталь был рядом — только переехать через дорогу. Диализ — процедура долгая и утомительная — занимала полдня. Остальные полдня Григорий отдыхал. Но на следующий день силы магически возвращались к нему. И выглядел Гриша хорошо, отнюдь не как почечный больной на диализе.

И он снова упорно работал: записывал оперные арии и новые песни, которые сам сочинял (и мелодию, и слова). Переводил некоторые песни с английского на русский, с русского на идиш. Его талант был многогранен. Он знал языки и быстро, словно играючи, создавал новые музыкальные композиции. Не оставлял он и свою работу на радио. Записывал программы на несколько недель вперёд. Наша жизнь продолжалась, правда, несколько в другом ритме.

Что поделать! Гриша принял этот новый ритм, приспособился к нему и уходить на полный пенсионный покой не хотел. Диализ — это дамоклов меч — да! Но ещё не смертный приговор!

Прошло почти два года, а точнее год и одиннадцать месяцев. Нам прислали приглашение в Офис иммиграции и натурализации на интервью по поводу моей грин-карты. Скоро, скоро я стану постоянным резидентом США, и мы с Гришей сможем поехать в Канаду, Мексику и в Россию. (Ведь процедуру диализа делают по всему миру.) Засиделись мы в Нью-Йорке. Я, конечно, понимала, что Гриша слишком слаб для таких путешествий, но ведь мечтать не запретишь.

Гришино самочувствие постепенно ухудшалось. «Видимо, концерт в New York City Center потребует от моего мужа слишком много сил, и его лучше отменить», — с грустью думала я. Гриша это тоже понимал, но не хотел ни себе, ни мне признаться в несбыточности наших планов. Надеялся на свой некогда могучий организм, на чудо?

Я, воспитанная советской семьёй, школой и системой высшего образования, ни в Бога, ни в чёрта не верила. А тут вдруг начала верить и молиться. Какому Богу я молилась? Единому. Ведь если есть Творец, то Он един. Я просила Господа продлить Гришины силы и творческую энергию, молила не забирать моего любимого ни у меня, ни у мира...

Какое-то время мои молитвы доходили до Всевышнего, а потом... перестали. Дамоклов меч провисел полтора года над Гришиным изголовьем и неожиданно упал. Гриша умер во сне. Вскрытие показало, что оторвался тромб в лёгочной артерии. Мой любимый не мучился. Видно, Всевышний всё же услышал мои молитвы и послал Грише лёгкую смерть.

Стоял конец августа, преддверие осени. На похороны любимого певца пришло много народу: друзья, поклонники его таланта, журналисты, коллеги по артистическому цеху. Это была гражданская панихида. Все говорили высокие и красивые слова. А я молча сидела у гроба, утопающего в венках и букетах осенних цветов, и тихо плакала. Что было дальше, плохо помню. Помню только, как его сын подхватил меня под руки и усадил в похоронный кортеж.

Одна мысль всё же не покидала меня, она упорно стучала в висках и отдавала болью в сердце: «Григорий был смыслом моего существования в течение почти трёх лет. Он ушёл. Что теперь? Что мне делать со своей жизнью?» Я не находила ответа на эти вопросы.

* * *

Первые месяцы после смерти Гриши я ещё как-то держалась. Звонили его друзья, коллеги, журналисты, просто знакомые, выражали соболезнование, спрашивали, чем они мне могут помочь. И я действительно нуждалась в помощи: физически и морально. Позвонила известная русскоязычная журналистка Т., спросила:

— Как и на какие средства ты собираешься жить? У тебя есть грин-карта?

— Нет, грин-карту я так и не получила. Гришенька умер... На интервью я поехала одна. Документы остались в подаче.

— Что? Немедленно звони адвокату и выясняй все обстоятельства дела.

Я позвонила адвокату и узнала, что обстоятельства мои были неутешительными. По закону, чтобы получить грин-карту, мы должны были прожить с Григорием в юридически оформленном браке два календарных года. А со времени подачи документов прошёл год и одиннадцать месяцев. Не хватило всего лишь одного месяца! Следовательно, пути для получения грин-карты были отрезаны, и ни один адвокат не в состоянии был мне помочь.

А ведь Гриша нервничал, торопился оформить все бумаги! Как предчувствовал...

Я фактически оказалась без иммиграционного статуса: ни беженка, ни постоянный житель США, ни гражданка... Словом, никто! Пособия мне не полагалось. И в банке денег почти не было. Мой муж не отличался накопительством. Он тратил деньги на поездки, на аппаратуру, на подарки друзьям. Ухитрился даже (ещё до встречи со мной) купить небольшой ресторанчик, для того чтобы в нём же и петь. (Петь-то он пел, но как вести ресторанный бизнес, не знал. Ресторан в конце концов прогорел.) Словом, мой муж жил, не думая о завтрашнем дне. Почти все Гришины сбережения ушли на похороны, а немногое, что осталось, надо было сохранить для установки памятника. То был для меня неприкосновенный запас. (Спустя год после Гришиной смерти я поставила ему памятник.)

Единственное, чем я владела, — это свидетельством о браке и квартирой вместе с мебелью, аппаратурой звукозаписи, архивом мужа и картинами, развешанными по стенам. (Хорошо хоть, Гриша вовремя вписал меня в жилищный договор и в медицинскую страховку.) Нервная система моя не выдержала, я впала в депрессию. К тому же дали о себе знать старые переломы. Болела спина да и всё тело. Я слегла, перестала готовить себе еду, не отвечала на телефонные звонки и звонки в дверь.

Та же самая журналистка Т. всё же достучалась в дверь (буквально) и фигурально — до моего разума. (Я ей безумно благодарна!)

— Надя, мне больно на тебя смотреть. Ты явно нездорова. Тебе немедленно нужно обратиться к врачу и оформить пособие по болезни. Иначе ты просто погибнешь тут. Без физической помощи, без моральной поддержки и, главное, без средств к существованию. На первое время я могу одолжить тебе денег. А что дальше? Ты, конечно, можешь бросить всё, вернуться в Россию, но, если хочешь остаться здесь и заняться делами покойного мужа и его богатым культурным наследием, надо действовать!

Воля моя была парализована, и я позволила Т. записать меня на приём к врачу. В Америке ничто быстро не делается... Процесс моего медицинского освидетельствования для получения статуса нетрудоспособности занял полгода. В итоге я получила пособие по нетрудоспособности из пенсии (*social security*) моего мужа. Сумма небольшая. Мне едва хватало денег на квартирную плату и «на булавки». Хорошо ещё, что дали фудстэмпы. Пришлось подрабатывать. Уже не бонной, а обычным бебиситтером. В общем, я всё-таки сводила концы с концами. Но мне этой деятельности было мало. Я постоянно поглядывала на Гришин архив — записи, пластинки, кассеты, афиши, статьи, рецензии, книги — и мечтала, когда же я, наконец, смогу приступить к разбору этих бесценных материалов и, может, создам какую-то видео- или аудиопрограмму о замечательном певце Григории Н. Бежали дни, недели, месяцы, годы, а я всё так же легально проживала в Америке без статуса. Вернее, мой статус постоянного резидента находился в нескончаемом процессе...

Не проходило дня, чтобы я мысленно не разговаривала с Гришиным портретом, в который раз всматриваясь в любимые черты. Я говорила, что по-прежнему люблю его и никогда не забуду те неполные три года нашего недолгого счастья, и спрашивала у него совета, что же мне делать с оставшейся жизнью. Портрет молчал, но, видимо, Гриша, бывший ближе, чем я, к богу, всё же передал ему мою просьбу, так как неожиданно, спустя десять лет после Гришиной кончины, произошло изменение в американском законодательстве, подписанное президентом США. Оказывается, таких легальных жителей Америки с «застрявшей в делопроизводстве грин-картой» было довольно много. И вот по этому новому законодательству нам, вдовам и вдовцам, было разрешено получить долгожданную грин-карту, не взирая на недостающие месяц или несколько месяцев юридически оформленной супружеской жизни. Я получила заветную грин-карту и из статуса «вечный турист» перешла в статус постоянного резидента. Это была победа, за которую теперь даже не нужно было бороться. Она просто сама свалилась с неба.

* * *

На радостях я сразу же принялась разбирать Гришин архив. Мне было трудно. Я не знала ни английского, ни идиша. Мне пришлось нанимать переводчиков. Нужны были деньги, и немалые. Я задумала снять фильм о Грише. Благодетелей и филантропов не нашлось ни среди родных, ни среди друзей, ни среди артистических союзов, ни среди еврейских организаций. Можно было писать слёзные прошения, перечисляя Гришины заслуги в мире искусства, но я не хотела унижаться. Из меня плохой проситель. Мне было проще найти необходимые средства самой. Скрепя сердце, я продала свою прекрасную московскую квартиру. Поехала в Москву, нашла автора будущего сценария, режиссёра, оператора, друзей, коллег, товарищей Григория по сцене и по жизни. Задача была не из лёгких. Проект занял несколько лет. Но наш фильм всё-таки был снят. Его показывали в московском Доме Кино, в ЦДРИ и других престижных залах. Российский зритель помнил и всё ещё любил своего певца. Залы были переполнены. Это был триумф, наш триумф с Григорием. Я повезла фильм на фестиваль в Канаду, показывала его в Центральной Нью-йоркской библиотеке и в библиотеках Бруклина. Я потратила часть денег от продажи своей квартиры и не заработала ни цента, так как надо было продолжать платить тут и там: за большие залы, за оборудование, за распространение копий фильма. Вот такая я «деловая» женщина. Но я ни о чём не жалею. Ведь осталась память о Григории Н., российском певце еврейского народа.

* * *

Прошло ещё шесть лет. Я постарела, устала от программ и поездок с фильмом по России и по Америке. Выполнив свою миссию, я просто отдала фильм на YouTube. Пусть те, кто помнит и любит певца Григория Н., смотрят фильм на экране компьютеров и телевизоров, удобно расположившись у себя дома. Любовь и преданность заслуживают комфорта.

А я, выполнив долг памяти и любви, исчерпала свою миссию и заслужила покой. За двадцать лет жизни в Нью-Йорке многое изменилось. Одни мои друзья ушли вместе с Гришей в мир иной. Другие вернулись в Россию. Я осталась в Нью-Йорке совсем одна. В Москве живут моя дочь и внуки. Мне здесь больше нечего делать. Я собираюсь вернуться домой. Хочу провести последние годы в кругу семьи. Жить можно в любом уголке мира, а умирать поеду на родину. Прости меня, Гришенька, что оставляю твою могилу. Буду посылать тебе через океан осенние цветы.

ИСКУПЛЕНИЕ

Как счастлив тот, кто смыл свой грех
Дождём горячих слёз,
Разбитым сердцем искупил
И муки перенёс...

Оскар Уайльд

В то доковидное золотое время я руководила Бруклинским клубом русской поэзии. Проводила сольные и коллективные литературно-музыкальные программы в районных библиотеках и делала это с любовью и даже энтузиазмом. Приглашала местных и приезжих поэтов, прозаиков, музыкантов, певцов и бардов. Собиралась интеллигентная русскоязычная публика, как правило, среднего и старшего возраста. Желающих выступить в моём клубе было много. Я старалась выбирать лучших, чтобы не подпортить репутацию наших литературных «сборищ». Принимала заявки далеко не от всех пишущих.

В нашем клубе среди публики были в основном завсегдатаи. Иногда появлялись новые лица.

Однажды я получила имейл от незнакомой женщины, которая, назвавшись Тамарой Ю., сообщила мне, что пишет стихи и хотела бы выступить у меня в клубе. Она также добавила, что хорошо знакома с компьютерной графикой и может быть мне полезна при составлении афиш и листовок. Тон её письма был далеко не навязчивым, скорее, скромным. Я поблагодарила Тамару и не замедлила попросить о помощи в дизайне афиши для очередной программы, так как была загружена другими делами да и не очень любила возиться с компьютерной графикой. (Компьютерная графика — не моё призвание. И хотя я делала ежемесячные афиши и листовки, они были просты, чтобы не сказать примитивны.) Тамара охотно согласилась мне помочь и прислала афишу прекрасного дизайна для запланированной программы. Я обрадовалась и пригласила её в наш клуб — для начала в качестве зрителя. А там посмотрим...

Не помню, кто выступал в тот день. Да это и не столь важно. Я оглядела зал и как-то сразу интуитивно определила, что худенькая женщина в последнем ряду с бледным лицом и длинными каштановыми с проседью волосами и есть Тамара. На вид ей было лет сорок пять — пятьдесят. Рядом с Тамарой сидел довольно симпатичный молодой человек. Они о чём-то тихо говорили, повернувшись вполоборота друг к другу, почти соприкасаясь лбами. Сразу подумалось: кто он ей? Друг, возлюбленный, родственник, просто знакомый, никто? Впрочем, какое это имеет значение? Да и не моё дело вникать в суть отношений между мужчинами и женщинами нашей иммигрантской литературной тусовки.

Я подошла к ним, представилась, спросила шутя:

— Вы Тамара Ю.? Если да, то вы мне писали, не отпирайтесь! Я прочла...

— Да! Это я. Не отпираюсь, я вам писала, — подхватила шутку Тамара. — Познакомьтесь. Это мой муж Андрей, — сразу добавила она, прояснив ситуацию, и распахнула свои тревожные бирюзовые глаза. В её взгляде был явный вызов. Видимо, ей было не привыкать сразу раскрывать карты, предупреждая бестактные вопросы любопытных.

— Очень приятно! — вежливо ответила я, про себя автоматически отметив, что муж моложе Тамары и отнюдь не на пару лет, а значительно больше, лет этак на пятнадцать-двадцать. — Посидите, послушайте, а после программы подойдите ко мне, и мы поговорим о наших дальнейших планах. Вы принесли мне свои стихи?

— Да, принесла! — с готовностью отозвалась Тамара и протянула мне со вкусом оформленную тоненькую книжечку. Вызов в её глазах сразу сменился доброжелательностью.

— Я могу взять книжку домой, чтобы внимательно прочитать, не торопясь?

— Конечно, берите. Я вам её хочу подарить. Уже и подписала на первой странице.

— Спасибо, Тамара! — я взяла книжку и грешным делом подумала, что вот ещё один поэтический сборник будет собирать пыль в моём книжном шкафу. А потом, заглянув в Тамарины прекрасно-печальные глаза, устыдилась этой своей подлой мыслишки. В её взгляде и во всём облике было что-то необъяснимое, некая затаённая незащищённость, которая притягивала и вызывала желание ей помочь.

После программы мы, как обычно, пошли небольшой группкой «избранных» потусоваться в гостеприимном доме поэтессы Галины Р. Я с разрешения Гали пригласила и Тамару с мужем, но та, поблагодарив за приглашение и ссылаясь на занятость, поехать отказалась. Может, она действительно была занята, а может, просто устала, исчерпав весь запас энергии, сидя на нашей презентации.

* * *

Обычно, когда поэт дарит мне свою книжку стихов, я не сразу приступаю к чтению. Проходит какое-то время: день, неделя, а то и месяц, прежде чем я раскрываю подарок, пролистываю или внимательно прочитываю стихи, в зависимости от их качества. А тут случилась странная вещь. Тамарина маленькая книжечка буквально звала меня: «Открой, прочитай, не откладывай в долгий ящик, потом пожалеешь!» Я хоть и не понимала, зачем должна так спешить с чтением Тамариной книжки и почему я потом пожалею, если вовремя не прочитаю, однако всё же после такого отчаянного предупреждения свыше сразу же начала читать Тамарины стихи.

Они обрушились на меня обилием сложных, красивых, порой непонятных, туманных образов и абсолютной свободой формы, не признающей никаких поэтических канонов. Моя новая знакомая писала стихи, как слышала и видела свой внутренний и окружающий мир. Спрятанные за всей этой неправильно (не по правилам стихосложения) скроенной поэтической завесой, бурлили чувства высокого накала. Будь то любовь до преклонения и обожествления, счастье до безумства, жалость, сострадание, неповиновение до душевного бунта, грусть до полного отчаяния и грозного предчувствия... болезни, смерти.

Эх, слегка причесать бы эти стихи — цены бы им не было, — подумала я, но ни сказать такое поэтессе по телефону, ни написать в имейле я не решилась. Ещё не так поймёт и обидится, чего доброго. А обижать такого хорошего, далеко неординарного человека (я как-то сразу после первой встречи и чтения её стихов поняла, что она — человек добрый и безусловно талантливый) не хотела. Просто отобрала несколько наиболее гладко скроенных по форме и эмоционально сильных стихотворений и написала Тамаре, что хотела бы включить в следующую коллективную литературную программу её выступление с чтением именно этих вещей. Она поблагодарила меня в ответном письме и согласилась выступить.

Настал день нашей очередной программы. Тамара пришла строго одетая в белую блузку и чёрную юбку. На шее — бирюзовые бусы под цвет её глаз. И всё: ни колец, ни серёжек — никаких дополнительных украшений. Она читала стихи одной из последних (так как её фамилия начиналась с буквы ближе к концу алфавита) тихим голосом, торопливо, непрофессионально, не как актриса, расставляя логические акценты и не завывая, как читают поэты. Тамара проглатывала некоторые слова, словно боялась куда-то не успеть... Словно предчувствовала, что другой возможности выступить у неё может и не быть. Тем не менее, вопреки торопливой манере чтения, её выступление эмоционально зацепило присутствующих в зале. Никто не шелестел страницами книг, не шептал что-то соседу, не просматривал сообщения в своём айфоне, не зевал, как это часто случается в конце литературно-музыкальных вечеров нашего (да и любого) клуба, когда усталость берёт своё и хочется домой — вздремнуть, поесть или просто переключиться на другой вид деятельности. Зал замер, внимая Тамариному голосу. А она, высокая и тоненькая, с распущенной по плечам гривой слегка спутанных волос, смотрела куда-то вдаль и ввысь (поверх зрительских голов) огромными бирюзовыми глазами и взмахивала в такт мелодии стихов руками, словно птица крыльями перед полётом. Тамарины печальные стихи вкупе с драматическим обликом поэтессы даже вызвали слёзы на глазах у некоторых слушательниц. У меня в том числе, хотя я не отличаюсь сентиментальностью.

После литературных чтений я, как обычно, поблагодарила выступивших поэтов и слушателей, сделала объявление о теме и дате следующей презентации и уже было собралась на выход, как ко мне подошла Тамара и скромно, запинаясь, пригласила на обед к себе домой.

— Пожалуйста, не отказывайтесь! Мы с мужем приглашаем вас на ланч. Нет, не в ресторан! К нам домой. Это здесь недалеко. Я... я хорошо готовлю. Ей-богу, без лишней скромности. Вы не пожалеете!

— Спасибо! Это так неожиданно, — пробормотала я и самокритично добавила: — А я, знаете ли, готовлю просто, без увлечения и фантазии. Словом, приготовление вкусной и здоровой пищи — не моё призвание. И охотно приму ваше приглашение. Не только испробую ваши блюда, но, может, чему-нибудь и научусь.

Тамара обрадовалась, улыбнулась, и мы втроём (вместе с её мужем Андреем) сели в мою машину и поехали к ним домой.

Жили Тамара с Андреем действительно не так далеко от библиотеки, в районе Сигейт. Они снимали односпальную квартирку на втором этаже ветхого частного дома, построенного, возможно, в середине прошлого века, а то и ранее. Как его построили, так он и стоял, и, похоже, никто его не пытался ремонтировать. На первом этаже жили хозяева дома, такие же ветхие, как и сам дом. Они сидели на крылечке, греясь в лучах мягкого октябрьского солнца. Две маленькие согбенные фигурки.

Мы поднялись по шаткой скрипучей лестнице наверх. Я держалась за перила: боялась упасть. Андрей открыл дверь в квартиру, и перед моими глазами предстала картина откровенной бедности, которую Тамара и Андрей пытались как-то прикрыть, обустроив помещение видавшей виды мебелью (возможно, найденной на улице или подаренной кем-то за ненадобностью). Мебель состояла из продавленного дивана, подобных ему двух кресел, колченогого обеденного стола с хромыми стульями и некогда весёленькими (ныне вылинявшими) оконными занавесками. Единственным достоянием семьи была огромная библиотека и картины (в основном пейзажи в импрессионистском стиле). Книги на русском, английском и французском языках были повсюду: в стенном шкафу, на полках, на столе и даже лежали аккуратными стопками на полу. Несколько картин в простеньких, дешёвых рамах было развешано по стенам. Остальные стояли в углу, прикрытые покрывалом.

— Проходите, раздевайтесь, давайте я повешу вашу куртку! Обувь снимать не надо, достаточно просто вытереть ноги о половик. Ковров нет. Садитесь! Как видите, у нас далеко не дворец, так как мы, что называется, новосёлы. Недавно приехали с западного побережья и ещё не успели наладить нормальную жизнь в Бруклине. Зато у нас абсолютная чистота. Ни пылинки. У меня астма, и дышать пылью мне противопоказано, — ввела меня в курс дела Тамара. — Располагайтесь, хотите посмотреть книги? Кого у нас только нет! Русские книги — от Аркадия Аверченко до Гузель Яхиной, о которой теперь не в меру много говорят и пишут. А я тем временем накрою на стол. Андрюша покажет вам нашу библиотеку. Я собирала её долгие годы, ещё в Москве. Вот переезжаю бродяжкой из города в город и вожу книги с собой. Понимаю, что это несовременно да и накладно, что теперь всё можно прочитать в интернете, но расстаться со своими бумажными сокровищами не могу. Вот такая я старомодная женщина.

— Я такая же, как вы, старомодная. Но у меня нет такого количества книг, так как я брала и беру книги в нашей Бруклинской библиотеке. Не могу долго читать с экрана. Глаза сохнут и болят, — объяснила я.

Тамара сочувственно посмотрела на меня:

— Я вас так понимаю! У меня тоже болят глаза от чрезмерного сиденья за компьютером. Но это моя работа. Ничего не поделаешь!

Она пошла на кухню, а Андрей стал показывать мне книги:

— Вас что больше интересует, поэзия или проза?

— Я люблю читать всё талантливое: поэзию и прозу, от классики до современной литературы... Но больше всего, как писателя, меня интересуют реальные, живые люди, их характеры и судьбы. Может, расскажете что-то о себе?

— Особо нечего рассказывать... Родился и вырос под Москвой в многодетной семье православного священника. Я — старший из семерых братьев и сестёр. Отец служил в местном небольшом приходе, хотел, чтобы я пошёл по его стопам и поступил в духовную семинарию. А я отца ослушался и выбрал свой путь. Верю в Бога, но не хочу тратить свою жизнь служению Ему. Надеюсь, Всевышний на меня не в обиде! Я с детства увлекался рисованием и живописью. Поступил в МГАХИ — Московский государственный академический художественный институт имени Сурикова, проучился там два года... Надоело, бросил учёбу. Словом, я — художник-недоучка. Один раз всё же выставлялся... в России. Это было давно, десять лет назад... в Измайлове, на выставке-продаже работ молодых художников. Вот и весь мой, как говорится, творческий путь, все мои достижения.

— Не слушайте его, Люся! Андрей чрезвычайно талантлив. Совсем необязательно окончить Суриковский институт, чтобы стать прекрасным художником. Между прочим, Ван Гог при жизни не продал ни одной своей картины. Нет, я, конечно, не сравниваю Андрея с гениальным Ван Гогом! Просто привожу пример. Взгляните на пейзажи Андрея! У него своё, уникальное видение природы, свой яркий почерк. И мастерство, само собой. Но... очень трудно пробиться, как в литературе, так и в живописи. Вы же знаете... Я уверена: Андрей ещё покажет себя миру. Его заметят. О нём будут говорить и писать, — раздался неожиданно громкий, с надрывом голос обычно тихой Тамары. Она воистину вещала.

Тамара, словно любящая, заботливая птица, оберегает своего птенца, — подумала я.

Она вошла в гостиную-столовую с двумя блюдами в обеих руках. На одном блюде лежали аппетитно посыпанные и украшенные укропом куски фаршированной рыбы, «со слезой». На другом — столь же аппетитно, с пылу с жару — горячие пирожки. Не жареные, а печёные, как я люблю.

— Андрюша, пойдём, помоги мне принести из кухни остальное... и, пожалуйста, поставь на стол тарелки, рюмки и приборы, — сказала Тамара несколько повелительным тоном. И мне сразу стало ясно, Who is the boss in the family[1]. — А Людмила пусть отдыхает, — добавила она уже более тихим, ласковым голосом.

— Тамарочка, давайте я тоже вам помогу, внесу хоть какую-то лепту в нашу э-э-э... трапезу, — предложила я с опозданием, но с готовностью.

— Что вы, что вы! Вы уже сделали огромное дело: организовали и провели прекрасный поэтический вечер. Это такое напряжение. Представляю, как вы устали. И вообще, вы — наша гостья! Гостям положено отдыхать и расслабляться.

— Ну, что ж! Слушаюсь и повинуюсь, — сказала я и принялась пристально разглядывать картины Андрея.

Пейзажи, отображавшие среднюю полосу России, скорее всего, Подмосковье — лес, речка, озеро, ржаное поле с васильками, пруд, покрытый тиной, земляничная поляна, были выполнены в подражательной импрессионистской манере. Да, безусловно профессионально! Но я не заметила в них ничего уникального, никакого «своего яркого почерка», по определению Тамары. Может, у меня был слишком маленький выбор (всего-то несколько картин) для определения таланта художника. Повесила бы я одну из его картин у себя в квартире? Да, несомненно! Купила бы хотя бы вот эту картину, где ржаное поле и васильки, или ту, где земляничная поляна. Они наиболее радужные, солнечные. Остальные пейзажи вызывали грустное настроение, отображали сумерки, приближение ночи, предгрозовое небо. А моя гостиная была и без того тёмная, так как окна выходили на северо-восток, и мне хотелось оживить комнату, впустить в это «тёмное царство луч света». Надо будет спросить, сколько Андрей хочет за свою «Земляничную поляну». И вообще, продаются ли эти картины, или они здесь исключительно для украшения гостиной?

Тамара и Андрей подали на стол ещё несколько аппетитных блюд: классический русский винегрет, салат из свежих

---

[1] Кто глава семьи (англ.).

овощей, селёдку в кольцах репчатого лука, изо рта которой, как водится, торчала зелень петрушки, тарелки с брынзой и кусочками постной ветчины, корзиночку с аккуратно нарезанным чёрным (моим любимым «Бородинским») и белым хлебом. Довершила накрытый стол бутылка сухого итальянского вина Кьянти. Стол был ярок, красив и выглядел, как искусно выполненный натюрморт. Видно, хозяева постарались.

Господи, но все эти продукты вместе с вином стоят немалых денег! А Тамара с Андреем, похоже, совсем на мели. Я даже не знаю, есть ли у них какой-либо доход. Не думаю, чтобы непризнанный гений Андрей где-то вкалывал. А Тамара... Кажется, она подрабатывает оформлением книг русскоязычных авторов. Но ведь это копейки! Если б я знала, что введу Тамару и Андрея в такие расходы, непременно купила бы по дороге что-нибудь вкусненькое. Ах, как нехорошо получилось! — расстроилась я.

Мы сели за стол. Поедая Тамарины кулинарные изыски, завели разговор о жизни в Америке.

— Я здесь уже сорок лет, можно сказать, больше здесь, чем там, в Москве, — сказала я не то чтобы с гордостью старожила, скорее, с грустью. Ведь большая часть жизни промчалась, промелькнула... А сколько её, той жизни, осталось, один Господь знает. — А вы давно в Америке?

— А я приехала в Штаты в девяносто пятом. Из Москвы, как и вы. С мужем и двумя маленькими детьми, — ответила Тамара.

— С первым мужем, не со мной! — добавил Андрей и замолчал, с опаской покосившись на жену. Не сболтнул ли ненароком чего лишнего.

— Приехали мы, стало быть, на западное побережье. Поселились у родственников мужа в Сан-Франциско, — продолжала рассказывать Тамара, не обращая внимания на ремарку Андрея. — Со временем сняли свою квартиру. Я работала продавщицей в русском книжном магазине. В Сан-Франциско — большая русскоязычная община. Муж, инженер по профессии, стал таксистом. Прошли годы. Дочери мои выросли. Обе замужем. Я — уже трижды бабушка...

— А почему вы переехали в Нью-Йорк? В Сан-Франциско так красиво, и климат там приятный, летом не такой удушливо-влажный, как в Нью-Йорке. Ой, простите меня, пожалуйста! Я, наверное, задаю слишком личные, бестактные вопросы, — спохватилась я.

— Отчего же бестактные? Вовсе нет! Я расскажу. Не сложилась у нас с мужем жизнь. Он от расстройства, что не смог работать по специальности, стал выпивать и играть в карты. В итоге растратил наши сбережения и потерял работу в такси. Мы стали ссориться. Обычная эмигрантская история, — обобщила свою американскую жизнь Тамара.

— И тут вдруг на горизонте появился я. Приехал в гости к своему старому другу, который оказался приятелем мужа Тамариной старшей дочери. Вот такое точное попадание в цель. Так мы с Тамарочкой и познакомились, — дополнил рассказ Андрей и с показной (как мне показалось) нежностью обнял жену.

А он не только художник, но и неплохой актёр, — подумала я. Не люблю я показуху. Обнимайтесь на здоровье! Но зачем же это делать демонстративно прилюдно?

— В общем, в конце концов я развелась с мужем, вышла замуж за Андрея, бросила дочерей и внуков и уехала на восточное побережье. Чтобы не мозолить им всем глаза и начать новую жизнь на новом месте. Осуждаете меня, Люся?

— Осуждаю ли я вас? Ни в коей мере. Кто я такая, чтобы вас осуждать? Как говорится, не судите, да не судимы будете! Кстати, ваша фаршированная рыба просто деликатес! А пирожки с капустой прямо тают во рту, — я сменила тему.

— Погодите, это ещё не всё. У нас ещё и десерт имеется — чай или кофе и настоящий торт «Наполеон», и не магазинного происхождения, а Тамарочкиной выпечки. Моя жена классно готовит! — с гордостью произнёс Андрей и чмокнул Тамару в щёчку.

И снова повеяло показухой. Какой спектакль они тут для меня разыгрывают? Хотят доказать, что молодой муж любит жену, которая на много лет старше его?

— Ой, после такого обеда я точно поправлюсь на пару фунтов, уже и брюки давят в поясе, — запыхтела я, раскрасневшись.

Тамарин «Наполеон» действительно таял во рту. Давно я так вкусно и обильно не обедала. Вечно фигуру берегла, а тут не смогла удержаться.

Хозяева так радушно и щедро (по российскому обычаю, совсем не по-американски) меня приняли! И мне ещё больше захотелось сделать для них что-то приятное. Я спросила:

— Андрей, а ваши картины продаются? Я бы хотела купить вот эту, где земляничная поляна. Она просто великолепна, к тому же радует глаз и оживила бы мою тёмную гостиную.

— Вообще-то, эта картина не продаётся. Я её очень люблю. Но для вас мы сделаем исключение. Правда, Андрюша? — Тамара улыбнулась и вопросительно посмотрела на мужа.

— Как скажешь, милая! — с готовностью поддакнул Андрей.

И я снова подумала: он действительно её так любит или просто играет роль покорного и горячо любящего мужа? Почему-то вспомнилось грибоедовское «...муж-мальчик, муж-слуга...».

— Андрей, сколько вы хотите за «Земляничную поляну»? — я перешла к делу.

— Триста долларов. Исключительно для вас! — выпалил Андрей.

— Какие глупости! Какие триста долларов? Мы просто подарим вам эту картину. Андрей... напишет другую, с натуры. Мы поедем в Горы Покано. Говорят, в тамошних лесах тоже есть земляничные поляны. Правда, Андрюша? — решительно заявила Тамара.

— Как скажешь, дорогая, ты же мой менеджер, — буркнул Андрей.

— Нет, я не могу принять такой ценный подарок! Сначала вкуснейший обед, как в первоклассном ресторане, потом дорогущий подарок... — я растерялась и взглянула на Андрея. Его лицо застыло непроницаемой маской.

— Ну, хорошо! Не хотите бесплатно. Пусть будет, скажем, пятьдесят долларов. Ни долларом больше. Вы столько делаете для нашей русскоязычной литературной общины! —

поставила точку Тамара. Я поняла, что мне её не переспорить, и согласилась. Андрей хранил молчание.

Тамара абсолютно не права. Картина прекрасная, пожалуй, лучшая в этой комнате. Труд художника должен быть по достоинству оплачен, тем более что художник явно бедствует, и триста долларов — не так уж много, — подумала я, но изменить Тамарино решение не могла. Наличных у меня с собой было мало. Я взяла чековую книжку и выписала Андрею чек на смехотворную сумму в пятьдесят долларов. Андрей проглотил обиду молча, тут же беспрекословно снял картину со стены, завернул в обёрточную бумагу, перевязал бечёвкой и положил в огромный пластиковый пакет. Судьба картины была решена.

Стало смеркаться. Солнечные лучи слабо освещали утомлённые лица Тамары и Андрея. Верхнего света в комнате не было, впрочем, как во многих американских квартирах. Тамара зажгла торшер. Мягкое освещение придало уюта уныло и бедно обставленной комнате. Мы ещё немного посидели, и я, поблагодарив радушных хозяев, заторопилась домой: пора и честь знать. Кроме того, я не люблю водить машину в темноте. Мы договорились увидеться на следующем литературном вечере нашего клуба.

* * *

По дороге домой я всё думала о моих новых знакомых, анализировала их союз. Что связывает этих талантливых и таких разных по возрасту, да и по характеру, людей? Любовь? Тамара явно любит Андрея собственнической любовью стареющей женщины. Он — её мужчина, любовник, младший брат, любимая игрушка... К Андрею в душу не залезешь. Он смотрит на жену то с нежностью, то с недовольством, как сын смотрел бы на властную мать, которая своим удушающим обожанием и волей принимает за него решения и попросту перекрывает ему кислород и инициативу. И делает это всё, само собой разумеется, с благими намерениями. Но, как известно, благими намерениями устлана дорога в ад...

Я приехала домой и сразу же занялась картиной Андрея. Надо было её так повесить, чтобы земляничная поляна была освещена струящимся из окна солнечным светом. Сделала ревизию своих картин. Одну совсем убрала и на её место справа у окна повесила «Земляничную поляну». Это был правильный выбор. На следующее утро картина Андрея заиграла на солнце. Красные, сочные ягоды соблазнительно переливались на свету, так что даже хотелось их сорвать и отправить в рот.

Всё-таки Андрей — молодец, хоть и пишет в подражательной импрессионистской манере. «Земляничная поляна» явно оживила мою тёмную гостиную. Как жаль, что по воле Тамары я заплатила ему так мало. Надо будет как-то по-другому его отблагодарить. Например, устроить его выставку в Бруклинской Центральной Библиотеке. На худой конец, в местной, там, где я проводила литературно-музыкальные вечера.

* * *

На нашу следующую программу Тамара явилась одна, без Андрея. На мой вопрос, почему он не пришёл, она ответила, что, мол, заболел. Ответила как-то кисло и неуверенно. Явно что-то скрывала. Я поняла, что больше вопросов задавать не стоит, и замолчала. Вместо вопросов предложила ей выбрать месяц для выставки-продажи картин Андрея в нашей библиотеке. Тамара обрадовалась, прямо просияла:

— Спасибо, Люся! Давайте устроим его выставку в январе. Новый год — новая выставка, новая жизнь. Может, это как-то поднимет его настроение. А то он совсем пал духом. Ничего не пишет, по дому тоже ничего не делает, никуда не ходит, со мной говорить не хочет, что-то бурчит мне в ответ. Целый день спит или просто лежит, в потолок смотрит. Почти ничего не ест. Похудел. Я хочу повести его к терапевту, психиатру или хотя бы к психологу. Он отказывается. Не знаю, что и делать.

— Это называется ситуативная депрессия. Положительные эмоции — лучшее лекарство. Но к терапевту, психиатру или психологу повести его всё равно нужно... Непременно! А то как бы чего с собой не натворил, — сказала я. Всё сразу стало ясно: и Тамарин печальный вид, и кислая улыбка. — У него раньше такое бывало?

— Плохое настроение, конечно, бывало частенько. Как у всех, кому не очень по жизни везёт. Но чтобы так долго — нет! Это с ним, на моей памяти, впервые.

— Так! Не будем ждать января. Сделаем выставку в следующем месяце. С первого ноября. Остальных художников передвинем. Я их уведомлю. Ничего никому объяснять не будем. Просто скажем, что у нас изменились обстоятельства. Пусть понимают как хотят. Вашего Андрея надо спасать! Приедете домой, сразу ему и скажите, чтобы готовился к выставке и отбирал картины. И ещё скажите, что его «Земляничная поляна» принесла радость и свет в мою мрачную гостиную. Да, да! Я не преувеличиваю. Все, кто ко мне приходят, сразу обращают на неё внимание. Я до сих пор переживаю, что купила её у вас за бесценок.

— Зря вы переживаете, Люся! Вы столько делаете для нас с Андреем. Я не люблю оставаться в долгу. Это был подарок от души. Когда вы ушли, Андрей, подумав, сказал мне, что я правильно поступила. А сейчас простите меня! Не могу больше сидеть в библиотеке. Поеду скорее домой. Не терпится обрадовать Андрея предстоящей выставкой.

Тамара уехала к себе, а я никак не могла сосредоточиться на ведении программы. Почему-то было неспокойно на душе. Мысли об Андрее и Тамаре не покидали меня.

Действительно ли Андрей находится в состоянии депрессии, или он просто хочет больше внимания от жены? То, что Тамара любит Андрея, я в этом не сомневалась. Но отвечает ли Андрей ей тем же чувством, или он просто обычный альфонс, «прислонился» к сильной, волевой женщине и капризничает, использует её? Как долго будет продолжаться этот союз? То, что их союз обречён, я не сомневалась. Слишком они были разные и слишком велика была разница в возрасте! Тут я вспомнила Сергея Есенина и Айседору Дункан, их безумную любовь и чем она закончилась.

Но Тамара отнюдь не Айседора, и Андрей уж точно не Есенин. Однако что бы ни случилось потом, сейчас надо моих новых знакомых поддержать.

* * *

Вечером того же дня мне позвонила Тамара и радостным голосом сообщила, что Андрей благодарит меня и уже начал отбирать картины для выставки. А через неделю я заехала к ним на своей машине, и мы перевезли его картины в библиотеку. Андрей их развесил согласно времени создания, как говорится, по нарастающей. Я осмотрела выставку, помогла ему с наклейками названий картин. Выставка получилась превосходная. И я решительно поменяла своё мнение об Андрее-художнике. Да, это был импрессионизм, но в картинах Андрея явно прослеживался индивидуальный почерк, манера. Картины излучали мягкий таинственный свет, притягивали зрителя, звали за собой: в лес, на поляну, к речке, в озёрную глубину, в небо...

— Вы замечательный художник, Андрей! Поздравляю! Я думаю, что эта выставка будет иметь положительный резонанс в местной прессе. Приглашу нескольких журналистов, — сказала я и пожала Андрею руку.

— Спасибо вам, Людмила! Если бы не вы, никакой выставки бы не было. Правда, мамуля? — обратился он к жене.

— Да, конечно, милый! — подтвердила она, смутилась, как-то дёрнулась и покраснела.

Мамуля! Как он смеет так называть свою жену, которая значительно старше его! Это же бестактно и даже унизительно по отношению к ней! — подумала я, но вслух, разумеется, ничего не сказала. Какая, к чёрту, она ему мамуля? Мужья иногда так называют своих жён, если у них есть общие дети, но у Тамары с Андреем нет и, по логике вещей, не может быть общих детей.

Я отошла от Тамары и Андрея на пару шагов, но чётко услышала, как она упрекнула мужа:

— Зачем ты это сказал?

— Прости! Я не хотел, само как-то вырвалось, — пытался оправдаться Андрей.

* * *

Тамара сделала афишу и листовки для выставки. Сотрудники библиотеки распространили их по другим районным библиотекам и бруклинским общественным организациям. Я, как обещала, пригласила журналистов из местных газет и с русского радио. В итоге на открытие выставки пришло много народу. Это был настоящий триумф. К художнику подходили люди, что-то спрашивали, поздравляли. Я заметила, что около Андрея крутится хорошенькая модно одетая молодая девушка. Кто такая? Подруга, знакомая, неужели любовница? — пронеслось в голове. Андрей обнял девушку за плечи и, спохватившись, тут же одёрнул руку. Я вопросительно посмотрела на Тамару.

— Люся, эта девушка — дочь моих калифорнийских друзей. Она учится в Нью-Йорке и интересуется живописью. Сама немного рисует, — поспешно пояснила Тамара.

— Да, конечно! Я понимаю, — на самом деле я абсолютно ничего не понимала.

Тамара — или наивная дурочка, или влюблённая страдалица. Некоторых хлебом не корми, дай возможность пострадать. Ну и судьбу она себе выбрала! Впрочем, это не моё дело. У меня своих проблем хватает.

Несколько посетителей захотели купить картины Андрея. Подошли к Тамаре, спросили о ценах. Она назвала цены, посоветовала любителям живописи прийти в конце месяца, когда время выставки подойдёт к концу. Тогда, мол, и купите.

Официальное открытие выставки продолжалось около двух часов. Народ приходил и уходил. Бесцеремонная дочь Тамариных калифорнийских друзей буквально не отлипала от Андрея: то за руку его возьмёт, то ладонь на плечо положит. Мне хотелось подойти к этой беспардонной девице и как следует её встряхнуть, чтобы соблюдала приличия. Странно, что Тамара реагировала на всё это весьма спокойно, а я не могла больше смотреть на эту откровенную демонстрацию нежных чувств, попрощалась с Тамарой и Андреем и уехала домой.

По дороге я чуть не попала в аварию, так как, раздражённая вызывающим поведением Андрея и его девицы, невнимательно вела машину. Но, как говорится, бог миловал.

Через неделю я решила заехать в библиотеку, посмотреть, как проходит выставка, сколько комментариев оставили посетители в книге отзывов. Каково же было моё удивление и негодование, когда в предбаннике библиотеки я увидела целующуюся знакомую парочку. Андрей с подружкой так увлеклись нежностями, что не сразу заметили моё присутствие. Я стояла, словно в оцепенении, и не могла сдвинуться с места. Андрей, заметив меня, всё же наконец отлип от подруги, улыбнулся виноватой улыбкой нашкодившего подростка и приложил палец к губам, что означало: молчите! Я кивнула ему, ничего не сказала, развела руками и отвернулась.

* * *

После инцидента с подругой Андрея я долго не звонила Тамаре, так как не знала, как с ней говорить, чтобы избежать скользкой темы. Потом я закрутилась и на время забыла о выставке и странной парочке. Но где-то через месяц, когда выставка закрылась, Тамара сама позвонила мне и предложила встретиться в кафе около библиотеки.

— Люся, выставка закончилась. Мы отвезли картины домой. Нам удалось продать несколько Андрюшиных работ по хорошей цене. И это всё благодаря вам. Огромное спасибо от меня и Андрея! Он сейчас усиленно работает над новыми картинами, прямо возродился, воспарил. Я приглашаю вас в кафе на ланч. Придёте? Есть о чём поговорить.

— Я очень рада за вас и Андрея. Лиха беда начало. Надеюсь, следующая выставка будет в более престижном месте. Хорошо! Давайте встретимся в кафе, только платить за свой ланч я буду сама.

Шёл мелкий то ли дождь, то ли снег. Типичная зимняя промозглая погода в Нью-Йорке. Маленькое кафе на Ностранд-Авеню было полупустым. Мы сели за столик у окна, выбрали меню.

— Люся, вы, наверное, догадываетесь, о чём я хочу с вами поговорить. Андрей рассказал мне, что вы видели их в фойе библиотеки... Надо расставить все точки над «i», чтобы между нами не было недомолвок... И чтобы у вас не сложилось превратного мнения обо мне и Андрее. Только прошу вас! Всё, что я сейчас расскажу, сохраните в тайне, — Тамара нервничала, открыла сумочку, достала какие-то капли. Запахло валокордином.

— Что с вами? Вам плохо? Может, не нужно ничего рассказывать? — обеспокоенно спросила я.

— Нужно, нужно! А со мной ничего такого... Просто сердце шалит иногда.

— Ну, как хотите. Когда я работала заведующей библиотекой, мне многие сотрудники доверяли свои секреты. Я к этому привыкла. Смело можете доверить мне вашу... тайну. Я не из болтливых.

— В общем, Андрей — юридически мой муж. Но в действительности у нас совершенно другие родственные отношения... Когда мне было 17 лет, я влюбилась в одноклассника, забеременела. Наш роман прервался, так как моего возлюбленного через год забрали в армию. На расстоянии чувства угасли. Так вот... Андрей — плод нашей любви, мой сын. По настоянию родителей я отказалась от ребёнка и отдала его в Дом малютки. Потом узнала, что ребёнка усыновила какая-то семья. Кто были эти люди, мне не сказали. Тайна усыновления. Долгие годы я старалась забыть о сыне и о его отце. Вышла замуж за другого, родила девочек. Я вам об этом уже рассказывала. Не хочу повторяться. Мы уехали с семьёй в Америку. В последние годы мы с мужем жили плохо. Вечно ссорились. Он пил и оскорблял меня. — Тамара умолкла на минуту, перевела дух. — Мне больно это вспоминать! Несколько лет назад Андрей разыскал меня по московским каналам, приехал в Штаты по гостевой визе, захотел здесь остаться. Единственным способом зацепиться за Америку была женитьба на американской гражданке. (Никто не знал, кто мы друг другу в действительности. В документах у него указаны другие родители — усыновившие его.) Я чувствовала глубокую вину перед сыном. Хотела как-то помочь. Наш брак с мужем всё равно разваливался. Я с ним развелась и вышла замуж за Андрея... У Андрюши уже есть грин-карта. Пройдёт несколько лет, и он получит американское гражданство. Мы сразу же разведёмся. У моего сына здесь появилась невеста. Вы её видели в библиотеке. Она замечательная девушка, любит его и будет ждать. Это всё. Вам моя история, наверное, покажется аморальной. Но у нас с Андреем не было другого выхода. Я хотела таким образом загладить вину перед ним.

Я пыталась что-то сказать Тамаре, но слова одобрения, сочувствия, поддержки… не шли на ум. Я только кивала головой и думала, как безгранична в проявлениях может быть материнская любовь, отягощённая чувством вины.

* * *

Прошло несколько лет. С Тамарой и Андреем мы виделись редко. От общих знакомых я узнала, что они в конце концов развелись. Значит, он всё-таки получил американское гражданство. Очень скоро после развода Андрей женился на своей любимой девушке, и молодые вернулись в Калифорнию. А Тамара осталась в Бруклине совсем одна. Не хотела им мешать. Андрей посылал матери имейлы, звонил редко. А когда звонил, просил денег, которых Тамаре самой не хватало на жизнь. Заказов на компьютерную графику было смехотворно мало. Пришлось подрабатывать бебиситтером. В итоге астма и больное сердце дали о себе знать. У Тамары случился инфаркт, и её положили в больницу. Андрей позвонил мне из Калифорнии, сказал, что прилететь в Нью-Йорк не может. Нет денег на билет. Попросил навестить мать в больнице. Я поехала в госпиталь Кони-Айленд.

Тамара заметно осунулась, и её бледность пугающе сливалась с цветом наволочки и простыни.

— Как хорошо, что вы пришли, Люся! Спасибо! Вам Андрюша позвонил? Да?

— Да! Но давайте не будем говорить об Андрее. Хорошо? Как вы себя чувствуете?

— Уже лучше. Надеюсь, скоро выпишут. Я понимаю. Моя болезнь — расплата за вину перед сыном. Все последние годы я старалась искупить этот страшный грех. Но, видно, ещё не до конца искупила.

— Не говорите так, Тамара! Вы уже сполна искупили свою вину.

— Вы действительно так считаете или просто хотите меня успокоить?

— И считаю, и хочу вас успокоить. Выздоравливайте и начинайте новую жизнь, не оглядываясь назад!

— Снова новая жизнь... Уже в третий раз. Звучит заманчиво, но нереально. Смогу ли я её начать? И вообще, стóит ли строить заново эту проклятую жизнь? Я уже давно устала от постоянного усилия выжить. Существовала... так, по инерции. Иногда мне кажется, что меня кто-то проклял.

— Никто вас не проклял! Просто так сложилось. Мы все делаем ошибки, которые потом трудно или невозможно исправить. Вам удалось исправить ошибки молодости. Считайте, что повезло. Вы ещё, по американским стандартам, молодая женщина. Красивая, талантливая, умная. Отпустите прошлое. Let bygones be bygones[1].

Тамара посмотрела на меня, слабо улыбнулась, сказала:

— Люся, вы чудесная! Вы умеете успокаивать. Я попробую...

---

[1] Пусть прошлое останется в прошлом (*англ.*).

ПОД СОЗВЕЗДИЕМ КОВИДА

*У судьбы нет причин без причины
сводить посторонних.*

Коко Шанель

О льга где-то читала, что на долю каждого поколения непременно приходится период тяжких невзгод. Это может быть война, голод, неурожай, геноцид, страшное землетрясение, наводнение, эпидемия... А на долю моего поколения, — думала она, — пришёлся вот этот загадочный ковид, пандемия, возникшая в китайской лаборатории и ускользнувшая или выпущенная из пробирки со злым, воистину сатанинским, умыслом на волю. Кто знает! Возможно, теперь уже никто до истины не докопается. Вот уже второй год эта пандемия кружит по миру, то затихая, то вновь разгораясь. Физически здоровые люди переносят эту напасть, как правило, легко, выживают и продолжают жить, как ни в чём не бывало. Слабые люди, с багажом других хронических заболеваний, долго болеют, испытывают серьёзные осложнения, а некоторые даже уходят в мир иной. Как, например, Ольгин сосед сверху — сердечник, лёгочник и вообще насквозь больной человек. Ковид его попросту доконал.

Нет, конечно, в собственной квартире, под защитой своих стен, она жила обычной, доковидной жизнью, читала и по несколько раз перечитывала старые любимые книги (ни в коем случае не библиотечные, с которыми можно было принести в дом заразу), смотрела телевизор и слушала радио. Общение с друзьями и родными происходило исключительно посредством компьютера и телефона. Ольга признавалась себе, что она стала забывать лица друзей, родных и даже соседей по дому. Какие там лица! Сплошные маски, как на мрачном бале-маскараде.

Так тянулись дни, недели, месяцы... Неужели они перетекут в годы? — с тоской спрашивала себя женщина. — А ведь эти годы должны быть лучшим временем моего заката. Я всю жизнь поддерживала себя в хорошей форме, занималась спортом, делала косметические процедуры, чтобы не выглядеть старше своих лет. А теперь, под маской, никто не видит, покрыто моё лицо сетью морщин или нет. Бойфренда у меня нет и при нынешнем полукарантинном положении не предвидится. Дочери моей всё равно, как я выгляжу, внукам — тем более. (Бабушка есть бабушка. Ей положено быть старой.) Да и мне, честно говоря, теперь тоже по барабану. Лишь бы не заболеть.

Некоторые Ольгины друзья и родственники уже сделали прививку и задышали более или менее свободно. Хотя медики предупреждали, что всё равно надо продолжать носить маски, соблюдать дистанцию и по-прежнему предпринимать другие превентивные меры, так как, вроде бы, прививка не полностью защищает от ковида, а только может облегчить симптомы, если заболеешь.

Ольга пока ещё не решила, будет ли делать прививку, потому что боялась побочных явлений.

Вот сделаю прививку, ковидом не заболею, но зато через несколько лет от этой самой прививки впаду в деменцию или заболею раком, — вполне серьёзно рассуждала она. — Нет, я ещё подожду с этой загадочной вакциной... Может, изобретут что-нибудь более понятное, надёжное и безопасное.

* * *

Стояла осень, конец сентября, самое приятное время года в Нью-Йорке, когда уже не так жарко и ещё не наступила промозгло-дождливая, ветреная зима. На одной из прогулок Ольга обратила внимание на мужчину средних лет (хотя под маской и очками трудно было определить его возраст), который также ходил быстрым шагом по утрам по тому же маршруту, что она. Невозможно было не обратить на него внимания. Он, что называется, примелькался. Средний рост, прямая спина, не толстый, спортивный костюм аккуратный, не выцветший... бейсболка, маска и тёмные очки в пол-лица. Как говорится, нынешний джентльменский набор. Они шли быстрым шагом по Оушен-Парквей от Авеню W до Брайтона и обратно на расстоянии метра друг от друга, как говорится, бок о бок. Ольга не отставала. Так получалось, что они приноровились выходить из дому в одно и то же время — в восемь утра, «выныривали» из боковых улиц и пересекались где-то между Авеню W и Авеню X. Сначала каждый делал вид, что не замечает другого, потом, когда это неузнавание стало попросту смешным и даже нарочито невежливым, начали при встрече кивать друг другу и продолжали сей... ковидно-масочный моцион в молчании.

Ольга вскоре заметила, что, если она запаздывала, загадочный незнакомец уже поджидал её на перекрёстке с Оушен-Парквей и Авеню X. Немая сцена приветствий повторялась. Они кивали друг другу, шли в сторону океана до Брайтона, подходили к воде, несколько минут глазели на океан и одновременно поворачивали обратно. Так продолжалось где-то с неделю, пока, наконец, мужчина перед началом моциона не отважился первым подать голос:

— Доброе утро, мадам! Пожалуй, пришло время представиться. Надеюсь, я не покажусь вам назойливым? Меня зовут Олег. А вас как зовут, если не секрет?

— А меня — Ольга, — ответила женщина и засмеялась. — Действительно, не забавно ли? Мы живём в одном районе, выходим из дому в одно и то же время, выбрали один и тот же маршрут, да ещё имена наши совпадают. Что это? Случайность или предопределённость?

— Да, действительно, слишком много совпадений. В этом что-то есть... Какая-то загадка, которую нам с вами предстоит разгадать, — если, конечно, вам любопытно узнать, что за всеми этими совпадениями кроется, — сказал Олег. Ольгин колокольчатый смех пробудил в нём смутное воспоминание. Когда-то давно, в молодости, ещё в московскую бытность, похожим колокольчатым смехом смеялась одна девушка, которая ему нравилась. Потом пути их разошлись, и Олег забыл о ней.

— Ну что ж, подумаю на досуге о странном совпадении, — улыбнулась под маской Ольга. — А пока вперёд, на Брайтон!

Они совершали этот моцион в любую погоду, невзирая на ветер и мелкий дождь. Их задерживали дома разве что ливень и ураган. По дороге хранили молчание, так как маски и быстрый шаг при разговоре вызывали одышку. Однако во время остановки у кромки океана они обычно кратко беседовали, задавая привычные эмигрантские вопросы и отвечая на них. Олег начал стандартный эмигрантский опросник первым.

— Ольга, вы давно в Америке?

— Очень давно, приехала с семьёй: с малолетней дочерью и мужем в 1979 году. А вы?

— А я — в 1980, тоже с семьёй... Так что у нас с вами приличный эмигрантский стаж, если можно так сказать. Мы — эмигранты-ветераны.

— Это точно. Эмигранты-ветераны. Звучит прямо-таки внушительно. Но лучше бы стаж был меньше. Грустно! Большая часть жизни промелькнула. И сейчас этот ужасный ковид, если не убивает, то калечит и, во всяком случае, значительно ограничивает жизненные возможности. А сколько её, той жизни, осталось, одному Богу известно, — с грустинкой добавила Ольга.

— Вы верите в Бога? Или просто так вставили слово «бог» в виде устойчивого выражения, как фигуру речи? — полюбопытствовал Олег.

— Да, я верю в единого Бога, но в храм не хожу и никакой конфессии не придерживаюсь. Верю в Творца и вершителя судеб.

— О, какой высокий штиль! Да вы поэт. Литератор — уж точно. А я, если честно, атеистом был в Союзе, да здесь атеистом и остался. Но в судьбу и предопределённость верю. Вот ведь... — он хотел что-то сказать, но запнулся или намеренно замолчал.

— А я думаю, что человеческая судьба — это и есть проявление Божьей воли, — сказала Ольга и добавила: — Ой, что-то небо серьёзно хмурится, как бы не хлынул ливень. Сегодня предсказывали проливные дожди, а к вечеру шторм. А нам ведь ещё обратно идти и довольно долго. Всё! Разворачиваемся — и быстро назад!

— Слушаюсь и повинуюсь! — усмехнулся Олег и подумал: женщина начинает командовать. Это хорошо или плохо? Хорошо, что уже, вроде, меня своим приятелем считает. Плохо, что так быстро начала мной руководить. Впрочем, она права. Надо спешить, иначе промокнем до нитки.

Они развернулись и ускоренным шагом пошли в сторону Авеню W. Едва успели дойти до своих домов, как начался ливень.

* * *

Два дня бушевала стихия разрушительной силы: ветер дул со скоростью 50 миль в час, стена воды обрушивалась на город, гнулись и ломались деревья, обрывая провода и вызывая перебои с электричеством.

А через два дня, когда погода наладилась, Олег почему-то не пришёл на прогулку к назначенному часу. Ольга, привыкшая к их, как она про себя называла, «парному катанию», напрасно прождала его минут пятнадцать на углу Авеню X и поняла, что он сегодня вообще не придёт. Она пошла, как обычно, в сторону Брайтона, теперь одна, всё же раз за разом оглядываясь назад в надежде увидеть Олега. Но он так и не появился.

Разные мысли одолевали Ольгу. Почему он не пришёл? Ему надоели эти прогулки с ней? Он выбрал другой маршрут? Его жена случайно узнала об их уличном знакомстве и прогулках и запретила ему видеться с Ольгой? Жена? Но ведь Ольга ничего о нём не знала, женат ли он до сих пор или разведён, есть ли у него дети, чем он занимается, в каком доме живёт? Как его фамилия, сколько ему лет? Она ровным счётом ничего о нём не знала. Впрочем, так же, как он ничего о ней не знал, кроме того, что она приехала с семьёй в Америку в 1979 году. Это было просто уличное знакомство, никого ни к чему не обязывающее. Они не обменялись телефонами. Обычно мужчина при знакомстве с женщиной, которая ему приглянулась, просит у неё номер телефона. Он не попросил. Не успел... или ему это было не нужно. Видимо, он вовсе и не собирался ей звонить. Ну и бог с ним! Она даже лица его не видела без маски и не узнает. Может, он страшный, как Фантомас. Но голос приятный, и речь грамотная. Московский выговор. Этого у него не отнимешь. Всё! Забыла. Был некий Олег, да сплыл. Ещё один Олег...

На этом Ольга заставила себя поставить точку на отыскивании причин исчезновения некоего случайно встреченного Олега, который ей, в сущности, никто: ни приятель, ни друг, ни родственник, ни возлюбленный... так, промелькнувший попутчик.

* * *

Олег не появился ни на следующий день, ни через неделю, ни через две... Вообще испарился. Да был ли мальчик-то? Может, мальчика-то и не было? — вспомнила Ольга известную цитату из «Клима Самгина» и перестала думать об Олеге.

Наступил декабрь, обычно радостно-суетливый, когда все покупают подарки на Хануку, Рождество и к Новому году. Но ковид не утихал, и настроение у Ольги (да и у всех вокруг) было далеко не праздничным. Прежде дочь с семьёй приезжала к Ольге на Новый Год, или Ольга отправлялась к ним в штат Индиану. Но в этом году никто на праздники ни к кому не полетел, так как многие рейсы были отменены, кроме того, полёты были сопряжены с двухнедельным карантином. К тому же этот чёртов ковид можно было легко подцепить в самолёте. Словом, Ольга осталась на Новый год дома куковать наедине со своей наряженной искусственной ёлочкой и телевизором.

В январе, как это часто случается в Нью-Йорке, вдруг наступило временное потепление. Около 60 градусов по Фаренгейту, яркое солнце, голубое небо, ни облачка, лёгкий бриз. Ольга, как всегда, вышла на утреннюю прогулку, только в необычное время, в десять часов, так как ей захотелось наконец выспаться. И неожиданно на углу Авеню W увидела знакомую мужскую фигуру — в спортивном костюме, бейсболке, маске и тёмных очках. Мужчина подошёл к ней и спросил:

— Вы меня не узнаёте? Неудивительно! Вы меня видели только в маске. Как же вы меня можете узнать? А я вас сразу узнал. Вы — такая, такая... особенная, узнаваемая даже под маской. У вас удивительно лёгкая походка. И костюм ваш я помню, и вязаную шапочку. Я — Олег. Помните? Мы с вами вместе, так сказать, совершали утренние прогулки. Я два месяца отсутствовал.

— Я вас прекрасно помню и даже довольно долго размышляла, почему вы больше не выходите на Оушен Парквей и что с вами приключилось.

— А приключилась со мной модная нынче проклятая болезнь. Подхватил ковид, да ещё в сильной форме. Попал, мягко выражаясь, не в лучшую городскую больницу, в госпиталь Кони-Айленд. Температура зашкаливала. Дышал с трудом, кашлял, хрипел... Посадили на вентилятор и капельницу. Чуть подлечили, не вылечили, а просто сбили температуру, восстановили дыхание, накачали антибиотиком и выпихнули домой, чтобы освободил койку для нового больного. Я там такого в госпитале насмотрелся! Настоящий фильм ужасов. Медики снуют туда-сюда в масках и ковидно-защитных костюмах, как космонавты или пришельцы из других миров. Сегодня рядом с тобой лежит живой человек, разговаривает, правда, с трудом, дышит, а завтра он уже труп. Приходят санитары, накрывают его простынёй и вывозят на каталке в морг. Потом на его место привозят другого бедолагу. И повторяется та же история. Я, когда там лежал, всё думал, что вот так же и меня в один совсем не прекрасный день накроют простынёй и увезут в морг, потом завернут в мешок и... не знаю, отдадут ли родственникам тело для захоронения на кладбище или бросят в общую могилу, засыпав все наши тела хлоркой, — когда Олег рассказывал свою историю, у него дрожали руки и срывался голос. — Помните, как хоронили Моцарта в общей яме-могиле? Смотрели фильм?

— Да, помню... смотрела. Боже мой! — Ольга расчувствовалась. У неё даже слёзы набежали на глаза. Хорошо, что этого не видно было под тёмными очками. — Представляю, как вам было там в больнице тяжело, не только плохо физически... от болезни, но и морально. Морально жутко оттого, что завтра ты можешь стать просто телом, не пригодным даже для достойных похорон. Но мне кажется, тут вы ошибаетесь. Тела всё же выдают родственникам, если таковые имеются. И хоронят умерших от ковида по-человечески, каждого в отдельной могиле. Ну, или кремируют. Это зависит от завещания покойного. Словом, как решат его родственники, если нет завещания.

— Конечно, вы правы. Я тогда сгущал краски. И меня ведь можно понять... Но судьба (или, как вы верите, Бог) была на моей стороне. Умереть мне не дали, как я уже сказал, подлечили и выписали. Потом дома я целый месяц приходил в себя. Живу я один. Ухаживать за мной было некому. Жена от меня давно ушла, уехала в Европу... с одним гм... весьма перспективным мужчиной, бизнесменом. А я — что? — обычный инженер, работающий в муниципалитете. Сын мой занят своей семьёй, да и боялся он от меня заразиться и потом переразить всех своих. В общем, я один выкарабкивался. Сейчас постепенно обретаю прежнюю форму. Хочу думать, что получится. Вот такие дела... А как вы? Не переболели?

— Нет, пока ещё здорова. Сегодня здорова. Что будет завтра, не знаю. Я так вас понимаю и сопереживаю. Сколько вам пришлось пережить, перевидать, перечувствовать! Первое время, когда вы всё не приходили, я каждый день думала-гадала, куда вы подевались. А оно вот что оказалось. Ковид! Ну конечно! Как это я сразу не догадалась? Да, я пока ещё не заболела, хотя в нашем доме многие переболели и даже некоторых уже нет... Когда думаю об ушедших, самой жить не хочется. Может, сменим тему? Так можно рехнуться. Ну что, идём по прежнему маршруту? Будем жить, пока живы.

— Идём. Только вы, уж пожалуйста, не очень торопитесь, принимая во внимание тот факт, что я ещё, к сожалению, далеко не в спортивной форме. Ладно?

— Хорошо! Сбавим темп. Да и спешить-то нам, в общем, некуда.

Они теперь уже медленно побрели к океану. На бордвоке было мало людей. Видимо, народ не ожидал, что так распогодится. Ольга и Олег подошли к кромке. Успокоенный, переливающийся на солнце всеми оттенками голубого и синего — от светло-лазурного до чернильно-синего — океан лениво шевелился, слегка волнуясь, и выбрасывал на песок белоснежные кружева пены, не замутнённые водорослями. Часы показывали одиннадцать. Ресторан «Татьяна» был открыт для бранча только для тех посетителей, которые соглашались сидеть на улице.

— А не посидеть ли нам за столиком на улице у «Татьяны»? Я не успел сегодня позавтракать и проголодался. Что скажете, Ольга? Я вас приглашаю.

— А я вообще никогда не завтракаю. Только выпиваю чашку кофе — и сразу на улицу. Так что я совсем даже не против перекусить.

— Вот и прекрасно!

Они сели за столик. Подошёл официант, несколько удивлённый, что эти двое в спортивных костюмах забрели в ресторан в такую рань. В это ковидное время сюда, в «Татьяну», зимой, даже к вечеру, заходили редкие посетители. Жизнь в городе замерла. Он ещё не умер, но как бы погрузился в летаргический сон. Все попрятались по норам.

Официант принёс меню. Олег заказал пышный омлет *with everything* и кофе с пирожным «Наполеон». Ну никак не мог себе отказать в сладеньком. Уж больно несладкой была его жизнь в последнее время. Ольга, соблюдая рыбно-овошную диету, заказала салат из помидоров и огурцов, креветки в сметанно-чесночном соусе и чай без пирожного.

Официант для затравки принёс, как принято в русских ресторанах, бутылку минералки, тарелочку с нарезанным чёрным и белым хлебом и сливочное масло в разовых упаковках. Можно было приступать к еде. Наступило время снятия масок, которого в тайне Ольга и Олег побаивались. Страшились увидеть не того и не ту, которых они себе нафантазировали. Но в маске есть невозможно. Пришлось снять...

— Мне кажется, что я вас знаю, что мы прежде где-то пересекались, — сказал Олег, пристально всматриваясь в черты Ольгиного лица. Я не помню, где и когда, но я точно вас знаю. Вы, конечно, изменились. Наверное, много лет прошло с тех пор, как мы были знакомы, но смех ваш заливисто-колокольчатый я по сей день помню. Такой нежный и в то же время заразительный смех не забывается.

— И я вас, кажется, знаю. Нет, поймите меня правильно, вы, конечно, тоже изменились, возраст есть возраст. Но всё равно вас можно узнать. И я даже помню, при каких обстоятельствах мы с вами познакомились. Это было, думаю, лет сорок назад, — сказала Ольга и улыбнулась. Улыбка у неё была удивительная. Когда женщина улыбнулась, морщинки и складки сразу будто исчезли. Вернее, взгляд собеседника перестал их замечать. — Ну же, вспоминайте! Москва, встреча, кажется, 1975-го Нового года у ваших друзей в студенческом общежитии МГУ. Вы тогда, что называется, положили на меня глаз и всё время со мной танцевали, не уступая другим парням.

— Не уступал в танце. Но для более интимного общения вы оказались недоступной.

— Недоступной? А поконкретнее нельзя?

— Ну, если вы помните, под утро, когда мы все уже прилично набрались, парочки разошлись по комнатам. У нас в комнате пустовала одна кровать. Я был пьян, и мне ужасно хотелось затащить вас в койку, но вы меня мягко так оттолкнули... и мы так и просидели до шести часов утра за разговорами. А потом вы попрощались и собрались уходить. Я хотел вас проводить, но вы сказали, что вам такой пьяный провожатый не нужен, и просто ушли. А я бухнулся в кровать и проспал до полудня. Господи, так вы та самая Ольга строгих правил, в которую я тогда по уши влюбился?

— По уши влюбился, как вы говорите, но так потом ни разу и не появился и даже номера телефона не попросил. Почему? Видно, не очень сильно влюбился. Или у вас, как говорится, был запасной вариант...

— Да, у меня была девушка, обязательства перед которой заставили меня вскоре на ней жениться. В ту новогоднюю ночь она была больна и не смогла прийти на нашу вечеринку.

— Так вот вы какой! Ненадёжный, распущенный. Одна девушка заболела — встречу Новый год и пересплю с другой...

— Это всё молодость, глупость и самонадеянность. Поверьте, я потом горько пожалел, что не взял ваш телефон, не назначил свидание и... женился на другой.

— Горько пожалел! Ого! Какие высокие слова раскаяния! Только не надо преувеличивать. Всё равно не поверю. Это было так давно, в другой жизни. Проехали, как говорится. Вот и мой салат принесли и креветки. Скоро и ваш омлет подъедет.

— Бог с ним, с этим омлетом! Приедет, куда он денется! Я так рад, что снова вас встретил! Может, вы дадите мне ещё один шанс? Я очень надеюсь. Ведь не зря же мы с вами через столько лет снова встретились?

— Может, и не зря. Поживём — увидим. И омлет ваш прикатил. Да какой красивый, пышный! Уплетайте, пока он не остыл.

— Омлет не остынет, и я тоже, — заключил Олег, и они с Ольгой оба засмеялись его шутке.

— Погода сегодня уж больно хороша! Тишина. Безлюдье. Это неожиданно тёплое январское солнце и океан, переливающийся всеми оттенками голубизны, создают прямо сказочное настроение, и мне хотелось бы верить, что мы не зря с вами снова встретились.

— Не зря! Ведь мы ещё не такие старые. Ещё не поздно, да? Ольга в ответ снова улыбнулась.

* * *

Они ещё какое-то время встречались, и, вроде, нашлись общие темы для разговоров и даже общие знакомые. Нью-йоркский русско-эмигрантский круг интеллигенции не так уж и широк. Ольга Олегу всё больше нравилась, особенно, когда она снимала тёмные очки и маску. А делала она это теперь постоянно. Ведь Олег уже переболел ковидом и, даже если она является носителем вируса, для него это не опасно.

Он видел её улыбку и ясный взгляд карих глаз с рыжими крапинками на радужной оболочке. Такие глаза — редкость. Олег спрашивал себя, как это он мог тогда жениться на другой? Где были его глаза и мозги? Ольга мало говорила, всё больше слушала разные истории из Олеговой жизни. Он много путешествовал по свету, много повидал. Было о чём рассказать.

Ольга, казалось, забыла старую обиду на то, что Олег тогда в молодости резко исчез. А ведь мог бы узнать у друзей, как её найти, если бы захотел. Она слушала и искоса поглядывала на Олега. Не красив, но черты лица приятные, губы не тонкие, обрамлённые седыми усами и аккуратной бородкой. Олег снял бейсболку, обнажив всё ещё густые чёрные с проседью

275

волосы. Он чем-то напоминал ей покойного мужа. Это был Ольгин любимый типаж.

Они уже не ходили на расстоянии метра друг от друга. Шли рядом, но не под руку и, конечно же, не за ручку, как подростки. Олегу так хотелось обнять её за плечи, но она постоянно увиливала от этой, казалось бы, отнюдь не интимной ласки, не спешила идти на «сближение», хотя чувствовала, что прикосновения Олега ей будут приятны. Словом, их роман медленно, но всё же развивался. Ольга, было, уже даже решила пригласить Олега на обед, так как умела хорошо готовить и помнила добрую старую пословицу, что путь к сердцу мужчины лежит через желудок. Но потом случилось непредвиденное...

Она не пришла к условленному часу. Один день не пришла, другой... Олег занервничал, расстроился: «Заболела ковидом? Или чем-то ещё? Не хочет меня видеть? Я её чем-то обидел? Что-то не то сказал? У неё появился другой ухажёр? Она просто решила мной поиграть, отомстить за то, что я тогда, в молодости, не продолжил с ней роман? Сначала завлечь, а потом бросить? Могла бы и позвонить! Да, но мы так и не обменялись телефонами. Какой же я осёл! Снова не попросил телефончик».

Олег укорял себя за глупость, каждое утро прохаживался около Ольгиного дома в надежде, что она появится, но она не появлялась, а он ни номера квартиры, ни фамилии Ольги не знал. Можно было бы спросить кого-то из жильцов. А как такое спросишь? Вы не знаете, в какой квартире живёт некая одинокая женщина по имени Ольга, симпатичная шатенка средних лет? Спросишь — сочтут за наглеца, а то и за потенциального грабителя. Могут и полицию вызвать. Потом поди доказывай, что ты — порядочный человек. Так и не спросил.

А Ольга тем временем находилась в штате Индиана по срочному вызову дочери. Дочь с мужем заболели ковидом, и оба оказались в больнице. Дома осталось двое маленьких детей пяти и семи лет. Пока за ними присматривали соседи, но срочно требовался кто-то из родственников. А единственной родственницей была она, Ольга, родная бабушка. Она вылетела из Нью-Йорка в Индианаполис пулей, первым же рейсом и, естественно, не смогла предупредить об этом Олега, хотя думала о нём и огорчилась, что не знает номера его телефона. «Как же глупо, прямо по-детски всё получилось! Знать, не судьба нам с ним. Ведь уже третий раз теряем связь друг с другом», — сокрушалась она.

* * *

Прошло несколько месяцев. Наступил апрель. Самое начало весны, когда распускаются почки и нежными бело-розовыми всполохами первоцвета радуют глаз деревья. Солнце светит ярко, по-летнему, но ещё не жарит, и хочется проводить больше времени на воздухе. Ковид пока не заглох, но затаился и в любой день мог вспыхнуть с новой силой. Бруклинцы, казалось, на время забыли об этой напасти и высыпали на улицы семьями, на ходу всё же натягивая маски.

Солнце уже спустилось с зенита и клонилось к западу. Было пять часов пополудни. Олег сидел в одиночестве за столиком на улице у ресторана «Татьяна» и, устремив взгляд на океан, ожидал свой традиционный омлет *with everything*. Неожиданно кто-то сзади тронул его за плечо. Олег обернулся и не поверил своим глазам. Перед ним стояла Ольга, с маской, приспущенной до шеи, не в спортивном костюме и не в кроссовках, а в летнем платье, босоножках и широкополой соломенной шляпе.

— Ну, здравствуй... те, Олег! Я предполагала, что когда-нибудь увижу вас именно здесь, — сказала она, сняла тёмные очки и улыбнулась. Как же она была хороша... той предзакатной, неяркой, но завораживающей красотой!

— Как же я рад вас видеть, Ольга! Пожалуйста, больше не исчезайте! И... дайте мне, наконец, номер вашего телефона. Обещаю не надоедать вам звонками.

— Записывайте, — сказала Ольга. — И мне не мешало бы иметь ваш номер... так, на всякий случай.

Тут они оба рассмеялись.

*Автор сердечно благодарит
Татьяну Янковскую, Веру Зубареву, Ирину Шульгину,
Владислава Китика, Татьяну Щеголеву, Анну Борисову,
а также сотрудников издательств M-Graphics
Publishing (Бостон) и Bagriy & Company (Чикаго)
за помощь в создании этой книги.*

www.ingramcontent.com/pod-product-compliance
Lightning Source LLC
Chambersburg PA
CBHW052021020726
47501CB00004B/1170